未得灿烂

高台树色 著

Me Before
Sependid Suns

上海文化出版社

HAPPY
BIRTHDAY
17

Me Before Splendid Suns

十七岁，

在大部分人看来都是

一个充满希望的年纪。

未来还没有到来，

一切的灿烂期待好像

都可以合理存在。

Me Before Splendid Suns

雁朝路

39号

目录

Contents

“上次回来得太匆忙，没顾上收拾家里，可能灰有点多。”站在自己家门口，宋忆南仍是笑得有些拘谨。

见后面的人没有任何动静，宋忆南转头，看向荆璨，发现他正盯着面前的铁门出神。

“小璨？”

听到这一声唤，荆璨下意识地眨了下眼。

“坐车太久，累了吧？”

“没有。”荆璨摇摇头，将两人的行李袋子换了只手拎着。他对上宋忆南的目光，立刻意识到自己刚刚大概错过了什么：“你刚刚说什么？”

“我说，屋子里的灰可能有些多。”宋忆南边说着，边用手里的钥匙打开了铁门，锁匙碰撞，仿似对上了暗号。

门前有三级石灰台阶，荆璨站在台阶下，所以当那扇铁门被推开时，首先跃入荆璨眼帘的，是从宋忆南的米色棉质衣袖下钻出的葱绿。那是株什么植物，荆璨并没有问，他只知道，那是他对这房内世界的第一印象。

于荆璨而言，门内的世界其实是完全陌生的。说来，这应该算是他的外公家，但在宋忆南同自己的爸爸结婚时，她的父亲已经过世，母亲也处于弥留之际，所以还是小孩子的荆璨，并没有机会见到外公外婆。

不过荆璨曾参加过宋忆南母亲的葬礼，若一定要说见面，那该算一面。

葬礼上，荆璨就坐在自己的父亲身旁，他一直努力地向前倾身，想要越过爸爸的上半身去看一看宋忆南。但视线刚刚触及那张挂满泪痕的脸，荆在行就已经微微皱着眉，拧正了他的脑袋。

在意的事，荆璨一向能记得很牢。所以跨进大门，朝屋里走的时候，荆璨都能在脑海里丝毫不差地浮现出那一幕。

两人穿过院子，到了屋内，在这过程中宋忆南好像又说了什么，荆璨大部分时间思绪飘着，没听到。待他在屋内站定，回了神，才忽然觉得很不自在。这种不自在表现在不知道下一步该迈到哪里，不知道手里的行李要不要放下；如果要放下的话，又该放在哪里。

宋忆南见他一直四处看，也跟着他的视线转了一圈，很快，她就反应过来："家里东西有点多，我爸爸妈妈都是爱留东西的那种人，也喜欢买一些摆件，搞得哪里都是满满当当的。"

她说着，将钥匙串放到了窗前的一张桌子上，然后走过来接下了荆璨手里的行李，放到一旁门口的鞋柜上。行李袋碰到了一只瓷质的兔子，不太精细的做工，却也引得两个人都看向它。宋忆南从行李袋上抽出的手并没有垂下，而是轻轻扣在了柜子的边缘，无意识地用指甲划着木质的纹路。

"这是九岁那年过年的时候，爸爸带我去街上套圈时套到的。"她偏偏头，伸手用食指摸了一下兔子的脑袋，那里烧着一朵粉色的花，刻了黑色的花蕊，“他们走了，我发现这些东西都是回忆，就都原样摆着。”

也是经宋忆南这一提醒，荆瓈才明白了自己不自在的点在哪里——这个家里的东西太多了。东西多，属于宋忆南的故事和意义便更多；但对荆瓈来说，这里就好像是个故事屋，而他是个不识字的人。

宋忆南走到窗边，打开了窗户，窗户不是朝里拉的，而是朝外推开的。窗前是张桌子，站在桌子边，宋忆南突然回头，朝他招手。不知是不是阳光带来的错觉，这一瞬间，宋忆南的表情不太像那个家里的妈妈。

围栏上聚着的爬山虎不甚茂密，横在门前的街便得以被窥见。许是因为正是午休时间，街上并没有人经过，安静得很。

“以前我喜欢在这里做作业。小时候总觉得这窗户有魔力，因为我有时候会突然看着窗外发起呆来，时间就会过得很快很快——最长的时候，我不知不觉坐了一个下午。”宋忆南看着荆瓈，忽然抿着唇笑起来，“后来才明白，不是窗户有魔力，是我总是不想学习。”

这话引得荆瓈也轻轻笑了笑，他微微扬起头朝窗外望，却被一阵风吹得心痒。

六月了。

“我去给你弄点水。”

宋忆南说完便转了身。荆瓈看着她转进了厨房，转念想了想，轻轻坐到了凳子上。他低头看了看桌子，而后将两只胳膊交叠在一起，端端正正地放到桌子上，像小学生上课那样。

面前就有一排书，荆璨扫了一眼，是初中、高中的课本，应该都是宋忆南以前用过的。他轻轻咬了咬嘴唇，抬起手，指尖朝着其中一本书递去，但在就要碰到书脊时，那只手悬在空中，停住了。

过了好一会儿，荆璨还是收回了手。他盯着那排书一直看，好像这样就能看到里面的内容、笔记，还有岁月。

外面的风忽然卷着热气吹进来，原本安静的窗外响起了声音，一下一下的，听上去像是什么东西在撞击着地面。

篮球吗？

心头微动，荆璨以两只手撑着桌子，迅速站了起来。他往前一探身，果然看到一只篮球撞在空荡荡的街道上。荆璨又朝前伸了伸脖子，试图顺着篮球的来路，看到后面跟着的人。但那人像是在和同伴说话，停在了不远处，即便荆璨已经将脑袋伸到了极限，连两只胳膊都因为过于用力而暴起了青筋，也只勉强看到了他的小半张脸和身子；甚至，因为鸭舌帽的遮挡，看不到眼睛。

有人笑了一声，那个戴着鸭舌帽的人突然偏头，扬了扬下巴。

荆璨愣住，短暂的疑惑后，两条手臂像是忽然没了力气，变得酥麻。他猛地从前倾的姿势中恢复过来，站稳了身子，脚下却是极其绵软的感觉。

“小璨？”

宋忆南的声音响起得太过突然，以至于荆璨回头时，没来得及调整脸上的表情。宋忆南将他一脸的茫然收在眼底，不自觉地握紧了手中的杯子。

荆璨能感觉到自己额头上飞速冒出的汗，他迅速躲开了宋忆南投过来的目光，低着头，将身子靠到了桌子上。

“又头疼了吗？”

宋忆南的声音很轻，荆璨听着都觉得太过温柔了。

“没有。”荆璨摇摇头，待觉得身体恢复了力气后，重新看向她。

宋忆南没再说什么，只是将手里的水杯递给他，又抽了张纸，给他擦了擦额头的汗。

“有点热了吧？”宋忆南从墙边拿了一根自制的钩杆，朝前一递，钩住窗户，“我非要在这里放书桌，搞得窗户不好关，爸爸只能做了个杆子用来关窗户。”

窗户被关上，宋忆南不经意间瞥到荆璨，见他扭着头，仍直直地盯着窗外看。

“晚上想吃什么？”宋忆南故意咳了一声，语气中更多了几分轻松，“晚上你爸爸和小惟都不在家吃饭，我们不用那么早回去，我带你在这边吃点好吃的……”

“我可以留在这里读书吗？”

“嗯？”宋忆南被荆璨问得一愣，将钩杆靠到墙上的动作也暂时停住，“读什么书？”

“这个年纪，该读什么就读什么，”荆璨垂下眼睛，屈起食指，敲了敲水杯，“应该是高中吧——高二？高三？”

第一章 遇见

七中没人性！这是在开学两周后，贺平意总结出的一个道理。

“八月，大下午的跑操，学校领导是怎么想的啊？”虽这么说着，贺平意还是把摊开的书随便往桌上一丢，长腿跨过凳子，捞着王小伟的脖子往外拽。

“你大爷的！”王小伟一米八几的个子，却也被他勒得喘不过气，“滚滚滚！放开，我不去。”

“一个大男人装病逃操，丢不丢人！”

“我哪儿装病了？我……”

“知道，”王小伟还没说完，话就被贺平意打断，“你摔烂了你妹妹养的盆栽，被你妹妹追着打，从楼梯上跳下来，然后没站稳，坐到了地上，偏偏地上有个一楼小孩儿放在那儿的滑板，硌了你屁股。可是这都是什么时候的事了？你还记得吗？”

“滚滚滚！”王小伟一脸不耐烦地纠正，“我妹妹那不是盆栽，是多肉，我妹妹养得可好了。”

“哦，多肉，”贺平意并不觉得有什么区别，“那不还是盆栽吗？”

“废什么话，”王小伟一把甩掉贺平意搭在他肩上的胳膊，“别跟我在这儿拉拉扯扯的。”

贺平意一如往常，笑得懒懒的。

开学两周，王小伟觉得这个同桌从来就没睡醒过，眼皮永远抬到一半，最多最多，被老师拎起来回答问题的时候会给个三分之二的高度。王小伟正了正被拽歪的衣领，偏头打量了贺平意一眼，刚好就看到他眉骨上那条疤，很浅，但很长。王小伟问过贺平意这疤痕是怎么来的，贺平意不说，可是王小伟这人好奇心重，每次看到，滑到嘴边的话就憋都憋不住。

“你这……”

“欸？”贺平意转头，视线越过二楼的栏杆，投向主楼上的大喇叭。他佯装惊奇，眉毛也配合地挑了起来：“换歌了嘿。”

闻言，王小伟也侧耳一听：“哎哟，竟然不放《菊花台》了。这什么歌啊？”

贺平意将脑袋跟着歌曲的旋律点了两下，没答，甩着胳膊继续往前走。

一年四季，贺平意最不喜欢夏天，又热又困。

楼道里人挨着人，挤得很。贺平意的视线在上下晃动，半昏半醒间，有一种自己走着路都能睡着的感觉。困的时候，贺平意能把懒发挥到极致，比如现在，他就吝啬于用一丝一毫的力气去控制自己的身体。在王小伟看来，贺平意的脚每踏到地上一下，恐怕都能引得他全身的关节、骨头稀里哗啦地震颤，也不知道他浑身上下那些器官是不是在晕车。

贺平意困得睁不开眼，打了个很大的哈欠；他用一只手摁着后颈，转着脖子放松。肩膀夹得紧，另一只手摆动的幅度便不自觉地增大了些。

这一甩，就打到了后面的人。

贺平意一个激灵，立马清醒了过来。他赶紧回头，在没看清后面的人是谁时，就急促地说："对不起，对不起！"

不知是因为刚刚打过哈欠，眼底的水雾没散，还是因为楼道里昏暗的光线，抑或是因为周围人太多——反正无论是哪一种原因，都造成了回头的一瞬，贺平意的整个视野是晃荡又模糊的——他还在说着没说完的对不起，视线中的男生没说话，只抿着唇，看着他笑。

因为是在楼道里，嘈杂的话语声淹没了思想，那张在眼前的脸像是被无限放大，成了唯一清晰的存在。

温柔。

这竟是贺平意在那一瞬间想到的词语。

从前他觉得，这些形容词，不过就是用在书面文字里，为了写起句子来好听罢了。他从没想过自己第一次真切地体会到这两个字，会是在这样一个匆忙慌乱的回头间，在一个男生的笑容中。

要是非让他来形容此时的感觉，贺平意只能转述自己脑袋里蹦出的两字感叹。他呆呆地转回了脑袋，踏下了最后两级台阶。

贺平意有点发蒙，身体不由自主地停了下来，转头往回看。可楼道里拥出了一拨又一拨穿着校服的人，他早已找不到那张脸。

王小伟还在和他说着话，见旁边忽然没了人，纳闷地转过身来寻他："干吗呢？"

贺平意立即问王小伟："哪个班有个长得白白净净、挺好看的男生？"

"什么？"这问题来得太突然，王小伟吓得将脑袋往前探了探。

"就是白白的，不太高，应该挺……"贺平意左右看了两圈，看到王小伟脸上莫名其妙的表情，忙改口，“算了，没事。”

跑操时每个班先集合，会有学校当值的同学记录每个班的出勤人数、请假人数。学校硬说学生不能老坐着，所以只要不是得了什么实在动不了、站不住的大病，就算是请假也得在旁边站着，晒晒太阳。这也是贺平意之前不齿王小伟的原因，人家因为一些原因不得不请假的女生都在这儿站着，王小伟就好意思躲在教室里睡大觉。

到了集合地，王小伟还要往一边站，被贺平意扯着领子硬拽到了队伍里。王小伟站在那儿嘟嘟囔囔，贺平意则一直没回过神来。

七中的高三是被划到一个单独的校区的，实验班又单独被安置在一栋二层小楼里，一楼是老师的办公室和厕所，二楼是教室，有六个班，四理二文，理科班和文科班分别在楼梯的两边。整栋楼一共就这么几个班，没见过这号人啊！文科班的？

贺平意将手插在裤兜里，皱着眉头，两脚起起落落，一下下踩着地面上的白线。

皮肤白，眼睛大，不戴眼镜，个子不高，笑……

“还有请假的吗？”班主任陈继站在队伍前喊。

“有！”

陈继都已经开始喊体育委员了，贺平意突然喊了一声，而后猛地抬头，举手。

一旁的王小伟被他这套连贯的诱敌深入、金蝉脱壳的举动惊得愣住，瞪着他：“我……”

贺平意的心理素质显然比王小伟要好一些，他坦坦荡荡地跨出了队伍，走路的姿势完全看不出来哪里不舒服。

等到队伍出发时，王小伟还在打着口型朝贺平意怒骂！

下午第一节课的课间，太阳实在大得很。贺平意眼睛都睁不开，却坚持眯着眼睛看着经过的一列列队伍。让他比较烦的是，他们学校效仿其他学校，搞什么“板块式”跑操，几乎人贴着人，致使他有时候根本看不到队伍外侧的人。

贺平意也不知道他现在是在干吗：或许是想知道那个男生是哪个班的，或许是想和他做朋友……

后来贺平意回想起来，他那时候或许只是想证明，刚刚不是一场梦，世界上真的有这样一个笑容存在。

这种迫切想要抓住什么的感觉，他曾在很长的时间内一直在体验，又曾在很长的一段时间内都不曾体验。

贺平意迎着太阳，转过了身。经过的队伍喊着“一二三四”，喊着班级口号。贺平意尽量不错过每一张脸，哪怕是从缝隙里露出来的一截鼻子和眼角，他都要仔细辨认。但过了好久，他还是没看见那个人。

眉头越皱越紧，既因为被晒，也因为焦急。他想要尽力再将那张脸回忆得细致一些，但这时他才发现，刚刚匆促的遇见，他所有注意力都被那个男生的脸、那个男生的笑吸引了过去，所以，他甚至连那个男生的发型是什么样子的都不记得。

皮肤白，眼睛大，不戴眼镜，个子不高，笑……

贺平意的眼睛突然睁大了些。

太阳被一团云遮住，光线暗了下来，正跑过来的那个班喊了什么乱七八糟的口号，贺平意完全没听清楚。

第一排最外侧的男生一颠一颠的，跑的节奏总和别人有微妙的差别。男生一直看着他，脸上的神情有些茫然，除了鼻梁上架了副眼镜、脸上没那个笑，完全贴合贺平意脑袋里的印象。

立刻，贺平意插在口袋里的手就握紧了一些。他想朝那个男生笑一笑，但这样一个示好的动作对贺平意来说太过陌生，加上此时紧张，贺平意的嘴角抬都没抬起来。

可是队伍的前进是匀速的，也没人等他重新整理好表情。贺平意眼看着那个男生就要被他旁边的人挡在自己的视野外，脚下急得跟着挪了两步。站在他身侧的女生正在低头背单词，他突然这么一动，吓得那女生惊慌失措地抬头看他。

意识到自己的失态，贺平意干咳了一声，重新站回自己的位置。

等他再抬头，那个班的人已经跑远了。

又看到了那个人之后，贺平意算是重新找回了自己一贯的冷静与理智。等自己班的人再跑过来时，他开始数后面经过的班级，等着那个男生在跑第二圈时经过自己。等待的时间里，他顺便补全了脑海里的画像。

皮肤白，眼睛大，鼻子好看，嘴巴也好看，眼镜……

所以，是戴眼镜的吗？

贺平意迅速低头，笑笑。

个子不高，瘦，头发比一般男生长一些，笑……

没笑啊——刚才……

这样想着，贺平意有些遗憾！

第二圈，贺平意准确地定位到了八班的到来。从他们刚刚进入自己的视野时，贺平意的目光就已经锁定在了那个男生的身上。

但这次，那个男生却没看他。不仅没看，还有点像是在故意回避，始终直直地望着前方。

贺平意不知是不是自己多心，不过他仍歪着头，不声不响地注视着他。

终于，在快要跑到贺平意的正前方时，男生朝这边偏了偏头。他像刚才一样，茫然地望着贺平意。

贺平意抬起手，没抬太高，只抬到身侧与胸齐平的位置，然后朝他挥了挥。贺平意发誓，这是他长这么大做出过的最“温柔”的动作。

很意外，男生的脸上非常平静，没有被吓到，没有吃惊，没有因为贺平意的招手而发生任何变化。

贺平意的手没放下来，他保持着笑，继续看他。

时间像是过了很久，在贺平意深深地吸了一口气，以为男生会就这样平静地跑过去时，男生突然微微收了下巴，扬起唇角，看着他笑了。

于是，贺平意补全了最后也是最重要的一个描述。

笑起来好看。

这一天，贺平意终于遇见了荆璨。

贺平意不知道他和那个男生现在算不算认识了，虽然那天算是打了招呼，可他根本不知道人家的名字，人家大概也不知道他是哪儿来的。贺平意一直等着哪天能再碰见，说两句话，但也是奇怪，进进出出多少趟，一次也没再碰上过他。

这天体育课，贺平意原本打算在教室趴着补觉，奈何每个班都有那么几个喜欢打篮球的男生，一到这个时候就可劲地撒欢。数学老师刚说了句下课，王小伟就一只脚从桌子底下钩出个篮球，捞在怀里，催促着贺平意快点去操场。

三对三，半场，对贺平意来说算是轻松。再加上班上有几个同学的水平确实不错，贺平意打得顺手，在某次瞄准球筐投篮的时候，心里竟然涌起了那么一点已经很久不曾有过的激动。但到了后半场，贺平意的状态变得更好的时候，场上有两个人的节奏忽然变得很不对劲。比如王小伟，运个球都能丢，投篮时不看球筐，也不知道在瞄哪里。休息的间隙，贺平意走上前去，奇怪地问王小伟："干吗呢，你？"

王小伟面上表情不大自然，眼神闪躲，一点都不像平时没脸没皮的样子。

顺着他偷瞥的方向看了一眼，贺平意看到看台的第三级台阶上坐着一个女生。长鬈发披散在肩头，穿了一件在夏天里再普通不过的马球衫。即便是贺平意，也要真心夸赞一句漂亮。

贺平意淡淡地瞧了一眼，而后一只手拍了拍王小伟的后脑勺：“别看了，打球！”

但他转过身后才发现，此刻球场上，并不是只有王小伟一个人在偷看。

贺平意两只手掂着球，歪头，预感到后半场大概不会打得那么顺了。

“喂，”王小伟忽然追上来，小声在他耳边嘀咕，“你不认识她啊？我跟你说——温襄赢，八班的……”

“八班？”贺平意停住，立马来了精神。他在原地转了一圈，一双眼将操场扫了个遍。

那个小笑脸呢？

“贺平意！”

队友突然叫了他一声，贺平意反应有些迟钝，刚往队友的方向看过去，球就已经越过他的头顶，飞了出去。他看了看已经飞出去老远的篮球，回身朝队友扬了扬手，为自己的失误道歉。

贺平意小跑着去捡球，拿了球放在手里，还没放弃在偌大的操场上寻寻觅觅。操场另一边的攀岩壁前聚集着一堆人，他没看清攀岩壁上的人，但已经听见了下面人的笑声、起哄声。

“女生都比你快了！”

“不行下来吧！”

贺平意听不太清他们起哄的具体内容，但他眯了眯眼，看到攀岩壁上一左一右挂着两个人，其中一个男生瘦瘦的，露出了白皙的小臂。

贺平意转身朝篮球场跑了几步，将球往那边一丢，喊了王小伟一声：“让大肖先上！”

就在这短短的时间里，在他转回身往攀岩壁的方向走时，那个男生已经又往上攀了一小段距离。其实这块攀岩壁并不高，对贺平意来说，更像是块给小孩子玩的玩具。但贺平意能看出男生的进退两难，他猜测男生应该已经没了力气，只是在硬撑着，不愿意下来。

贺平意轻轻摇摇头，叹了口气，往那边迈开了腿。

一旁的女生已经攀到了顶端，底下围着的男生便又逮着了说话的机会，玩笑开得越来越不依不饶，问上面的人到底行还是不行。

贺平意皱起眉，注意到男生的胳膊和腿都在微微地颤抖。他扫了一眼，看到八班的体育老师也在紧张地望着上面。

“荆璨，没劲了就下来，第一次攀岩找不到感觉很正常。”

体育老师估计也是看着不行，给上面的人找台阶下。但男生像没听见，一面颤抖着，一面又将手往上递了一截。

贺平意学习不用功，也不是网瘾少年，所以很幸运，在近视率暴涨的校园里依然拥有 2.0 的绝好视力。他已经站到了起哄的人群里，此时，甚至可以清晰地看到男生的手背上因用力而暴起的青筋。

太阳还很大，贺平意想，他在上面一定很不舒服。

男生缓慢地挪动着手脚，终于，勉强到了终点。

贺平意静静地站着，迎着刺眼的阳光，一直保持着仰头的姿势。直到看着男生从攀岩壁上平安下来，他才舒了一口气，抬腿往厕所走去。

精神脱离了紧张模式，慢吞吞地走着，贺平意才开始细细回忆刚才别人是怎样叫他的名字的，精彩？景灿？

贺平意转头望了一眼，发现男生并没有站到下方的队伍里，而是一直微低着头朝前走，已经快要走到操场里侧的树荫底下。那里立着块宣传牌，贺平意走到了厕所门口，男生也已经躲到了宣传牌的后面。贺平意又站了一会儿，不过被那块大牌子挡着，除了能看到两只鞋偶尔细碎地挪动，再看不见别的，也不知道男生在干吗。

贺平意估计这人一时半会儿跑不了，而且他确实也没想好怎么和人家认识，便上了个厕所，洗了手，才双手一左一右插着兜，朝那边溜达。走到半路，贺平意觉得还是有哪里不对，低头思考了片刻，他跑到器材室，又借了个篮球。

两只手来回掂着篮球，伪装成漫不经心的样子。等快走到那片树荫的时候，贺平意左手稍一用力，右手错开，篮球就被“不小心”推了出去。

那个男生正蹲在地上，篮球准确地滚到他的身前，停下。

贺平意追着球小跑过去，在心中扬眉：三分，赛点。

“对不起，嗯……”贺平意支吾了一声，一只手不自觉地拍了拍腿侧，“我不小心的。”

男生抬头，看到贺平意时，似乎愣了愣。贺平意顺着他的胳膊往下看，才发现原来他不是在系鞋带，而是挽起了裤脚，在查看脚踝磨破的伤口。

“受伤了吗？”贺平意立刻问。

男生的嘴角动了动，但还是直直地看着他，没开口。

“刚才攀岩磨的？”贺平意追问得很自然，像是完全没在意他的沉默。

这回，男生放下了裤脚，站起了身。

其实贺平意真的不是什么好相处的主儿，这要换了别人，贺平意早就走了——并且头都不带回的。但很奇怪，贺平意此时满脑子都是下一句话该说什么，甚至根本没心思去想他到底为什么不理自己。

贺平意抬起两只手，伸出食指，指了指自己：“你不记得我了吗？”

第一面是在楼道，第二面是在操场。就这么短短的几秒钟，那两个几秒的片段已经在贺平意的脑袋里过了千百遍。

男生一直没理贺平意，可贺平意从他的眼睛里分明看不出半点对自己的讨厌。在他正要告诉男生他们在哪里见过时，男生开了口。

“我们，见过吗？”

平静、迟疑，这是贺平意所能体会的语气。

这是他和自己说的第一句话，也是贺平意第一次听到他的声音，第一次听他说“我们”。

“见过啊。”贺平意说。

男生听着，用手顶了顶眼镜，垂着眼睛，低下了头。贺平意就歪着头，微微朝前倾身，继续注视着他的脸。贺平意发现男生的睫毛出奇地长，方才他眼镜戴得低，还没注意到，这一细看，才发现他的睫毛几乎已经扫到了眼镜片上。

“在篮球场，”贺平意光顾着看人家的睫毛，说话都没了谱，“哦，不是，在楼梯，我不小心打到了你；还有跑操的时候，我跟你打了招呼。”

在说完这些以后，贺平意试探性地问：“记起来了吗？”

阳光飞上了眼睫，颤动着。

贺平意拿出足够的耐心，等了足够久，可没想到，男生却摇摇头，说：“不记得。”

这回，换成贺平意彻底地愣住了。不过在男生的注视下，他很快点点头，说：“没关系，我叫贺平意，二十一班的。刚刚……听见他们叫你，不过没听清，你叫什么名字？我怕我记错了。”

贺平意已经尽量将话说得不好回绝，他在心里替自己狠狠捏了一把汗，生怕即使这样，人家对他还是避之不及。贺平意从没这样主动地去交过朋友，没想到第一次就出师不利。他低头看看自己特意找来的篮球，想想也是，他硬要这么尴尬地去认识人家，谁受得了？

“荆璨。”

没来得及绝望，贺平意就听见了一个声音，很清晰。

贺平意抬起头看他，刚好迎上他投过来的目光。这目光让贺平意找到了熟悉的感觉，正是那天在楼道里，还有在第二圈跑操时冲他笑的样子。

这时，贺平意才确定，他对自己应该是有过戒备的。跑操时有过，刚才也有过。

“嗯。”贺平意顿时有种大功告成的圆满感。贺平意看着他的眼睛，来来回回念着他的名字，嘴角的笑忍都忍不住。王小伟若是见到贺平意此时的笑容，大概不太会相信这是他那个只会懒笑的同桌。

“哪个璨？”

“笔画很多的那个。”

和之前不同，荆璨在说出自己的名字之后，便少了很多沉默。他没放任贺平意一个人自说自话，这也验证了贺平意关于戒备与否的猜测。

“哦——笔画很多的那个。”

贺平意喃喃地重复，视线不小心转向操场的方向，看到一群群的学生在做着各种运动。很奇怪，明明那边那么闹，贺平意同荆璨站在一起，却觉得很安静、很舒服。

“我们班要集合了。”

打破安静的是荆璨的话音，贺平意立马随着这话音点点头。

见他还是没有要走的打算，荆璨又问：“我要走了，你不去打篮球了吗？”

“啊，”贺平意终于回过神来，“去，去。”

他朝前走了一步，弯腰去捡自己的篮球。站起身，却看见荆璨一直在看着篮球。

“你篮球打得很好吗？”

“我啊，”贺平意想了想，决定还是谦虚点，“还不错吧，你想打篮球？我教你啊。”

荆璨这次笑了，笑容比贺平意第一次见他时还要开怀。

“我太矮了。”

“没事啊，都是打着玩的，高矮有什么要紧的。”他再次强调，“你想学的话就来找我，我教你。”

不知是因为八班体育老师哨声的催促，还是荆璨心里真的有了要学的打算，反正荆璨笑着点了点头，说了声：“好。”

得到这句回答，贺平意才抱着篮球，打算走。

“对了，”转身时瞥到荆璨的脚踝，贺平意回忆起所见的破皮与青紫，“你脚上的伤，要不要到医务室看看，不处理的话，夏天容易发炎。”

“没事，”荆璨不大在意，还抬脚晃悠了一下，“不严重，我放学再去涂药。”

贺平意点点头。

贺平意抱着球跑出了一段距离，再回头看，发现荆璨还站在那块宣传牌旁边，定定地看着自己。他的表情像是又恢复了平静，贺平意心头一颤，转过身，倒退着朝荆璨挥了挥手。

荆璨没反应，贺平意便停下来，歪着头，皱着眉，却笑着看他。

直到荆璨终于朝他笑了，向他轻轻挥手。

徽河市连着下了两场雨，将夏天的温度稍微洗刷掉了一些。因为有些着凉，贺平意的妈妈打了四天点滴，正赶上贺爸爸出差，贺平意就请了几天假照顾。再回到学校，桌上的那一摞试卷、习题让他怀疑是不是下个月就要高考了。

看到他头疼的样子，王小伟从一摞试卷里给他扒拉出六七张，说：“先做这些，这是这两天要讲的。”

贺平意盯着卷子上的字看了几眼，纳闷：“咱们不是没讲完课吗？怎么会有这么多题要做？”

“对啊，没讲完啊，”王小伟写完一个“证”字，拿笔杆在一张卷子上敲了两下，“这就是课，后，习，题，啊！”

上课铃响了，贺平意拧着眉倒吸了一口气，把卷子折成一沓，暂且塞到了抽屉里。语文老师抱着课本走进了教室，王小伟写好了最后一个公式，翻看背面还空着的四道大题，终于忍不住小声抱怨：“口口声声说什么素质教育……”

白天老师讲课，贺平意只能在晚上最后一节自习课上拼命做题。但问题是……

贺平意看着卷子上那个几何图形，扔了笔。

问题是他也不会做啊！

“唉。”贺平意叹了一口气，有点不想写了。但他自知自己未来没有什么不劳而获、一夜暴富的机会，现在也只能认命地把自己扔掉的笔再捡起来。

“不走啊？”

“你先走吧。”贺平意看了看表，心里琢磨着把数学卷子做了以后，怎么也得把物理习题看看，那套题那么难，不先做一遍的话等老师讲解时他怕是一点都听不懂。

教室里的人一个个走掉，贺平意完成任务时已经快十一点半了，他揉了揉酸痛的肩，站起来，打着哈欠关了灯。

这个时间，学校里几乎没有人了，连宿舍楼里都已经进入了熄灯前那段短暂的喧闹时间。贺平意锁了门，朝栏杆外看了一眼。几盏路灯还亮着，不至于让视野里只剩黑暗。

贺平意还是第一次看到这样安静的校园，平日里，他总是赶着不迟到的边缘线匆匆地来，再随着大批离开校园的迎接高考的学生匆匆地走。铃声、讲课声、背书声、讨论声、翻卷子声，校园里最不缺的就是各种声音。贺平意停下来，朝栏杆那边靠了靠，将手臂伸直了搭在栏杆上往下望。视野下方钻出一个人影，穿着校服，背着书包，戴着眼镜。

贺平意愣了愣。

荆璨吗？

他又稍稍探出脖子，仔细瞧了一眼。确认了那是荆璨之后，贺平意便将手臂曲起，趴到栏杆上，看他到底在干吗。

而楼下，荆璨小跑着前进，在一个排水渠的位置朝侧边伸出一条腿，摆出一个汽车甩尾的姿势，在地上画出了一条弧线，就转了弯。

贺平意把下巴从胳膊上抬起来，看到荆璨又跑了两步，然后停下来，回过头去看自己刚刚跑过的路。

“喂。”

贺平意突然开口，楼下的荆璨被吓得打了个哆嗦，猛地仰头看过来。

见他一副慌乱的表情，贺平意维持着笑，问：“听说你用排水渠过弯，真的假的啊？”

像是在建立某种默契，长久的时间内，荆璨都安静地保持着仰望他的姿势。贺平意弯了弯腰，身子朝后弓去，又趴下来，将下巴搭在胳膊上，看着荆璨。

“啊？”荆璨的回应很标准，还配上了一副有些懵懂的表情。

“我们来一圈？”贺平意说了这么一句，然后笑着转身，下了楼。

“怎么还没走？”见荆璨朝自己看过来，贺平意又朝他挑了挑眉，问道。

“做作业来着。”

忽然起了一阵风，荆璨原本站在一个小石阶上，风一吹，不知是冷还是没站稳，他从石阶上下来，跺了跺脚。荆璨额角的头发偏长，此刻他低着头，额角的头发飘起来一片。

“最近降温，早晚更冷，你应该多穿点衣服。”

两个人并排沿着教学楼往外走，听到贺平意这样说，荆璨看了他一眼，认真地回答：“我还穿了校服外套，你只穿了短袖。”

“嗯，”贺平意想都没想，立马说，“问题是我不冷啊。”

荆璨踢了一脚脚下的石子，小声说：“我也不冷。”

也就继续走了两步吧，荆璨打了个喷嚏。贺平意低头，笑出了声。荆璨轻轻看了他一眼，抿着唇不说话了。

“你怎么走？”贺平意岔开话题，问，“骑车？”

“走路。”

大概是为了给高三学生营造一个安静的学习环境，七中的高三校区已经不在城市的中心地带。偏到什么程度呢？校区已经建成五六年了，但周围的区域到现在也没完全开发。白天这里都没什么车，到了晚上，更是连个人影都看不到。不过好在徽河市小，这里虽然算是字面意义上的城市边缘，但离市中心也不算太远。

荆璨是第一次在学校待到这么晚，说完这话，他望了望学校大门的方向，有些无奈地垂下了眼睛。

一颗石子又滚了出去，荆璨心想：就不能多装几盏路灯吗？

贺平意一直留意着荆璨的表情变化，他忽然觉得荆璨这个人很矛盾，不免质疑自己先前对于荆璨的认知是不是错了。之前见到荆璨，在他不说话的时候，贺平意便完全猜不出他在想什么，但是这会儿，这人的心思、每一次的情绪转折，分明是实时同步到了脸上，单纯到不能再单纯了。

看他紧锁着眉头，却什么也不跟自己说，贺平意便拍了拍他的肩膀：“你跟我去拿车吧，太晚了，一起回去。”

一瞬间，荆璨的脸上涌现出一丝惊喜和解脱，在他抬头看向贺平意的时候都没有消散。

贺平意再一次在心里否定了自己先前对于荆璨的判断，这么一小孩儿，怎么会觉得他心思很深的呢？

两个人拐进了车棚，在贺平意的带领下，他们径直走到了一辆小电动车的旁边。

看着车把上那两朵紫色小花的图案，荆璨犹豫了几秒，小声问正在开锁的人："这是你的车啊？"

"不然呢？"贺平意踢开脚架，把车推了出来，"我还大晚上在这儿偷车啊？上车，不许嫌灰。"

荆璨挪到后座旁边，转着身子比画了两下，没坐下。

"叉着腿坐，稳当。"贺平意说完，朝后伸手，"书包给我。"

等了一会儿，手上还是没有重量。贺平意转头，看见荆璨在盯着自己的手发呆。

"发什么呆啊？"贺平意侧过身，又朝他递了递手，"给我呀！"

学校里不让骑车，不过这个时间，贺平意和荆璨骑着车在学校里兜两圈都没人管了。

"欸，你们文科班，也那么多作业吗？"

"什么？"

贺平意突然说话，荆璨走着神，没听清。

"作业，我怎么觉得老师留的作业太多了点，我做卷子做到现在，还剩一大堆没做。"贺平意稍稍调整了一下车速，从一个减速杠的边上绕过去，"你赶什么作业来着？也是课后习题吗？"

后座上，荆璨推了推眼镜框，停了一会儿，才不大自然地说："不是，是语文作业——作文。"

"啊？"贺平意以为自己听错了，"作文？"

"嗯，"荆璨老老实实地回答，"不会写。"

贺平意不知道是不是自己的错觉，他从荆璨后面这三个字里听出了点委屈的情绪。

"我也是，"贺平意笑了，他替荆璨解围，"我也不怎么会写作文。"

也许是因为对自己来说不是什么光彩的话题，荆璨没再搭话。贺平意骑起车来容易变懒，特别是这会儿街上这么安静，要不是因为带着荆璨，他可能会慢悠悠地骑到自己睡着。现在他微微眯起眼睛，享受已经有些凉的晚风，后面的人也一直很安静。

“怎么这几天都没……都没碰见你？”

有些意外，过了一个街区后，是荆璨先开口，打破了沉默。

“哦。家里有点事，请了几天假。”贺平意说完，想了想，“不过以前我也没见过你啊！可能因为我不怎么出教室，碰到的机会不多。”

“是吗？”轻轻地，荆璨这样问了一声。

遇到红灯停下，贺平意扫到自己家的方向，这才猛然想起，自己刚才载上荆璨就走，都没有问他家在哪儿。

“欸？”觉得自己的脑袋现在大概已经不太灵光了，贺平意有点想笑，“你家在哪里啊？我忘了问，你也不告诉我，我要是把你拉走拐卖……”

他的话没来得及说完，荆璨忽然伸出手，拽住了他腰侧的衣服。要不是衣服收紧，贴上了他的皮肤，荆璨那一拽，贺平意几乎都察觉不到。

从腰侧露出的那一截手指几乎白到透明，贺平意扫了一眼，忽然忘了自己刚刚想要说什么。

“雁朝路 39 号。”

一直到贺平意把车骑到雁朝路停下，荆璨的手都没收回去。贺平意还以为是他骑得太稳当，荆璨在后座睡着了，便背过手去，拍了拍他的胳膊：“到了。”

“哦。”荆璨慢半拍地反应过来，然后很快从车上跨了下来。

贺平意侧头朝那座大房子看了一眼，发现里面的灯都熄了，便抬了抬下巴，说：“赶紧回吧，你家里人都睡了。”

荆璨很乖地点了点头，转身，贺平意便目送着他朝家的方向走去。

谁知走了几步，荆瑧突然又转回了头，欲言又止。

“怎么了？”贺平意主动询问。

“刚刚，你说错了。”荆瑧的表情看上去有些忐忑，他说得很慢，像是在试探贺平意会不会因为他说的话出现什么不好的情绪，“应该是，‘我也想跟你来一圈，有时间吗？’”

贺平意这才明白，荆瑧指的是自己刚刚说的台词。

“哦？”其实这句话贺平意已经记不清了，贺平意估计荆瑧说的应该没错，但看他这么认真地纠正自己，忽然想逗逗他，“我怎么觉得我说的才对呢，你会不会记错了啊？”

“不可能。”荆瑧这次完全没有犹豫，他看着贺平意，眼底有星星的光亮，“我不可能记错的。”

这一刻，荆瑧的脸上有一些贺平意从没在他的身上看到过的神情——自信，笃定。

贺平意着实愣了一下。

看他没反应，荆瑧的脸上闪现出一些懊恼，他以为是自己的唐突让贺平意感到难堪，匆忙说了句“再见”，转身就要跑。

“喂。”贺平意不明白他为什么忽然就要逃跑，朝前微微倾身，笑着叫住了他。

荆瑧回头，停在原地望着他。贺平意勾起一边的嘴角，笑得吊儿郎当的。

“我有时间啊，”贺平意说，“明天早上我来接你，六点五十。”

第四章 炸鸡排

等荆璨进了院子门，贺平意拧了拧车把，往前蹭了一小段路。铁栏杆上的爬山虎不知怎么长的，正好留出了一个洞。贺平意缩着脖子低了低头，透过这个洞，看到里面的房子亮起了灯。

原本在做题的时候，贺平意已经困得睁不开眼了，但把荆璨送回来之后，他突然不困了。贺平意没急着走，而是俯身趴到车把上，呆呆地望着那扇被灯光映成黄色的窗户。

似乎从第一次见面起，荆璨就一直让他充满好奇：先是好奇他到底是谁，后是好奇他为什么总是不说话，然后是好奇他到底是一个怎样的人——明明长了一张很显小的脸，荆璨给贺平意的感觉却好像在十多年里攒了满腹的心事。

窗户后忽然出现了一个身影，贺平意愣了愣。

是荆璨。

他站在那里一动不动，离得太远又是逆光，贺平意看不清他的表情，但贺平意想，荆璨一定是在看自己。贺平意于是深吸了口气，打开车灯，朝窗户里面站着的人挥手告别。

贺平意走后，荆璨又在窗前站了很久。一直到双腿有些酸痛，他才关了灯，坐到桌边的椅子上。

到家时，贺平意看了看表，从荆璨家到自己家，电动车要骑十一分钟。他偏头往里屋看了看，见妈妈卧室的灯已经关了，便摸黑进了厕所，放轻手脚，匆匆洗漱完，回了自己屋。

躺在床上，不知怎的，脑袋里全是荆璨刚刚和他说自己接错了台词时的样子。贺平意睁开眼，双手交叉枕在脑后，望着天花板思考。这个画面再一次在他眼前重复，他猛地翻身坐起来，打开了电脑。

第二天，贺平意提前二十分钟出发，他一路上都是一手插着兜一手扶着车把，哼着小曲。停到荆璨家门前，贺平意悠哉地吹了声口哨，长舒了一口气。

没想到口哨声刚落，荆璨家的大门就开了，里面站着的人头发乱糟糟的，一双大眼睛隔着镜片与朦胧的雾气看着他。

"这么早？"贺平意笑了笑，见荆璨站着不动，一只手朝他招了招，"上车啊。"

这次，贺平意没说话，就在荆璨走到自己身边时直接将他手里的书包拿了过来。

"你是昨晚到家又接着学习了吗？还把书包拿回来了。"

比起昨晚，荆璨上车的动作已经熟练了很多。快到转弯时他会提前拽住贺平意的衣服，平稳时再主动放开。

"没有，就是……"

荆璨想了想，老实地回答："就是不习惯什么都不拿。"

贺平意听了，稍稍歪了歪脑袋，尽力去理解这是怎样一种习惯。

而荆璨在说完这句话后其实有些后悔，他怕贺平意会觉得他这样的行为很奇怪。可是抬头看着贺平意的后脑勺，荆璨张了张嘴，又说不出什么补救的话，便只是轻轻咬了咬嘴唇，偏头去看他们经过的道路。

他来到这个城市快一个月了，但今天望过去，这条他走过很多次的路上还是有许多陌生的店面。荆璨的视线锁定在一家鸡排店上，电动车已经经过那家店了，他还转着头在看。

“对了，”遇到红灯，贺平意在路口停下，忽然转头和荆璨说话，“我回去又看了《头文字 D》，昨天是你说对了。”

像是做了什么亏心事被发现，荆璨在听到贺平意的声音后，匆忙转回了头。

看到他满脸惊慌的样子，贺平意没忍住，笑了：“干吗，想吃炸鸡排啊？”

荆璨觉得脸上发烫，小声否认：“没有。”

他被贺平意盯得将头转向了另外一边，却又听到贺平意说：“你开过车没？”

开车？

荆璨一愣，看向贺平意：“满十八岁才能考驾照呢！”

“我知道，”贺平意边笑边说，“卡丁车呢？开过吗？再不济，赛车游戏玩过没？”

荆璨撇开眼睛，微微皱起了眉，盯着地上的裂缝，轻轻摇了摇头。

“没有。”

因为他低着头，贺平意此时只能看到他的一个发旋。

绿灯亮了，车流从他们身边经过。

“那下次一起去玩啊。”转过身，在电动车起步前，贺平意说了这么一句。

学校门口，一个个睡眼惺忪的“学习机器”踩着点走进了大门。贺平意和荆璨到车棚将车停好，走到楼梯时，荆璨忽然主动叫了贺平意一声。

好像……还是第一次听见他叫自己！

“嗯？”贺平意转着钥匙的手停止动作，转头看着荆璨。

荆璨走得很慢，每上一级台阶，头都跟着微微点一下。他一直没给贺平意下文，等到上了楼梯，他们要朝各自的班级转弯了，才说：“真的能去开赛车吗？”

贺平意还以为他这么半天是在憋什么不得了的事，荆璨这话一出口，贺平意就知道自己还是高估了荆璨的社交能力。

“这有什么不能的？”

听了贺平意的话，荆璨拽着书包的那只手紧了紧，他低头，用一只脚的脚尖轻轻踩了踩地板上的花纹。贺平意看到他的嘴角慢慢勾起来，不小心露出了一个被刻意隐藏的笑。

不断有同学从楼梯上来，荆璨听到别人说话的声音，原本愉悦的脸变得不太自然，他点了点头，说：“那我先走了。”

“嗯，待会儿吃饭的时候等我，”贺平意说完，扬了扬下巴，“去吧。”

七中的高三年级早上有两节自习，第一节是七点到七点半，然后是二十分钟早饭时间，七点五十开始第二节早自习。中间休息五分钟，八点半开始上第一节课。

为了防止第一节自习课大家犯困，学校把这个时间规定成了早读时间。荆璨掏出一份英语报纸，摊开，扫了几眼老师规定的背诵内容，便开始低着头发呆。

他昨天晚上没怎么睡，事实上，来到徽河的这段时间，他睡眠一直不太好。回想当初他问宋忆南自己能不能来这里读书，宋忆南满脸诧异，短暂的沉默后，她轻轻笑着，答应他会和荆在行商量一下。荆璨不知道宋忆南是怎样说服荆在行的，但他离开家的那天，是宋忆南送的他。宋忆南说荆在行公司那边有事，没办法送他，但荆璨知道，自己的父亲其实就在书房里。

荆璨不知什么时候收紧了手，直到短短的指甲陷进了掌心的肉里，他才在疼痛中停止了回忆。像是在一间密不透风的屋子里待了很久，当荆璨的视野里重新显现出英语报纸上的内容后，他忽然开始急促地喘气。

周遭杂乱，荆璨抬眼，才发现不知什么时候已经下课了。

贺平意。

他在一瞬间清醒过来，慌忙用手臂撑着桌子，想要站起来。而同一时刻，身旁的窗户忽然被人从外面拉开，伴随着一阵摩擦产生的刺耳声响。

“这么用功？”贺平意探进头来，挂着浅淡又无奈的笑，“都不吃饭了啊？”

“吃！”一个字冲出口，荆璨才体会到自己的语气有多么急促。他咽了咽口水，稳住内心的慌乱，恢复了平日的语速：“我这就出来。”

慌忙之中，必出差错。荆璨一条腿带倒了同桌的凳子，一声巨响，惊得几个趴着补觉的同学一齐抬头看他。

贺平意看着荆璨的脸肉眼可见地红透了，小声安慰那个正蹲下去扶凳子的人：“没事，别急！”

被一路拉到了车棚，荆璨疑惑地看着贺平意开锁的动作，终于慢吞吞地询问：“不上课了吗？”

“上啊，”贺平意把后车轮的锁扔到车筐里，“先吃饭去。”

荆璨不明所以地被载着远离了学校，沿着他们来时的路。一直到闻到熟悉的香味，荆璨才明白贺平意在干吗。

贺平意要了两份鸡排，老板先炸好一份递给他们时，贺平意立马将鸡排塞到荆璨手里："快吃。"

荆璨低头，看到被切成一块块的鸡排，黄灿灿的。

鸡排只是用纸袋装着，握久了，烫得手指肚发疼。荆璨吸了口气，赶紧挪开手指。

"烫着了吧？"贺平意被他逗笑，"傻！"

荆璨猛地抬起头，微微睁大了眼睛。

贺平意被荆璨看得有点不好意思，轻轻咳了一声，催促他道："快吃。"

他转过头，假装等自己的那份鸡排，插在裤兜里的手却紧张地动了动。贺平意拧着眉毛攥了攥手，心想："完了，把孩子吓到了。"

荆璨又眨巴着眼睛盯了他一会儿，终于在鸡排香味的诱惑下，低下头拿起了竹签。

贺平意悄悄往旁边瞥了一眼，瞧见荆璨埋头吃得认真，跟只小老鼠似的。

等第二份鸡排炸好，两人并肩走出了鸡排店。走了几步，贺平意突然停住，叫了荆璨一声。荆璨嚼着鸡排，抬头看他。

"咱俩商量一下，"贺平意凑近荆璨，放低了声音，"我请你吃鸡排，你回答我一个问题行不行？"

荆璨顿了顿，继续嚼，三两下把嘴里的东西咽下去，才有些不解地问："什么问题？"

"你为什么总是发呆啊？"

荆璨听了，没说话，直愣愣地看着贺平意。

"当然，不想说可以不说，"贺平意解释，"我就是看你好像挺喜欢发呆的，有点好奇。”

过了几秒钟，荆璨低头迅速叉起一块鸡排，才看着贺平意的眼睛，嘟囔般回答：“发呆都不行啊？”

虽然贺平意怀疑是自己想多了，但荆璨说这话时的语气真的和之前怯生生的那个他不太一样。这时的荆璨明显生动了许多，甚至，刚刚那句话微微有那么一点耍赖的感觉。

他有些惊讶地看着荆璨自顾自地往电动车的方向走，边走还边往嘴里塞了块鸡排。等停下后，荆璨回头冲他说：“再不走要迟到啦。”

嘿……

贺平意在心里拐着弯感叹，别人是喝了酒壮胆，这人是吃了鸡排壮胆？

贺平意笑着摇了两下头，走过去，心想早知道鸡排这么管用，第二次见面时就该买块大鸡排，然后举到荆璨面前，说一句：“交个朋友吗？”

第五章 杧果

开学后第三周的周末，宋忆南来了徽河。她进家门时，荆璨正坐在小板凳上，和一堆脏衣服较劲。宋忆南自己开了门进来，在客厅里唤了两声，没人答应，便循着隐约的动静，找到了正在厕所洗衣服的荆璨。看到他的样子，宋忆南立即扶着门框轻笑了起来。

“怎么弄成这样？”宋忆南伸手摸了摸他汗湿的前额，“为什么不用洗衣机？”

没想到自己狼狈的样子会被宋忆南看见，荆璨将手里握着的白上衣拎起来，给宋忆南看。他皱着眉头，语气有些失落：“弄上油了，洗衣机洗不掉。”

“嗯……”宋忆南弯下腰凑近去看，耳边的长发在她弯腰时垂下来一缕，又很快被她用一根指头挑起来，别到脑后。她从荆璨的手里接过衣服，拍了拍他的肩：“我知道了，我帮你洗，你先去把额头洗一洗，都弄上洗衣液了，一会儿别进到眼睛里。”

略显犹豫后荆璨点了点头，站了起来。

“把你身上的这件也换下来洗了吧，”看到他身上的衣服也溅湿了一小片，宋忆南抬手指了一下，“弄湿了。”

荆璨低头看了一眼，又点了点头，然后回到房间，翻了一件干净的短袖衬衫出来。这两天气温回升，空气还干燥得厉害，荆璨脱衣服的时候不小心碰到了自己的鼻子，感觉到有温热的东西流出来，他迅速把还罩在头上的衣服扯离了脸颊，拽下来。再一照镜子，果然，鼻血已经快流到嘴边了。

荆璨和镜子里的那个人对视了一会儿，直到镜子里的人不太舒服地皱起眉头，他才抬手蹭了蹭鼻血。

宋忆南见他用纸堵着鼻孔，微微惊讶："流鼻血了？"

"嗯。"荆璨应了一声，带着浓重的鼻音。

"天气太干了，"宋忆南想了想，说，"待会儿我们去超市，给你买点水果，以后要记得每天都吃点水果。"

荆璨没有提出异议，点了点头。他本来转身要离开，但瞥见宋忆南弯着腰低着头洗衣服的样子，抿抿唇，从旁边搬了一个小板凳，放在宋忆南的斜对面，坐了下来。宋忆南笑着抬头看了他一眼，问："怎么样，在学校还习惯吗？"

"嗯，还可以。"荆璨将手臂交叠在一起，放到膝盖上，双肩因为身体的前倾而微微耸起，顶起了浅蓝色的衬衫。眼神沉静下去，他又想到了贺平意。

"和同学相处得好吗？"

相处……

荆璨想到那块大鸡排，将嘴巴掩到了胳膊里。

注意到荆璨眼神的变化，宋忆南洗衣服的动作停了下来。她朝前探了探身子，笑而不语地看着荆璨。

"嗯？"荆璨从走神中反应过来，两只手在无意识间离开了膝盖，一时找不到新的姿势，最后略显慌乱地撑到小板凳的两边。他努力控制住自己的表情，低头，又迅速抬起："挺好的，同学都挺好的。"

宋忆南看着他这一系列动作，心里隐隐约约猜到了什么。但荆璨避开了她的目光，她便笑了笑，没再追问。

荆璨拿了衣架来，宋忆南撑好衣服，忽然问荆璨："有没有去过天台？"

宋忆南家是一幢独栋，不算大，但格局很好。楼上两间卧室，都是朝南的方向，很宽敞，并且各自有一个阳台；一楼还有一间卧室被当作书房，荆璨没进去过那间屋子，他猜，那间屋子应该是宋忆南父亲的。

他确定了在徽河读书后，宋忆南收拾了自己的那间屋子让他住，还告诉他，这房子是自己的父亲设计的，建房子时家里钱不多，在经费有限的情况下，她的父亲在设计上下了很大一番功夫，尽可能在有限的空间达到最好的效果。

而宋忆南口中的天台，荆璨其实注意过，只不过没有宋忆南的带领，他便没有尝试打开那扇门。

宋忆南推开门，顺着略微狭窄的小楼梯，带着荆璨走到天台上。荆璨环视四周，发现这里架了晾衣服的绳子。

阳光炽烈，宋忆南眯了眯眼睛，将端着的洗衣盆放到地上。荆璨走过去，帮宋忆南拧干了衣服，挂到晾衣绳上。

"我喜欢这里！"

宋忆南将衣服细细抻平，理好了衣领，正要招呼荆璨离开，忽然听到荆璨说了这样一句话。

"嗯？"她略微惊异地回头。她还是第一次听到荆璨这样直接地表达自己的想法。

荆璨的目光一直落在远方，像小孩子在特别喜欢一个东西时会激动地手舞足蹈一样，他挪动双脚，缓缓在原地转了一圈，然后再一次说："这个天台很棒。"

行为类似，但程度不同。尽管说着这样一句赞美的话，荆璨的语气依然是克制的、平静的。

不知是因为阳光强烈还是因为开心，荆璨的脸上挂了点微红的颜色，衬得他眼底的光更加透亮。这样的荆璨对宋忆南而言，已经是莫大的欣慰。

两个人又在天台上站了一会儿，荆璨没有要走的意思，宋忆南看时间已经不早了，便和荆璨商量先去吃个饭。荆璨立刻答应下来，一转身，看到地上有两小摊水，是刚刚晾上的衣服滴下来的。水反射了阳光，亮堂堂的。

荆璨多走了几步，对着两摊水仔细端详了两眼，再仰头望了望刺眼的太阳，心里生出一个想法，又被他迅速压抑住。

"怎么了？"宋忆南在身后问。

荆璨又看了看地面，最终还是轻轻摇了摇头。宋忆南扫了一眼地上，才跟着荆璨离开。

两个人吃了饭，去了超市，宋忆南挑挑选选，买了一袋奇异果、一袋苹果。

"杧果吃不吃？"

荆璨拿起一个，轻轻捏了捏，又放下。

"不吃了，这个杧果太熟了，不好放。"

宋忆南看着那堆金灿灿的杧果，又看看荆璨离开的背影，还是捡了三个放到袋子里。

很奇怪，家里两个孩子，明明不是同一个母亲，却都最喜欢吃杧果。宋忆南问过荆在行，是不是因为他喜欢吃杧果，两个孩子都随他，却被荆在行告知，他对杧果过敏。所以有时候宋忆南觉得，他们一家人之所以最终成了一家人，也是因为有缘吧！

结完账，宋忆南朝大门走了两步，转头忽然不见了荆璨。她伸着脑袋四处找，看到荆璨还停在收银台旁。看到他的时候，宋忆南都怀疑是自己的眼睛出了问题，因为荆璨的脸上流露出明显的喜悦神情——下颌抬起，嘴巴微微张开，嘴角略微朝上。宋忆南顺着他的视线看过去，看到的是一排冷柜。她一边朝荆璨走去，一边又朝那个方向看了几眼，心里有些奇怪，怎么没看见有漂亮的女孩子呢？

“看到熟人了吗？”她走到荆璨身边，轻声地问。

“嗯……”荆璨转头，看到她，应了一声。

原本在说出这个字的时候，荆璨的神色还是轻松的，但不知为何，他再朝冷柜看过去时，突然紧紧抿住了嘴唇，也垂下了眼睛。他沉默了两秒，最后朝宋忆南笑了笑，说：“看错了。”

宋忆南在徽河陪荆璨住了一晚，第二天早上，荆璨送她去了火车站。临走前，宋忆南从荆璨的手里接过自己的包，忽然笑着说：“那个天台，如果你想用来做些什么，可以随便弄。”

荆璨很明显地愣了愣，他没想到宋忆南会突然说这个。

“小璨，就像我之前说的，这里是我长大的地方，现在也是你的家，所以你想做什么都可以，嗯？”

宋忆南很清楚，荆璨有什么事都喜欢自己闷着；他不喜欢提要求，更不会主动去要什么，从小就是这样。就连喜欢吃杧果这种很小的喜好，宋忆南都是在到这个家很长一段时间之后，自己观察出来的。那时她刚给荆璨当妈妈，说话、做事都是小心翼翼的。小时候的荆璨一点都不顽皮，从来不会像别的小孩子那样吵啊，闹啊。甚至每次上街，宋忆南问他想吃什么，荆璨都答不出来，即便是站在水果摊前，宋忆南让他挑自己想吃的水果，荆璨也从来不挑。一开始宋忆南以为他是因为和自己还不熟悉，所以才不去挑选，后来她发现荆璨就是这样，在他的小世界里，似乎没有“我要”这两个字——对一个东西喜欢极了，顶多是盯着多看几眼。宋忆南自小情绪柔软、丰富，自然也是真的心疼荆璨。她觉得荆璨是因为被荆在行一个人带大，所以才会这样安静、沉默，便一直尝试引导荆璨，告诉他如果喜欢什么，可以告诉妈妈。不知这样的引导算不算有成效，在这之后，荆璨慢慢长大，虽然依然没有主动对她说过自己喜欢什么、不喜欢什么，但在她让他挑选时，他已经会去挑选自己喜欢的东西了。

她并不能完全猜透昨天荆璨在想什么，但那样的表现，宋忆南想，荆璨应该是有什么没有说出口的请求。

第六章 小人头

周一早晨，荆璨靠着生物钟早早起来，坐在客厅的书桌前看了一会儿书，等时间差不多了，起身准备出门。

说起来，其实贺平意并没有特意和荆璨约定过以后每天都来接他上学。但在第一次之后，两个人像是默认了一个约定：荆璨会在同一个时间出门，而他刚刚站到大门外，就可以看到这条路的尽头，贺平意骑着小电动车，由远及近地过来。

荆璨每次都会怔怔地望着那个方向，直到贺平意停到他身旁，他便对贺平意说一句："早啊！"

对荆璨来说，对任何一个人、一件事，他都是由陌生到习惯——贺平意的出现也是这样。

"周末干吗了？"

"和我妈妈逛超市。"坐在后座，荆璨现在已经适应了微微歪着身子朝前面的贺平意喊话的姿势。

"逛超市！巧了，我也逛了，你逛了两天超市啊？"没注意信号灯的转变，贺平意突然来了个急刹车。荆璨冷不防被惯性冲击，脸撞到了贺平意的背上。

“错了错了，”贺平意回身，赶紧认错，“走神了，没看见快跳红灯了——没磕着吧？”

荆璨赶紧摇头。贺平意骨架比较宽，也不是时下流行的清瘦体形，若是一定要形容，应该是最像那种服装设计师随笔勾勒的样子。

荆璨朝上看了一眼，对上贺平意关心的目光。窘迫间，荆璨将两只手插到校服的口袋里寻求安定，手指意外地触到两个凉凉的东西，荆璨先是微愣，反应过来那是什么后，他低下头，将两只手收拢，悄悄握紧。

这个时间，正是学生到学校的高峰期。荆璨跟着贺平意去停车，一直双手揣兜，偷瞄着周围的人。贺平意只顾着锁车，没留意到他的小动作，所以在直起腰后，贺平意被那个忽然出现在眼前的杧果给吓了一跳。他顺着举着杧果的胳膊看向荆璨，荆璨认真地看着他的眼睛，慢吞吞地说：“给你。”

没等贺平意说话，荆璨就把杧果塞到他手里，从他身边挤了过去。

“哎，等会儿……”见他要溜，贺平意赶紧拽住荆璨的一只胳膊。还没组织出下一句话，他忽然瞥见荆璨校服另一侧的衣兜。贺平意立马猜到了什么，抬起手，拿钥匙指了指那个鼓出个小包、往下坠着的衣兜，故意逗荆璨：“就给我一个啊？”

荆璨愣了愣，而后立刻显露出局促的神情。贺平意眼看着他的脸一直红到了耳朵尖，刚要开口，荆璨就迅速从另一个衣兜里又掏出一个杧果，塞给他。

“我……”荆璨抬了抬眼，看向贺平意。

“一共就买了三个，昨天吃了一个……”

“荆璨。”不远处，忽然有一个女生叫了荆璨一声，打断了他已经有些说不下去的话。

"哎。"要在平时，荆璨一定要慢半拍才能反应过来，但这次他是飞速地转过了头应声。

贺平意也随着他的眼光望过去，第一眼觉得那个女生有点面熟，就是想不起来在哪里见过了。

女生没再说什么，就是挥手向荆璨问了声好，便和同伴一起走了。倒是荆璨，像是从这小小的插曲中找到了节奏，迅速跟贺平意说了一句："快打铃了，我先走了。"

第一次被甩开手的贺平意靠到栏杆上，看着荆璨小跑着溜走，在小路尽头转了弯。他掂了掂手里的杧果，闻了闻，笑了。

还挺香。

第一节早自习，贺平意没干别的，就拿了那两个杧果在手里倒腾。王小伟假模假样地端着本书，看自己的同桌对着杧果沉思。十分钟后，他用胳膊戳了戳贺平意，说："你要是实在不知道先吃哪个，我替你先吃一个。"

贺平意眼都不挪一下，只摆了下手："一边去。"

"哟哟哟，"王小伟凑过脸去，以被自家妹妹培养起的八卦娱乐精神发问，"这是哪个小姑娘给的啊？快让我看看，看看这皮儿上藏着什么爱的箴言、山盟海誓没有？"

"啧！"贺平意握着杧果，把手挪到一边。

"说说嘛。"

"别欠。"

"没意思，"完全看不到八卦希望的王小伟把脖子缩回来，塌了腰，烂泥一般瘫在桌子上，"同桌不可爱，生活没意思。"

贺平意仿佛没听到王小伟的抱怨，一双眼睛又盯着那两个杧果看了一会儿，勉强将脸朝王小伟那边稍微转了一点，问："有马克笔吗？”

王小伟白了贺平意一眼，从书桌抽屉里摸出一支，拍到他桌上。

贺平意拔了笔盖，随便翻出一张草稿纸，画了一笔：“太粗了，有细点的没？”

见贺平意终于舍得把视线转到自己身上，王小伟沉默了两秒，转头，对着课本大声朗诵：“噫吁嚱，危乎高哉！蜀道之难，难于上青天！”

周一有升旗仪式，贺平意刚站到王小伟身后，就看见王小伟前面的男生转过头来，问：“今天是不是八班升旗？”

王小伟没说话，用舌头打了清脆的一声响，朝操场的一旁一晃脑袋，笑得跟朵花似的。

贺平意也往八班那个方向看，不过和王小伟他们看的不是一个人。

王小伟和前面的男生很快就开始勾肩搭背，你一句我一叹：叹高中生活美好，人间仙女不少。也不知是谁说了一句：“怎么能长得这么好看？”

这话钻进了贺平意的耳朵，他抱着手臂，有一搭没一搭地附合道：“是啊！怎么能长得这么好看？”

贺平意纯粹是在无意识地自言自语，但王小伟还以为自己身后不知从哪里钻出来了一个鬼魂。他转头，满脸惊恐地看着突然在这种讨论中发表意见的贺平意。

“我靠……”王小伟拿拳头砸了贺平意一下。

“嗯？”贺平意转回头看他，“干吗？”

出于对自己同桌的保护，王小伟把前面那男生的肩膀放开，又往前推了推，才凑近贺平意，小声问：“你那杧果不会是温襄赢送的吧？”

温襄嬴……

这个名字，贺平意觉得自己好像听过。

他认真回忆了片刻，没想起来，问王小伟："谁？"

升旗仪式快要开始了，站在队伍后面的陈继看见前面这俩人还在说话，过来提醒了一句，王小伟只好不大甘心地转回头。但没过多久，王小伟趁着陈继走到了前面的队伍，又扭过头来："你……"

"哎呀，不是不是，"贺平意说着，又抬起眼皮瞟了荆璨一眼，"虽然记不清谁是温襄嬴了，但不是她，别说话了你！"

荆璨就站在八班男生队伍的第五个，很靠前的位置，和站在队伍最后的贺平意离得有点远。

升旗的队伍里包括升旗手、护旗手，以及一个在国旗下讲话的人。原本不知道温襄嬴是谁的贺平意，在这次升旗仪式中，记住了这个早上和荆璨打招呼的女生。会记住她，一是因为她在国旗下讲话是脱稿，二是因为在国旗下讲话结束后，她对学校最近要求女生要么留短发、要么扎马尾的规定提出了三点反驳意见。

这是第一次有学生这样公然抗议学校政策，原本已经站得无精打采的学生们都抬起头，望向主席台。贺平意朝八班队伍后面看了一眼，见八班班主任正紧皱着眉头，看着正进行流畅发言的温襄嬴。贺平意默不作声地调整了视线，将视线落在荆璨的身上，只见荆璨也偏着脑袋，怔怔地望着主席台。

明明他们离得很远，但贺平意不知怎么就是敢肯定：荆璨一定是在发呆。

这场并不常规的讲话直接影响了升旗仪式结束后的讨论，导致操场上空的声音分贝升高了不少。贺平意没干别的，解散后就立马迈开长腿，见缝插针地蹭到了荆璨旁边。

“发什么呆，刚才？”他左右看了一眼，微微低头，看着荆璨的侧脸问，“想那两个杧果啊？”

“没有！”荆璨难得地朝贺平意拧起了眉，有些着急地反驳，“我没有那么小气！”

贺平意憋着笑，没说话。两个人又走了一段路，快到楼梯口时，荆璨突然抬起垂在身侧的手，碰了碰贺平意的胳膊。

贺平意朝他看过去，听见他小声地说：“是我不对……”

“嗯？”贺平意没明白，还以为是周围太吵，听错了。他低头，凑近荆璨：“什么不对？”

“我应该给你两个杧果。”

荆璨没告诉贺平意，整整一个早自习，他都在后悔这件事。他越琢磨越羞愧，越想不明白自己当时是怎么考虑的：两个杧果已经很少了，不都给贺平意，自己还留一个干吗？人家请自己吃鸡排，带自己上下学，自己就给人家一个杧果。

见贺平意还是没说话，荆璨想再解释点什么，却又不知道从哪儿开始说起，最后还是带着懊丧低下了头。

“想什么呢？”贺平意一时沉默，其实是有些惊讶于荆璨这样的表现，他赶紧解释，“我逗你的啊！”

已经到了二层，站在楼梯口，贺平意说：“真的逗你呢！——杧果我刚才吃了，超甜。”

荆璨抬头看了贺平意一眼，不知道信没信，或者说，就算信了，他自己钻进那个牛角尖显然不是一时半会儿能出来的。荆璨面上的表情没和缓多少，不过他还是打起精神，勉强和贺平意说了两句话，道了别。

荆璨情绪低落，周围的人却都是很兴奋的状态。很多同学都凑成一堆，一边夸温襄赢勇敢，一边表示要是学校责怪下来，他们一定支持温襄赢。相比起来，温襄赢这个当事人倒是平静得像是什么都没发生，她依然披着那头长发，径直走到荆璨身旁，然后轻叩了两下书桌。

“上周的作文不能再拖了啊。”

荆璨点点头，把手伸到抽屉里去找作文纸。谁知手刚探进里面，作文纸没摸到，倒是摸到了一个凉凉的、有一点软的东西。

只摸了两下，荆璨就知道了那是什么。

眼睛跟着转了转，他强行保持着镇定，小心地将手里的东西拿到一旁，继续去翻找作文纸。

一只手拽出了作文纸，另一只手还留在抽屉里，舍不得拿出来。

等温襄赢走了，同桌也正好跑去和别人聊天，荆璨才攥着那个凉凉的东西，把手一点一点地挪出来。

他低下头，偷偷在身体与抽屉的缝隙间看着那个黄澄澄的杧果。

很意外，上面还画了画，写了字。

荆璨把杧果转了转，看到一个小人头，大眼睛，戴着眼镜，一脸呆呆的样子。

悄悄抬了抬嘴角，他又轻轻把杧果转了一百八十度，看到了另一面写着的几个字——一人一个。

荆璨的位置靠窗，一束阳光照下来，正好打在这几个字上，荆璨觉得自己的眼睛都被映得发烫。

第七章 太阳花

每周一的第三节晚自习是班会时间，因为温襄赢早晨那番惊世骇俗的讲话，这次班会之前，班里的同学格外紧张。

课间，荆璨看着课桌上的作文素材发呆，眼睛不由自主地就往抽屉的方向瞟。水性笔在指尖来来回回地蹭过，荆璨正要伸手去摸摸抽屉里的东西，忽然听见了敲击窗户的声音。他抬头，看到一盆绿萝之上，贺平意正笑眯眯地看着他。

见他看过来，贺平意抬起手，示意他出来。

荆璨瞬间从凳子上弹起，本能地朝着贺平意的方向转身。一只手触到坚硬又带着凉意的墙壁，荆璨这才反应过来自己搞错了方向。贺平意的笑脸在他眼前放大，他着急又窘迫，也顾不得膝盖磕到了墙壁上，仗着自己瘦，从同桌的背后挤过去，匆匆到了教室外。

他以为贺平意还在刚才那个位置，却没想到他蹿到教室门口，刚要转弯，身子就被一条手臂拦住。鼻子一痛，撞到了那人的肩膀上。

如果说坐小电动，不小心撞到他的后背上，荆璨还能仗着自己是藏在后面而稍微缓个神；现在这个情况，荆璨就活像一只被吓到的猫，两只“爪子”搭在贺平意的腰间，绷直了背脊，连呼吸都被吓得停止了。

没等荆璨回过神，贺平意的声音已经在头顶响起。

“你跑什么？”

荆璨的视线被贺平意的肩膀挡了个严实，只有当贺平意在说这话时稍稍放开他一些，他才有了能抬头的空间。

晚风有些放肆，吹得贺平意的头发乱糟糟地覆在额头上。为了迁就他，贺平意特意放低了一点身子，这让荆璨将他的眉眼看得更加清楚。贺平意有着两条让荆璨羡慕的眼眉，颜色浓重，眉峰清冽，和碎发融在一起时，仿若世间的起伏。

荆璨第一次看到这副眉眼时，是和现在相似的情景。

不，荆璨在心里纠正，那时还要更清楚一些。

荆璨偏头，朝外看了一眼。现在天边挂着的是弯月，浅淡、柔软，与那晚不同。荆璨记得很清楚，那晚天边离得很近，月亮很大、很圆；他戴着帽子，月光没能落进他的眼睛，但攀上了他的衣角。

“哟，你怎么跑这儿来了？”

有班上的人在和贺平意打招呼，荆璨猛眨了几下眼，弯月的影子逐渐淡去。他回过神来，匆忙挣脱。

站定了，他才发现自己的身子在轻微地颤抖，两只手冰凉冰凉的。

好在校服宽大，一旁的人并未察觉。

荆璨望着楼道，回忆和现实的交错，让他再一次看不清眼前的世界。感觉到贺平意已经完成了与同学的寒暄，荆璨便攥紧了拳头，用指甲使劲抠着自己掌心，强迫自己从混乱的思绪中清醒过来。

“又发呆？”贺平意的呼吸从耳边传来，荆璨抬头，看到的下颌仍是模糊的。没等他开口说什么，在一条手臂的作用下，他的身子已经在不顾自己意愿地往楼梯方向走。

"去做什么？"几步路，憋着的那口气已经被强制发泄了出来，荆璨抬了抬头，问。

"溜达一圈，困。"说着，贺平意停了下来。他忽然低头，看了荆璨一眼，笑出了声音："你缩脖子干吗？"

缩脖子？

荆璨自己都没意识到。

"来，"贺平意把搭在荆璨肩上的手朝里使劲，轻轻碰了他的下巴一下，"别缩，伸直了。"

他一碰，荆璨更觉得痒，直往后躲。可无奈脖子下面卡着一条还算有力的手臂，荆璨退无可退，只好按照贺平意的话，慢慢适应这个姿势。他轻微地朝两边各转了下脖子，然后慢慢将脖子伸直。

视野的角度随之变化，等终于觉得自己正常站着了，荆璨朝上看了贺平意一眼，却看见这人脸上笑得不加遮掩。特别是见他看过来，贺平意像是更加控制不住，将头偏到了一边，身子跟着一颤一颤的。

荆璨被他带得直晃，不大明白地小声嘟囔："你笑什么啊？"

贺平意勉强憋住笑，问："你知道你刚刚特别像什么吗？"

荆璨不说话，看着他眨着眼睛。

"特别像一只往外探头的小乌龟。"像是觉得光是描述还不够形象，贺平意一边说着，还一边把自己的脖子缩起来，又学着刚刚荆璨的动作，一点点探出来。

荆璨看他表演完，没明白这句"小乌龟"到底是褒是贬，刚刚因为不自信而略微皱起了眉，这会儿又被贺平意揉了把脑袋。

明明是平地，荆璨忽然一个踉跄，没来得及惊呼，已经朝前栽去。他和贺平意贴得太近，在身子往前倾时下意识地拽住了旁边的人，贺平意的衣服立时被他拽得变了形。

“哎哟，怎么回事？”贺平意反应快，赶紧一把抓住他，扶他站好，“你这平地都能摔？”

那个被贺平意画过的杧果，荆璨把它藏进书包里带回了家，又怕杧果会坏，便找了个塑料袋包好，放进了冰箱的冷冻室。

那晚睡觉前，荆璨对着衣柜的镜子摘下了眼镜，然后又戴上，再摘下……这样重复了许多次，直到他觉得累了，将额头抵在镜子上休息。嘴巴哈出的气在镜面凝成水雾，荆璨看着，微微一愣，然后晃着头，又哈出了长长的一口气。

镜子前后的两个世界被水雾隔开，荆璨伸出食指，指尖在水雾上停停走走，画出几个字。这几个字穿透水雾，成了两个世界中唯一同时的存在。

荆璨看着，张了张嘴。可即便是四下无人，即便是在夜里，他还是没能发出声音。

终于，水雾渐渐散了，那几个字也像是从没存在过一般，消失在了荆璨的视线里。

七中每年都有一次秋季运动会，不过往年这些事情和高三学生都是绝对无缘的。但今年不知怎的，教育局提了个什么“健康学习，轻松备考”的口号，要求高三年级也要适当组织一些集体活动。于是，荆璨就知道了体育课要摸底跑步成绩的消息。

体育课是荆璨永远的噩梦，要不是因为体育委员在教室里往外轰人，荆璨就真的不去上这堂体育课了——就算能碰到贺平意也不去。

他们班要测 50 米短跑，集合完毕，荆璨跟着队伍往起跑线的方向走。他四下环顾，扫视了一圈，看到贺平意已经托着篮球，和他们班的同学到了篮球场。

转过头来，荆璨暗暗松了口气。

荆璨的汗从体育老师拿出秒表开始就没停过。他眼睁睁看着排在前面的同学一组组跑开，轮到他站在起跑线前，荆璨紧张得直咬牙。

哨声吹响，荆璨带着大脑中的一片空白冲了出去。像以前每次跑步时一样，他再怎么使劲迈腿，也只能看着身边的同学越跑越远。

好在跑 50 米时间短，荆璨也不至于在跑道上煎熬很久。以小组最后一名的成绩到了终点，荆璨走到一边，微微弓着身子喘气。没想到，一个影子罩过来，荆璨抬头，看到了歪着脑袋正在笑的贺平意。

刚刚排队时太紧张，他没顾得上再去看贺平意，所以自然也不知道，在快轮到他跑的时候，贺平意就已经踱着步子，开始慢悠悠地朝这边走，然后见证了他从起点跑到终点的全过程。

“你——”

像是后背被人重重地打了一拳，荆璨的腰弯得更深了些。他说不出话，只想回到刚才，把贺平意的眼睛给捂上。他拼命给自己做心理建设，告诉自己没事，体育不好的事瞒不住……

“荆璨！”

好像是嫌他的缺点暴露得还不够充分，体育老师忽然一只手扬着秒表冲他大喊，脸上写满了“怒其不争”四个字。

“你这是百米的成绩！”

像那次攀岩一样，同学们笑得很整齐，在贺平意的眼皮底下，荆璨的脸腾地红了个彻底。

贺平意没多说话，用一只手扶着荆璨的胳膊，示意他跟自己走。

荆璨低着头，脚步拖沓，不知在想什么。贺平意瞥了一眼，然后伸出手，在荆璨的后颈上轻轻捏了一下。

“哎。”荆璨又惊又痒，立马朝旁边退了一小步，把脖子缩了起来。

贺平意手臂长，依然捏着没撒手。贺平意轻轻捏了两下，等觉得荆璨没那么僵硬了，才把手搭到了他的肩膀上，问他：“怎么跑个步还能把自己跑不开心了？”

贺平意早就看出来荆璨属于内心比较敏感的一类人，也早就知道荆璨在运动方面应该并不擅长。但那次攀岩，荆璨明明表现得很要强、不服输，所以贺平意倒是没想到今天他会因为跑步成绩不好而情绪低落。

“没有。”荆璨嘴硬，死撑着不承认。

贺平意想了想，解释道：“他们笑不是嘲笑你跑得慢，可能就是觉得老师说的话好玩，别往心里去。”

听了这话，荆璨转过头来看了看贺平意，小声说：“没往心里去。”

篮球场上传来一声口哨声，荆璨抬起头朝那边望。一个篮球从三分线上飞向篮圈，干脆利落。篮球落下，撞击地面，“咚咚”的敲击声中，荆璨忽然想起贺平意现在本应该在场上的。

“你不打球了吗？”他奇怪，问。

贺平意很随意地朝球场的方向看了一眼，没直接回答他这个问题，而是搭着他的肩膀往看台的方向走。他带着荆璨找了两个座位坐下，然后把身子向后一靠，伸长了腿。大概是因为要打篮球，在已经开始变凉的天气里，贺平意还是穿了一件黑色的短袖、一条灰色棉质运动裤。阳光在短袖黑色的底子上洒上了一层金黄，绵柔的绒絮仿佛发着光。

“躺下。”

正看得出神，荆璨忽然被还闭着眼睛的贺平意拍了拍肩膀。他上半身晃了晃，下意识地用一只手撑住小椅子，重新稳住身体。

“坐那么正干吗？”感觉到身边人的抵抗，贺平意的眼睛挑开一条缝，去瞧他，转而又去拉荆璨的胳膊，“往后倒，像我一样瘫在这儿。你试试，晒着太阳特别舒服。”

欣赏还可以，荆璨自己从来没这样做过。从小，荆在行对他的教育就是站和坐都要背脊挺直，哪怕是在家里，可以适当放松时，也不可以看上去很懒散。他习惯了规规矩矩，倒也慢慢不再觉得累。

荆璨学着贺平意的样子把身子往后仰，但看台的椅凳很滑，和校服裤子之间产生的摩擦力太小，导致他刚向后倒了倒身子，屁股就往下滑了一大截。荆璨连忙用手抓着凳子要起来，却听见贺平意在一旁说：“没事，掉不下去。”

贺平意虽然这么说，但伸了一条腿过来，挡在荆璨的腿前，又把胳膊搭到他的椅背上。荆璨不解，贺平意迎着他的目光，说：“往后躺。”

这次荆璨躺下去了。虽然因为有贺平意的手臂垫着，荆璨身体放平的角度并没有贺平意那么大，但荆璨眨着眼睛，发现原来这样看蓝天、白云的感觉，竟和仰头看时是不一样的。仰头看时的体验接近于观赏——观赏一件离自己很远很远的美好事物；但这样躺下看，却好像它们就鲜活地存在于眼前，你张张嘴，它们就能听见你的话，那份干净和空旷也能印到你的眼睛里。

像是感觉到了他在出神，贺平意安静地眯着眼睛待了一会儿，才问了他一声。

“好看吗？”

荆璨点点头，竟有些舍不得移开眼睛。像是一个小孩子发现了什么新奇有趣的东西，荆璨少有地想要和别人分享自己的感受。但他刚要叫贺平意，又忽然想，如果自己跟贺平意说，这是自己第一次在不仰头的情况下看蓝天，贺平意一定不相信——连他自己都不相信，自己看上去生活充实、丰富，在被那么多叔叔阿姨所夸赞的十几年里，竟然没有躺着看过天空。

操场空荡，上空回响着的声音却好似永远不会飘散。荆璨不知道怔怔地望了多久，才转头去看贺平意。

不知道他是不是睡着了，反正在荆璨注视他的这段时间里，他一直都是一动不动的。

云彩遮了太阳，再移开时，有光直直地照在贺平意的眼睛上，他眉头微皱，似是被扰了睡眠。荆璨脖子用力，把脑袋撑起来。四处望了望，见没人注意到这里，荆璨便悄悄伸出一只手，遮到了贺平意的眼睛上方。

又到周末，荆璨依然醒得很早。他在床上愣了愣神，想起自己今天的计划。

徽河市最大的家居城离宋忆南家有一段距离，荆璨提前查好了地址和路线，步行到附近的公交站。徽河市不大，没有地铁，仅有的几班公交统统是两元的单程票价。确认了站牌和方向，荆璨站到等车的队伍里，从兜里摸出了两枚硬币。上了车，他找了一个后面靠窗的座位坐好，把耳机塞到了耳朵里。

没想到会在公交车上碰上熟人。公交车靠站，荆璨的眼前忽然出现了一条晃动的手臂，他愣了愣，转头，在看到身边的人后连忙拽下了耳机。

“去哪里啊？”周末的温襄赢，要比平时更漂亮些。和平日一身宽大校服的装扮不同，她今天穿了一件白色的针织衫外套，搭了格子裙、小皮鞋，摆头间，还露出了耳朵上一枚亮闪闪的耳钉。

“啊，我……”像以前多少次那样，面对突然开始的对话，荆璨显露出的依然是不善言辞的局促，“我去家居城。”

“哦。”温襄赢点点头，笑了笑。

温襄赢是第一个同荆璨说话的八班人，但她绝不是个话多的人。简单的寒暄后，温襄赢便静默着，没再开口，正当荆璨犹豫着要不要主动问问温襄赢要去哪儿时，忽然有人将一瓶矿泉水递到温襄赢面前。荆璨抬头，这才看到，原来温襄赢还有一个同伴，正站在她的旁边。那个女生黑发齐肩，头发修剪得不算精致，很随意地披着；没有刘海，露出光洁的额头。她瘦瘦的，皮肤很白，个子很高。荆璨略略看了一眼，发现她比自己还要高。女生穿了一身黑色衣服，除了手腕上一根手工编织的宝蓝色手绳，身上再没什么别的装饰。见荆璨看过来，她露出一个友好的笑容，朝他点了点头。

温襄赢接过矿泉水，喝了一口，又很自然地把水递回给那个女生。

她们只坐了两站就下了车，全程很安静，除了制止了荆璨的让座行为，没再说其他的话。这倒让荆璨免去了一些尴尬，很轻松地和她们说了再见。

家居城里人不少，大都是情侣、夫妻，或是一家人来逛，荆璨孤零零一个人，有时候进了店都没人理。不过对荆璨来说，没人搭理还挺好的，他目标明确，照着心里的样子找就是了。

转了整整一层，各种风格的家具都看了，地中海、北欧、西班牙……可没一件合荆璨眼的，有的店里的导购很热情，上前来询问荆璨中意什么风格的，荆璨一时也答不上来，只能按照自己想的样子描述：“要橙色的长沙发，能躺下人的那种，暗一点的橙色，大扶手，大靠背，皮质的，最好上面有棕色的暗纹。”

这不大像是来选新家具，倒像是要复刻一款。

“风格……”荆璨又想了想，“若是一定要说风格，应该算是复古风的，有点 20 世纪七八十年代的感觉。”

导购员带着犹豫的语气说：“好像没有完全符合您要求的，您可以看一下我们店里的类似款，都是最新的设计，也都很漂亮！”

荆璨不好意思拒绝，便跟着一件件看过去，再一次次摇头，表示都不是自己想要的风格。

他自己一个人转了两层，一家店一家店地看，实在没看到想要的。不过在转到角落里一家不大起眼的店时，一个有些年纪的女导购倒是说，可以去旧家具市场看看，虽然是旧家具市场，但是会有一些自己打的，或者是翻新的家具。

荆璨眼中一亮，立即弯腰道谢。他问了地址，确认离这里不远后，决定直接走过去。到达时荆璨已经出了一身薄汗，加上已经到中午，肚子也饿得不行。但站在旧家具市场的入口，荆璨又没什么心情先去吃饭，索性决定先扫完这条街再说。

和家居城明亮整洁的环境不同，旧家具市场里拥挤、嘈杂，大部分的店面是展示和加工一体的，所以除了正在售卖的家具，进店之后还可以看到各种各样的木材、布料，以及乱七八糟散在地上的工具。荆璨逛了几家，琢磨着实在没有合适的就定制一个，没想到进了一家牌匾都已经泛黄的店，他一眼就看到了那个横在一座立钟旁的橙色长沙发。

就像是脑海中的分镜被拍成了一帧帧实际画面，在这昏暗的环境里看到它的第一眼，荆璨就已经想到了它在天台上的样子。

他要在天台上画一朵太阳花。

他要让橙色沙发开在太阳花里。

他要让已经被贺平意教会了躺着看天空的荆璨躺在沙发上。

他要……

第八章 生长

从旧家具市场出来，荆璨就去买了颜料。回到家时是下午三点多钟，天还亮着，但太阳已经没了晒人的劲头。荆璨脱了外套，用几个塑料桶兑好颜料，在天台上依次排开。每个塑料桶的边缘都因为荆璨不太干脆利落的动作而挂上了一道颜色，荆璨依次将桶转了转，让这几道突出的颜色都落在同一个角度。

他站在天台的中间，转着身子将这里看了一圈，心中便已经有了准确的图纸。太阳花的草图其实已经在他脑海里存在了很久——和宋忆南第一次来到这里时，湿衣服上的水滴在地上，那一摊水像极了一朵不规整的花。

荆璨喜欢富有生命力却又安静的东西。

他把裤腿卷高，蹲下身子，落笔时没有勾勒太阳花的轮廓，而是先画了一颗小小的种子，然后用绿色的颜料将种子覆盖住，由下至上，变为翠绿的芽。

这样的画法是跟荆惟学的。荆惟在画画上极有天赋，以前宋忆南经常会在打电话的时候和他说，小惟又得了什么比赛的第一名。每次听到这种消息，荆璨都很高兴，因为自己的弟弟在年少时就已经在喜欢的领域上拥有了那么多的风光时刻。

但很可惜，他只看过一次荆惟的比赛。那是荆惟六岁时参加的一个绘画创意赛，比赛的内容是用刷子在铺在地上的一块大画布上画画，主题是“我的世界”。遗憾的是，那次荆惟的成绩并不好，因为他的画很奇怪。别的孩子的画上要么是许多小动物，要么是一家人在草地上玩，尽管内容各不相同，但起码画面上都是热热闹闹的，能让讲评人洋洋洒洒说出一大段赞美之词；唯独荆惟的画上，除了一朵带着枝叶、很小的太阳花，剩下的便是大片的空白，连太阳都没有。赛后，宋忆南问荆惟那幅画是什么意思，荆惟在太阳底下舔着正在融化的冰激凌，说“是生长”。

宋忆南笑笑，摸了摸荆惟的头，似乎是安慰，又似乎是鼓励。彼时荆璨的手里也拿了一个冰激凌，他回想起荆惟的画成形时的场景，觉得这个创意赛的评委实在是没有什么水准。他们只看到了最后的画面是一朵孤零零的太阳花，却错过了曾经出现在画布上，如今被隐藏在太阳花之下的种子和嫩芽。

那大概是小天才画家取得过的最差的成绩——最后一名。但荆璨把那块画布要了过来，然后非常珍惜地收在一个木盒子里，放了一个标签，写着“小惟，生长！”

想到那幅画，荆璨觉得脑袋里又开始在钝痛，他蹲在原地，把胳膊放在膝盖上，极力让自己将思想从那画布上大片的空白中拉回来。就这样埋头待了一会儿，荆璨才抬起头，视线仍不甚清晰，他抬手缓解有些酸痛的胳膊。

太阳花成形了，地上的颜料被已经懒散至极的阳光烤着，终于乖顺地结成了痂。荆璨用指尖碰了碰花瓣边缘，确认颜料是真的干了，沙发刚好在这时送到——荆璨对于时间的掌握一向很精准。沙发很大，荆璨却只让送货的人帮忙把沙发抬到了天台门口，等他们走了，自己才打开天台的门，费力地把沙发一点一点地推过去。由于缺乏运动，荆璨的身体正如看上去的那样，浑身上下都没什么力气。他直起身子时眼前一黑，赶紧扶着沙发躺了上去。把一只手放在额头上，头晕的感觉缓过来后，眼前的景色也清晰了起来。

余晖仍在，晚霞自在游荡，锁住了太阳花，也盖住了沙发。

像是在记忆中某个记不清的日子，抱起了某个记不清名字的乐器时那样，荆璨的胸膛感受到了自己的呼吸，不是无声的，是轰隆隆的声音。

关于如何邀请贺平意来自己家，荆璨想了许多个理由，但又一一被自己否决——他实在不擅长这些事。

这算是荆璨遇到过的最棘手的事情之一，以至于上课时精力都被分散了。数学课上，正走神的荆璨突然被老师叫起来，他茫然地看看老师，又看看同桌周哲。

“你说一下这道题应该怎么解。”

老师这样提醒后，荆璨匆忙地看了一眼周哲给自己指的题，脱口而出：“三分之一。”

在说出这个答案后，荆璨瞥到了几束诧异的目光，包括老师在内。荆璨回过神来，很快发现了自己的失误，老师也在这时提醒说：“不要只说结果，把解题思路说一下。”

荆璨老老实实地讲完，坐下，转头小声对周哲说了声谢谢。原本被推到两人中间的习题册被一只手摁着，慢慢缩了回去，周哲长久地看着那道并没有写答案的题，没说话。

大概是怕学生因为运动会没了学习状态，数学老师下课前还不忘叮嘱，运动会过后马上就是月考，每一位同学都要认真准备。荆璨沉浸在找不到机会邀请贺平意去自己家的苦恼之中，对于“运动会”“月考”这样的字眼毫不关心。

高三的运动会删减了一些项目，只开一天，既算是完成了任务，又最大限度地保证了同学们的学习时间。荆瑑“三项全不能”，在那天承担的唯一工作，是写加油稿。贺平意就不同了，荆瑑知道他报了800米，在前一天回家的路上，贺平意还开玩笑，让他写稿子的时候专门写上“致二十一班贺平意”。

“不行吧，我们都不是一个班的。”荆瑑当时立刻这样反驳。

“谁规定不是一个班的就不能加油了？”

荆瑑想了想，虽然说没有这样的规定，但给本班加油，不应该是默认的吗？毕竟，这是集体赛啊！

领会了荆瑑的想法，贺平意扭过脖子来反问：“运动会常说的口号是什么？什么第一？什么第二？”

荆瑑隐约有印象，但一时间想不出这是句什么话：“什么话？”

“友谊第一，比赛第二！所以这虽然是集体赛，但给自己的好朋友加油有什么问题？”

荆瑑一时间被问得有点蒙，他对运动会太陌生，所以保持怀疑态度：“是这么说的吗？”

“当然了，”贺平意意外地发现荆瑑竟然不知道这句话，顿时觉得事情更好办了，“这样，如果明天开幕式上有人说了这句话，你就单独给我写张稿子，如果没人说，你就不用写。”

荆瑑又不傻，此时他已经不怀疑这句话的真实性了，既然贺平意这么说了，那这很显然是一个自己根本不会赢的局。

“行不行？”在路口停下，听不到荆瑑的回话，贺平意便转过身子，又追问了一句。

荆瑑仰头，看到贺平意满眼的期待，他点了点头。

一声口哨，贺平意乐得小电驴都拐了几个弯。

虽说是预料到了自己会输，但没想到自己会输得如此……蠢。

在一阵掌声中，贺平意作为运动员代表走上台，悠然地从兜里掏出一份稿子，快念到结尾时，他将视线从纸上移开，然后在八班的方队里找到站在第一排的荆璨，说：“友谊第一，比赛第二！”

吐字清晰，字字重读，略带挑衅。

也就是荆璨脾气好，看见贺平意这样，还能低下头，一边踲地上的碎石子一边克制想笑的冲动。

愿赌服输，快到800米比赛时，荆璨攥着两张稿子，小跑着到了主席台前。温襄赢是广播员之一，见荆璨跑来，立马微微抬着嘴角，朝他伸出了手。

荆璨把一张稿子递过去，温襄赢低头看了一眼，又有些奇怪地看向他手里的另一张纸。

“可以……”荆璨略微犹豫，凑近温襄赢，将声音压得更低，“可以不署名吗？”

运动会的稿件数量是会计入每个班级的成绩的，所以所有稿件的最后，都会注明几班某某某。温襄赢眼皮一抬，似乎感知到了什么八卦的气息——她平日对八卦是完全不感兴趣的，但如果对象是荆璨的话，她便觉得有点意思了。

“可以啊，”温襄赢很爽快地答应下来，勾勾手指，“给我吧。”

“谢谢。”荆璨将手中那张已经被揉得乱七八糟的纸对折，交给温襄赢，在转身之前还补充道，“是男子800米的。”

温襄赢看着他仓皇逃离的背影，又低头看着纸上的字，用指尖缓缓叩着桌面，若有所思。

从贺平意还在起跑线等待的时候，荆璨就看到他了。贺平意穿了一条黑色的运动短裤、白色上衣，站在第三赛道。不同于其他选手纷纷做着高抬腿的准备活动，他低着头，慢慢地活动脚腕、手腕，看上去很放松的样子。

发令枪声震得荆璨睁大了眼睛，他连呼吸都短暂地停滞，目光始终追着贺平意的背影，心里默念“他是第一名”。

哪知刚默念了两遍，荆璨就听到广播里温襄赢声情并茂的朗诵。

“致二十一班贺平意，我始终相信你会是赛场上最耀眼的运动员，请迎风奔跑，向着远方，以最骄傲的姿势冲过终点线吧！高三八班来稿。”

前面的话荆璨自然是熟悉的，给贺平意写的稿子，他不愿意从网上找词，是自己一个字一个字憋出来的。可是后面这个落款让他蒙了，他迅速回忆起自己方才说话的漏洞——他只说了不署名，没有说不署班级。

温襄赢的声音刚落下，他就听到周围传来一声声兴奋的呼声，无论男生女生，似乎都抵挡不住这种“八卦在我身边”的诱惑。身处风暴中，荆璨没敢听别人兴致勃勃的议论，他不自觉地把后背弓了弓，让自己的高度降得更低，但视线顽强，没从跑道上撤离。

荆璨知道贺平意的体育很好，但他没想到贺平意能和体育特长生跑得不相上下。八班没有在男子 800 米上取得成绩，所以在贺平意和那个体育生几乎同时冲过终点时，因为想要看清到底谁在更前面而突然站起来的荆璨就显得格外突兀。回过神来，意识到自己的失态，荆璨赶紧坐下，生怕别人把他揪出来，跟刚才的稿子对应上。

跑道尽头，贺平意身边很快就围上了几个同学，荆璨见他朝他们摆摆手，转过身子，看向了自己这边。荆璨用手臂撑着座椅，慢慢坐直，尽量把脖子伸长。

终于，两个人隔着观众席、跑道对上了视线；贺平意一边后退着和班里的同学往回走，一边将一只手举过头顶，然后伸出一根手指，轻轻晃了两下。

他是第一。

确认了结果，荆璨耸着的肩膀一下子就放松了下来。他在心里纠结了几个来回，左右看看，确定没有人往他这边看，才缓缓将握着笔的那只手举到鼻子前面的位置，也悄悄朝贺平意比了一个“一”。

第九章 发烧

那封没具名的稿件在八班的热度持续了好一阵子，好在大家讨论的焦点都集中在几个女生身上，荆璨凭借性别优势，算是落了个清净。温襄羸也没追问过荆璨什么，她在班上一向独来独往，除了帮人讲题、收作业这些必要的事务，几乎不跟别人有什么交流。有时候荆璨会怀疑，那天看到的温襄羸那个感兴趣的表情是不是自己幻想出来的。

请贺平意去自己家的事情被荆璨暂时搁置了下来，一是因为荆璨不喜欢勉强，既然想不出理由，就暂时算了；二是因为贺平意在上次运动会崭露头角后，就总是被体育老师拉去和校体育队的人一起训练，而校队有两个男生刚好和他们顺路，在路上遇到一次之后，那两个人便总是等贺平意一起走。即便贺平意已经介绍荆璨与他们认识过了，可每次回去的路上，都是他们两个和贺平意聊得很开心。荆璨搭不上话，便自己一个人在后座默默地坐着。这样走了两次，荆璨再也无法忽视那种熟悉的被隔绝感，所以这天最后一节晚自习前，荆璨主动来到了二十一班后门。

教室后面有几个男生在扔篮球玩，荆璨一眼就看到了正背对他站着的贺平意。

课间比较吵闹，荆璨开口叫了贺平意一声，贺平意应该是没听见，并没有回头。倒是对面的王小伟一歪头，看到门外的人后，朝贺平意抬了抬下巴：“荆璨找你。”

贺平意一愣，转头，看到了半个身子都缩在墙后的人。

“怎么了？”贺平意走过去，一只手撑着门框问。

“晚上你先走吧。”

贺平意奇怪：“你干吗去？”

荆璨这次想了想，才说：“我给同学讲题。”

“那我等你呗。”

“不用了，”荆璨并不喜欢影响别人正常的社交，即便这个人是贺平意，“挺多题的，可能会有点晚。”

贺平意一时间不知道应该如何评论那位同学是学习刻苦还是在麻烦别人上比较刻苦，他皱了皱眉：“正常放学都十点了，你明天还上不上学了？”

荆璨不知道该怎么反驳，只是摇头，说：“没关系。”

楼道有人走过，几个人打闹，不知是谁撞到了荆璨的肩膀。贺平意眼疾手快地扶了他胳膊一把，淡淡地朝正在道歉的人看去。

荆璨则匆忙回头，摆手说：“没关系。”

这么一个插曲，使得贺平意失去了继续劝说的机会，上课铃催命似的响起，荆璨在心里长舒一口气，扔下一句“你先走”，赶紧转身跑回了自己班里；贺平意则盯着他一路远去的背影，等铃声停了，才拧着眉头回了自己的座位。他长腿一跨，在凳子上坐下，接着用胳膊肘戳了戳王小伟：“你怎么认识荆璨？”

刚才王小伟直接叫出荆璨的名字时，贺平意就有点奇怪，按理说这两人八竿子都打不着，虽然他和荆璨认识有一段时间了，但他从没给王小伟介绍过啊。

“荆璨啊？”王小伟说，“有一回他来班里找过你。”

“找我？”贺平意有点意外，他怎么不知道。

“也不算找我吧，”王小伟回想了一下，纠正道，“我忘了你去干吗了，反正你正好不在，他一直在后门这儿站着，我就问他找谁。我记得他一开始还不说话，我又问了他一遍，他才问我说‘请问你们班有没有一位叫贺平意的同学’，你那会儿是干吗去了呢，我记不清了，反正你不在。之后我俩就聊了两句吧，我问了他的名字，还有找你什么事，结果他说没事，也不用告诉你，就走了。”

贺平意往后一仰，背倚墙壁，总觉得哪里不太对。

“什么时候？”

“什么时候啊——也记不清了，有一阵了吧。”

王小伟说到这儿也有点好奇，贺平意又不是那种爱主动去交朋友的人，怎么就跟一个文科班的这么熟了。

“不过你们俩是怎么认识的？我那天问他，他说他是新转来的。”

“哦？”贺平意发现这点自己还真是疏忽了，“他是新转来的？”

“啊，”王小伟摇摇头，感叹，“怎么长得好看的都往八班扎堆。”

贺平意还想追问时间的问题，但班主任陈继没给他机会。老样子，陈继进门以后往讲桌后一坐，拿起桌上板擦，抬高一点，松手，跟古时候升堂似的，班上的同学就知道这是“老班”有事要说了。

“下周一月考，这周都好好复习。”

班上一片倒吸气的声音。

随后，陈继也不忘再敲敲警钟：“高三了啊，紧张点，学习要主动，有不会的问题赶紧追着老师问，别等着老师拿着鞭子在后面赶着你们往前走。每个人都要有目标，有目标了你就有动力了。还有就是最近天也冷了，都注意保暖，身体是革命的本钱，图个帅然后被风吹病不值当的。”

贺平意对这些话一向是左耳进右耳出，他还在琢磨荆璨到底什么时候来找的他，找他又是要干吗。

下课铃响后，贺平意从书桌抽屉里把校服拎出来，搭在肩上往外走，快到楼梯时，他往八班的方向看了看。虽然他很想把荆璨拽回家，告诉他题可以明天再讲，但停了片刻，他还是决定尊重荆璨的意见。

到了车棚，那两个体育生见他自己推着电动车出来，还问荆璨去哪儿了，贺平意便说荆璨要晚点走。回去的一路，几个人聊的还是平时的话题，贺平意却总觉得没了重量的后座像是缺了点什么。

荆璨说要给同学讲题，其实没骗贺平意。班上确实有两个女生问他题，但不过两道而已，荆璨很快就给她们讲明白了。等女生和同伴走了，荆璨收拾完书桌，摘了眼镜，慢慢趴到了桌子上。晚饭后他就觉得浑身发冷，虽然没有量体温，但已经开始浑身骨头疼。以他多年来对自己身体的了解，一旦骨头疼，他便可以确定自己是发烧了。

教室里灯没关，荆璨把自己的身体尽可能地缩成一团。两个月以前，荆璨无论如何也想不到，自己会穿上校服，在晚自习过后，趴在这样的一间教室里。他轻轻抬起头，向自己的身后望去——每一张书桌上都摞着一摞书，还有水杯、笔筒等等。荆璨看看自己面前空荡荡的桌面，迷迷糊糊中决定，自己也要去买一个好看的杯子，再买一个笔筒。

那还要多买几支笔，不然笔筒里空荡荡的，不好看……

荆璨觉得身体越来越冷，脑袋越来越沉，眼皮不听使唤地耷拉了下来，但被这许多奇奇怪怪的想法支撑着，他勉强还能保持清醒。直到一个想法横空出世，在他的脑海中不断膨胀——今天不能和贺平意一起走了……

不知是不是因为身体不适，荆璨忽然鼻头一酸。他将自己的脸又往臂弯深处埋了埋，为了赶走这个让他难过的念头，他必须彻底睡着。

与此同时，贺平意在某个路口借口忘记了拿东西，掉头回了学校。等他三步并作两步跨上楼梯，冲到八班教室门口，看见的就是一个安静趴着的荆璨。

他太安静了，贺平意直觉不对，赶紧进了教室。

“荆璨……”贺平意弓身，伸出一只手，轻轻拍了拍荆璨的肩。荆璨像是睡得很沉，完全没有反应。贺平意锲而不舍地又叫了他几声，荆璨终于动了动，慢慢抬起了头。

看到视野中的人，迷茫过后，荆璨的眼里先是欣喜。但很快，他的眉头微微皱起，微收下巴，将身子往后仰了仰，眼底的情绪也变得陌生。贺平意的目光始终关切地停留在荆璨的脸上，自然将荆璨这一系列的反应看得清晰，但他此刻顾不上奇怪，追问道：“不舒服？”

安静的教室里，荆璨不作声，只是看着他。贺平意刚要再问，却瞥见荆璨放在桌子上的手指正在慢慢收拢。

贺平意愣了愣，不明白荆璨为什么会如此紧张。

“怎么了？”怕是自己刚才太大声，吓到了荆璨，贺平意刻意放轻了声音。

荆璨还是不说话。

贺平意以为荆璨是还没醒过神来，于是提起一只手，在他眼前晃了晃：“嘿，醒醒了……”

荆璨眨眨眼，抿唇，低头。静了片刻，他忽然快速地抽出书包，腾地站起来，从另一侧离开了书桌——或者说，在贺平意看来，更像是逃离。

“哎，”他这样的反应，让贺平意更加摸不着头脑，“哎，哎，你跑什么？”

毕竟是800米跑第一的人，贺平意两手往桌子上一撑，身体腾空，从两张椅子之上跃了过去，刚好落在荆璨身后。他一把拽住荆璨的胳膊，把正要往门口冲的人拉了回来。

“还跑？”贺平意歪着头问，“这么一会儿不见，你是不认识我了？”

贺平意拽得太紧，像是直接把人拉到了身前。荆璨在摇晃与慌乱间抬头，呼出的热气刚好喷到他的脸上。

贺平意敏锐地察觉到了那不同寻常的温度，立刻将掌心覆上荆璨的额头：“你发烧了？”

本来他就不赞同荆璨在学校留到这么晚，看到眼前的情况之后心里陡然就起了一股火气：“你说你不舒服还在这儿讲什么题，这都几点了……”

贺平意长得高，胳膊长、腿长，手也大，一只手放在荆璨的额头上，连那双大眼睛也一起盖住了。

手掌移开，原本轻声的责备忽然止住。

那时的贺平意只能清楚地感觉到，在看到荆璨的眼睛时，他的火气就发不出来了。可要让他确切地形容他看到了什么，他说不出来，只觉得荆璨的眼神很复杂，又很朦胧，他看不清楚。那时他以为是因为荆璨不舒服，是因为荆璨刚刚睡着了，还没清醒，又或者是因为自己刚刚没压住火气，吓到了荆璨。直到后来某一天，贺平意看着荆璨满眼泪水朝自己跑来，才突然明白，荆璨眼神里表现出的，只是无助而已。

可惜这时的贺平意没有懂。

“算了算了，”贺平意没有心思追究荆璨为什么一声不吭，为什么掉头就跑，“走，带你去医院。”

贺平意依旧拽着荆璨的胳膊，带着他往门口走。荆璨还是那个失了魂的状态，甚至还差点被放在地上的一个书箱绊倒。书箱撞向了椅子，荆璨一个踉跄撞向桌子，一连串乱七八糟的声响下，贺平意连忙两只手一起抱住他，看向他："没事吧你？"

这一看不要紧，贺平意吓得够呛。前后不过半分钟，荆璨的额上不知为何已经布满了细密的汗，非常明显。

见荆璨还是不回答自己，贺平意只好先同他面对面地站好，望着他的眼睛问："荆璨，到底怎么了？你告诉我你还有哪儿不舒服？"

对面，荆璨盯了他半晌，才缓缓开口。

"贺平意。"

荆璨叫了他的名字，嗓音有些哑。

"嗯。"

贺平意应了一声，等待他的下文。荆璨却低头，抬手攥住了贺平意正扶着自己的手臂。他维持着这个姿势不动，像是在感受贺平意的存在一般。

四周静得出奇，唯独头顶上一根白炽灯管，大概有些年头了，呲呲啦啦地吵着人——荆璨觉得周围的环境不大真实。

"你不是……回家了吗？"

他问得犹豫，贺平意则答得很快："我这不是觉得太晚了，回来接你吗？还好我回来了，你看你现在都什么情况了！"

荆璨把目光从他的胳膊上移开，又看向他。

"好了好了，"贺平意停住话，"先去医院，你这都快烧熟了。"

"不用。"荆璨总算像是醒了，重新找回了语言功能，"我吃点药，睡一觉就会退烧的。"

"不用才怪。"

"真的——"荆璨没见过贺平意生气的样子，此刻第一次隐隐约约感觉到他应该是生气了。可他一时没明白贺平意为什么要生气，所以还是小心翼翼地继续解释："真的不用……我了解自己的情况，不需要去医院，而且我家里也有药，我现在就是想……睡觉。”

要说贺平意，其实脾气真的不算好，特别是以前。只不过这两年好像在意的事情少了，值得他动气的事也少了，使他整个人给别人造成了一种“比较好相处”的假象。他深吸一口气，又摸了摸荆璨的额头，问道：“你确定？”

荆璨点点头。

外面的气温贺平意是知道的，荆璨这样出去肯定不行，贺平意于是把自己的外套脱了，把荆璨从脑袋开始罩上。

“那我送你回家。”

“贺平意，”被拖着走了几步，埋在黑色外套下的荆璨才瓮声瓮气地叫道，“我看不见了。”

第十章 要开心

贺平意回头，看见一座黑色的小山峰。这个外套他自己穿着都是松松垮垮的，约莫是因为太大了，荆璨扑腾着一只手往下拽，但总也理不清方向。贺平意帮着荆璨整理了一下外套，露出一颗脑袋。柔软的头发因衣服摩擦起了静电，此刻乱糟糟地耷着。

贺平意盯着那颗看上去软乎乎的脑袋，抬腿又要走。荆璨却拽着他的胳膊，逼迫他停下。

贺平意回头，乌黑的一双眼睛巴巴地望着他。

“我的眼镜。”

荆璨说完，返回书桌去取方才落下的眼镜。

贺平意停在门口，看着他的动作，忽然反应过来，方才的荆璨，正是自己曾经在楼道里遇见他时的样子。

他看着荆璨又走回自己身前，最后一点火气，也就这样消散了。

即便是已经穿上了贺平意的衣服，坐在电动车的后座，荆璨还是能感到阵阵冷风透过他的皮肤往身体里钻。

“冷不冷？”

头顶上飘来贺平意的声音，荆璨吸了吸鼻子，老实地回答：“冷。”

是真的很冷！一小段路后，荆璨的牙齿开始打战，他知道自己此时的体温一定已经很高了。荆璨朝贺平意稍微靠了靠，但始终隔着那么两三厘米的距离，不敢真的碰到他。

一只手忽然出现在身侧。贺平意扒拉了一下荆璨，让他朝前贴到自己身上。而后贺平意又阔了阔肩，坐得更加挺拔，好像这样就能为后面的人挡住更大面积的风。

路灯将树影圈到地上，竟意外和原本已经落下的叶子相遇。荆璨低头，看着他们的电动车一下下轧过这奇怪的别后重逢。

脑袋越来越沉，他实在没了力气抗争，终于顺势将额头抵上贺平意的背，闭上了眼睛。正昏沉间，肩膀被贺平意拍了两下。荆璨一直没出声，大概是担心他睡着，一路上贺平意都不时用手碰碰他，跟他讲几句话。

“荆璨，别睡着。”

贺平意的提醒响起，荆璨睁开眼，仰起头，半张脸靠着贺平意，开始看着他的后脑勺发呆。

“荆璨，荆璨！”

贺平意得不到回应，一只手已经拽上了他的胳膊，就差要把车停下来将他晃醒了。

“在，”荆璨低头看向他伸过来的手，“醒着呢。”

他这样答着，慢吞吞地将自己的手从贺平意的外套下抽出来，虚虚地悬在贺平意的手的上方。荆璨盯着地上虚晃的影子，今晚第二次红了眼眶。缓了缓神，他从口袋里摸出手机，拍了张照，手指蹭着屏幕，不作声地看了好一会儿。

到了家门口，荆璨下车，要把衣服还给贺平意。

“别脱，你穿着，”贺平意坐在电动车上，身子微微弓着，他看了黑漆漆的屋子一眼，“你家有人吗？”

略微犹豫之后，荆璨摇了摇头，如实说：“没有。”

要在平时，荆璨可能会撒谎，但或许是因为今天身体不适，此刻的他真的希望有个朋友陪陪自己。

想了那么久都没想出像样的借口请他来，今天却毫不费力地实现了。

贺平意把电动车推到荆璨家的院子里，随荆璨一起走进客厅。灯光亮起，处在明亮中的荆璨感到略微不自在。反倒是贺平意，先开口问他家里的药放在哪里。

“我去拿。”荆璨应了一声，走到电视柜前。这些应急物品所在的位置，宋忆南都曾特意交代过。

荆璨还在药箱里翻找，贺平意已经到了他身后。

“有体温计吗？先量个体温。”说着，贺平意将左手覆到了荆璨的额头上。荆璨本就背对贺平意站着，此时额上的力道使得他抬起了头，一时忘了手上的动作，木呆呆地瞪着前方的墙壁。

“又走神？”贺平意拍拍他的肩，示意他到一边去。

药箱里的东西很全，贺平意很快找到了体温计、退烧药，又转头问荆璨：“嗓子疼吗？”

像是收到了什么指令，荆璨做了个吞咽的动作，答：“疼。”

贺平意听了，便又用食指与中指扒拉了两下，挑了一盒消炎药出来。

找好了药，贺平意又顺着荆璨的指引到厨房找到了热水壶，烧了一壶水。荆璨坐在沙发上量体温，盯住茶几的一角，凝神去听身后的动静。

随着倒水的声音，荆璨看着昏黄的灯影撞向杯中水面，水面乱颤，四处奔散，不知到底是要在这方寸之内找寻什么。

没等水面落稳，玻璃杯就被贺平意又拿了起来。荆璨缩着肩膀，看贺平意用两个水杯将水倒来倒去。估计是刚烧开的水太热了，杯壁烫手，贺平意总会时不时翘起某根手指，这样交替着只用几根手指去握手中的水杯。

估计过了五分钟，荆璨乖乖把体温计取出来，对着灯光看了一眼。

“多少度？”贺平意握着杯子，回头问他。

“三十九度二。”

“嗞。”贺平意倒吸了口气，“要不还是去医院吧？”

“不用。”荆璨刚想要把体温计上的温度消去，手中的体温计就已经被贺平意抽走。

荆璨从茶几上捡起贺平意刚刚拿过来的药，仔细检查每个药盒上的名字，然后晃了晃其中一个，说：“这个我吃不了，我对阿奇霉素有反应。”

“嗯？”贺平意问，“什么反应？”

“会吐。”荆璨永远都忘不了，小时候生病被老师带着去医院，因为用了阿奇霉素，一边输液一边吐得昏天黑地的惨烈景象。

“那我去给你换一个，”贺平意起身，“罗红霉素可以吗？”

“可以。”

贺平意辛苦倒腾的水应该已经凉了一些，荆璨瞥了一眼他正低头找药的背影，悄悄往旁边挪了一个身位，然后弯身，认真观察了玻璃杯三秒。

端起水杯的一刹，贺平意刚好转身。荆璨心虚地舔了下嘴唇，把手里的药匆匆塞到嘴里，灌了一大口水。

水温刚好。

大概十一点半的时候，荆璨的体温还是没有降下来，贺平意这时已经在考虑自己今晚要不要留下来，但荆璨犟得很，一直强调自己一个人没事。

“这样，”贺平意退了一步，“你先上楼躺着，我给你弄个冰袋冰敷，你好点了我再走。”

“别，”荆璨看了一眼立钟，有点着急，“太晚了，你快点回去吧，你爸妈该担心了。”

“我已经跟他们说过了。”贺平意也不跟病号废话，半推半扶地送他上了楼。

“真的不用，贺平意，我嗓子疼得不厉害了，吃了药睡一觉明天肯定就好了，嗯……”

贺平意想让他省省力气，直接一把捂住了荆璨一个劲开合的嘴巴。

“都三十九度多了，还跟我说嗓子疼得不厉害！哪边？”到了二楼，贺平意侧头问。

荆璨哼哼两声，指了指右侧的屋子。

两个人走到门口，贺平意捂着荆璨的嘴巴，“嗓子疼就要少说话，我松开手，你不许再唠叨说让我走，行不行？”

或许是为了增强自己的威慑力，贺平意在同荆璨商量的时候，把脑袋朝他的身前凑了凑。

“同意就点点头。”

缓缓地，荆璨点了一下脑袋。贺平意这才放下手，将两只手都插进裤兜里，等着荆璨开门。

卧室的灯被打开，淡粉色的窗帘、蕾丝边的灯饰、暖黄色和粉色为主调的挂画——看着屋内，贺平意迟疑地挑起了眉。虽然床单和被罩都是深蓝色的，但也已经可以很明显地看出这间屋子原来的主人是个女孩子。

"嗯——这是我妈妈以前的家，这间屋子也是她以前住的。"没等贺平意问，荆瓈就已经主动开口解释。

怪不得。

贺平意抽出左手，指了指床："你刚吃完药，先去盖被子躺着，你家有冰袋吗？没有的话冷水也可以。"

"真的不用这么麻……"

"要的。"荆瓈的话还没说完，就被贺平意有些强势地打断，"刚刚答应我什么来着？"

荆瓈于是噤了声，认真回忆家里到底有没有冰袋。

"应该有，"他想起似乎是在冰箱里看到过，应该是宋忆南准备的，"在冰箱里。"

贺平意点点头，转身出了卧室。

等一下，冰箱？

听到"咚咚咚"的下楼声，荆瓈忽然想起了他冻在冰箱里的杧果，立时吓得腿都软了。

"贺平意，"他赶紧追到门口，两只手抓着门框，用自己能发出的最大的声音喊，"冰袋在第一层——小格子的那层。"

"知道了，"贺平意停在楼梯上，仰着头拧眉看向还不去卧床的人，"你快去躺着。"

荆瓈缩了缩脖子，退回了房间。他瘫到床上，望着天花板，想着要在贺平意回来之前躺进被窝里，荆瓈不敢像平时那样任由自己出神，赶忙爬起来，想换了睡衣躺到床上休息。

贺平意到楼下找到冰箱，正欲打开冰箱门，目光便被冰箱门上几张花花绿绿的便利贴吸引。不同颜色的方形纸，每一张上面都写了几句叮嘱，留下它们的人似乎是害怕粘得不牢，每一张还用一个冰箱贴压着。冰箱贴应该是长时间积累下的各种纪念品，只一眼，贺平意就看到了几个国家和城市的代表建筑。

“要好好睡觉。”

“多喝水。”

“头痛药在床头柜里，不要总是吃，我会检查数量的。”

“不舒服要给我们打电话。”

都是一些暖心的话，甚至还有几句只是单单在说“要开心！”

看着这些便利贴，贺平意的嘴角抬起了很小的幅度。他很少会觉得一个人可爱，但看到每一张便利贴上都写了一个“好”字作为回复，还都配了一个在做着不同动作、有着不同表情的Q版小男孩，他觉得可爱极了。

有一张黄色的便利贴被另一张盖着，只露出一个边角。贺平意笑着歪歪头，抬起手，将盖在上面的那张取了下来。

“小璨，不要吃帮助睡眠的药，我们会很担心。”

贺平意一时间没能理解这句话的意思。

帮助睡眠的药？他抬头望了望安静的楼上，忽然觉得手腕发麻。

安眠药吗？

明明不是那么明亮的灯光，却晃得贺平意站都站不稳。

贺平意攥了攥拳，使劲闭上眼睛，过了几秒才睁开，他试图用这种方式去拦截那些正朝他奔来的噩梦，可他的手还是不受控制，抖得厉害。

“服用了过量的安眠药。”

“抱歉，病人送到医院的时候已经没有生命体征了。”

“如果没有什么疑问的话，这是死亡告知书，家属签一下字吧。”

最后一句话，是那个过于可怕的夏天留给他的最后的结语。

当贺平意拿着冰袋回来时，荆璨正在换睡衣。听见门响，他愣在原地，脸上的红晕一下就蹿到了耳根。

贺平意也有些意外，但很快转过头，回身把关门的动作故意放慢，顺便提醒荆璨："赶紧换上，别着凉！"

话说完后，他略微飘忽的眼神忽然发现了不对劲的地方——荆璨的大腿内侧有两道很长的疤。疤痕盘踞，过于吓人，贺平意心中一凛。

"你……"

已经开口，却又不知道该不该问，所以话语打了结，堪堪停在嘴边。而荆璨本就单脚站立不大稳当，此刻又过于紧张，慌乱间脚尖竟然被睡裤的松紧带绊到，他挣扎着蹦跶了两下，猛地跪到了床上。

宋忆南这张床不是那种软软的公主床，更可怕的是，床的四周都有木头的床骨，荆璨的右腿膝盖径直跪到了床沿上，连贺平意都听到了一声闷响。

"啊……"荆璨瞬间痛得喊出了声，捂着腿，仰躺到了床上。

"摁住，"贺平意说着，赶紧坐到他旁边，"压住磕到的地方，不然会肿。"

"不用不用。"他刚要伸手去帮荆璨压，荆璨已经朝另一侧挪了一下，躲开了他的手，"我还好，不怎么疼，不怎么疼。"

荆璨这辈子都没这么尴尬过，一时间又窘又恼，他慌忙地换好睡衣。贺平意看着他通红的脸，以及眼底不自觉流露出的湿润之气，一下子笑了。

他轻轻的笑声像是更加催化了荆璨脸上的红晕，荆璨窘得快要把嘴唇咬破了，最后告饶般抬起眼睛，瞥了贺平意一眼，小声说："你别笑。"

"好，好，"瞧见他委屈的样子，贺平意坐直了身体，连忙答应，"不笑。"

贺平意当然能理解荆璨要面子的心态，他使劲抿了抿嘴唇，克制住笑，随后动了动身子，右手拿着冰袋伸到被子底下，把冰袋往荆璨的右膝上放："敷一敷。"

冰袋太凉，刚一接触时，荆璨本能地缩了缩腿。贺平意感觉到这个动作，抬头看他："凉？"

"嗯，"荆璨点点头，又慢慢把腿放平，"有一点。"

贺平意听了，便没有完全把冰袋放下，而是一起一落，耐心地帮荆璨适应这个温度。膝盖上的疼痛感慢慢消散，刚刚的那股窘迫之意像是也被冰块抚慰，消停下来，不再闹腾荆璨。

时间在这时突然变得悄无声息，荆璨浑身疼痛地靠在床头，贺平意则穿了一身黑色，认真地低着头给荆璨适应冰袋的温度。房间内两个人各有心事，谁都没说话。

从前荆璨一直觉得，跟一个人处久了，也就不会觉得这个人好或是不好了，可对他来说，贺平意好像不一样。荆璨总想在人群中寻找他，似乎已经养成了习惯。

荆璨垂眸想，对的，他一直是不一样的。

过了好一会儿，贺平意的声音才重新在房间内响起。

"对了，今天我还是不走了，我看你这床挺大的，等会儿给我挪个地儿睡觉。"

"啊？"荆璨蒙了，"为什么啊？"

"什么为什么啊？收留我这么困难？"贺平意逗他，"你看这都几点了，我现在回去，路上万一碰见个劫财劫色的，多危险！"

荆璨一直准备的辩词都是"证明自己不需要贺平意整夜照顾"，此刻贺平意猛地将辩论焦点往他的人身安全上引，荆璨便什么词都没有了。

"可是……"

“别可是了，没商量。”腿上也敷得差不多了，再敷下去怕荆璨冷，贺平意于是站起身，一只手去扶荆璨的背，“躺下。”

因为那几张便利贴，贺平意决定留下来。不仅要留下来，他方才站在荆璨的卧室门口，在打开门之前就已经下了决心，早晚要把荆璨的故事都了解透。

荆璨心情复杂地窝进被窝，还在想着这种情况要怎么办。

毛巾裹着冰袋落到额上，荆璨的眼睛试图看向自己的额头，落在贺平意眼里，像是翻了个大白眼。他用手掌盖了盖荆璨的眼睛，沉声道：“闭眼，睡觉！”

荆璨听话地闭上眼，随后就听到他给家里打了个电话，简单地交代了情况。虽然已经提前知道了，但当贺平意对着听筒说“嗯，我今天睡我同学这儿”时，他还是不可抑制地紧张了。

等贺平意挂了电话，荆璨忽然想到什么，他倏地睁眼，看着屋里的一个门说：“那边就是卫生间，镜子后面有新的牙刷。”

“好。”

“桌子旁边的白色小柜子里有干净的毛巾。”

“好。”

“好像没有新的牙杯了。”

贺平意听了，无所谓地说：“我可以不用，或者用你的。”

“啊……还有拖鞋，楼下鞋柜里有，第二层那两双都是新的。”

“好好好。”贺平意真的对荆璨刮目相看了，这人烧得这么高，还能这么操心，难道他不应该是虚弱地躺在床上休息吗？

“哦，对，”荆璨突然想起来，“我得给你找睡衣。”

“找什么找！”见这个人竟然还撑着手臂想起身，贺平意赶紧一只手摁住他肩膀，“是你生病了还是我生病了？我这是住你家让你照顾我来了？”

“可是，睡衣……”

荆璨想说睡衣可能不太好找。

“我用不着。”贺平意抢先说。

“啊？”荆璨微微睁大了眼睛。

看他傻掉的样子，贺平意笑了一声：“逗你的，你有我能穿的睡衣吗？要有你告诉我在哪儿，我自己拿。”

“有短袖和短裤你能穿，”荆璨想了想，补充道，“干净的，很软。”

贺平意按照荆璨的指示在柜子里翻了一会儿，终于找到了那一套临时睡衣，可找到以后立马后悔了——竟然是米老鼠图案，上衣还是粉色的，而且非常嫩。

要命了……

他想着得赶紧找个借口不穿这一身，可转头看见荆璨歪着脖子努力朝他这边看的样子，到嘴边的话又生生咽了回去。

罢了，贺平意在心里叹了一声，米老鼠就米老鼠，粉色就粉色吧。

反正他贺平意受不住，石头心也要流泪。

给荆璨又掖了掖被子，叮嘱他赶紧睡觉，贺平意才去卫生间洗漱。洗漱完换上那身睡衣，他对着镜子左右拽了半天才下定决心出来，整个人颇为忸怩。

荆璨当然没有乖乖闭眼睡觉，他一直盯着卫生间门口，看见贺平意出来，一双眼睛都闪出了亮光。贺平意浑身跟沾了稻草般不自在，为了给自己找点事做，他赶紧坐到荆璨旁边，又把冰袋拿起来，一下又一下地帮荆璨敷额头。

“你穿着还不错。”躺在床上的人不想着好好休息……

贺平意姑且对荆璨的话不做反驳，但也并不是特别想回应。

“这是迪士尼款呢，”荆璨介绍着自己喜欢的衣服，像小朋友献宝一般，“你看，上面的米奇是刺绣的。其实还有一套米妮款，是女生版，版型差不多，图案是配套的，也好看。”

米奇？米妮？贺平意心说这玩意儿不是叫米老鼠吗，怎么还有这么多大名？

“我买的时候没有小码了，可是我觉得刺绣的这个图案特别好看，所以就算是大码也买了。本来想可以凑合穿，可是太大了，穿不出去。”说到这里，荆璨又有些懊恼，“早知道就买女款的大码了，起码能当 T 恤穿，当时我没好意思买。”

和自己喜欢的东西比起来，那点露给别人看的自尊心根本不算什么——可惜这个道理荆璨明白得太晚了。

贺平意觉得没准那退烧药是真的起了作用，不然荆璨这会儿怎么会这么精神。他含含糊糊应着，本着照顾病人心情的原则，没说这衣服的坏话。直到荆璨说：“要不送你吧，你穿着很合适。”

“喀喀……”冲击太大，贺平意吓得咳嗽了起来，连连摆手。

荆璨赶紧解释：“我没穿过，在家也没穿过，我试过一次就洗了，一直放着。”

“不是……”贺平意憋不下去了，毕竟如果荆璨把这衣服送了他，他总不能一次都不穿吧，可让他穿个粉色米老鼠衣服出去，还不如让他管王小伟那货叫声爸爸。

“我是觉得这衣服你穿应该挺好看的，我穿就……”贺平意想找个合适的措辞，结果一瞥眼，却看见荆璨的眸子瞬间就暗了下去，像夏天被大太阳晒蔫的小禾苗。

后悔了，贺平意左手掐了下自己的大腿。

“那个……我就是从来都没穿过粉色，”短短几秒钟，贺平意心里的两个火柴小人已经打了不知多少场架，他看着荆璨苍白的小脸，终于，蓝方败下阵来，“你觉得……还可以？”

揪着上衣把这话说出来，贺平意自己都有点晕乎。

但荆璨这会儿已经看出来贺平意可能不是特别喜欢了，他意识到自己刚才太过沉醉在自己的世界里，可能让贺平意不好意思说出“不好看”之类的话了。所以听到他这么问，荆璨沉默了两秒，随后笑了笑：“其实我审美也不是特别稳定，好像……是跟你平时的风格不太一样。”

贺平意低头看了一眼，米老鼠笑得开心，露出红红的舌头。他忽然又想到冰箱上有几张字条上都写了“小璨，要开心”。

要开心，贺平意在心里又将这三个字重新念了一遍。

“真的送我？”他重新抬起头，冲已经耷拉了眼皮的荆璨扯出一个不太正经的笑，然后做出了他十几年来最大胆的尝试，“那我试试？”

贺平意以为自己是一时冲动，以为自己说出这话以后一定还会后悔，可看到荆璨写在脸上的惊喜，他唯一的感受竟然是如释重负。

或许送出这套衣服耗费了太多的心神，荆璨后来便好像身体透支般，开始迷糊。等他睡着，贺平意又给他冷敷了一会儿额头，才关了灯，轻手轻脚地躺到了他身侧。

这一晚上接收的信息有点多，贺平意闭了好一会儿的眼，脑子却一直围着那几张字条，还有荆璨的两道伤疤转。线索太少，这些事情都不是一时半会儿能想明白的，听着床头柜上的钟表走秒的声音，贺平意的思维像是被困在了一个怪圈里，一直在那么几个字眼上来回转。大概到了凌晨两点，贺平意探手试了试荆璨额头的温度，确定终于不那么烫了，才迷迷糊糊睡了过去。

大概是因为药物和身体虚弱的原因，荆璨这一夜倒是睡得格外安稳。而短短几个小时，贺平意却醒了好几次，甚至还做了能惊醒他的噩梦。

每次醒转，他都会去摸摸荆璨的额头。虽然能很明显地判断出荆璨还在发烧，但好在夜里温度没有升高，并且以可感知的速度慢慢往下降。如此，贺平意便放心了一些。

等到天蒙蒙亮，贺平意再睁开眼时，发现一旁的荆璨在被子底下窝成一团，脸已经快要抵到自己的肩上了。贺平意动了动脑袋，想转个头，却像被柔软的棉絮搔了痒，温柔顺着神经脉络扩散开来；旌旗高扬，擂鼓阵阵，最终将他本就不多的睡意驱逐出境。

第十一章 雨天

贺平意再抬手去试荆璨的温度，睡梦中的荆璨像是感觉到了碰触，咕哝了一声，又朝前拱了拱。

好像温度又退了一些。

贺平意这时看了看表，已经快到正常上学起床的时间。他用另一侧的手摁了摁眼眶，发消息给王小伟，问他认不认识八班的人，想着找人给荆璨的班主任带个假。王小伟没回复，估计还没起。

贺平意及时把自己手机上的闹钟关掉，让荆璨多睡一会儿。哪知荆璨的生物钟哪怕在他生病时都准得吓人，六点刚到，他就已经揉着眼睛醒了过来。

荆璨习惯性地伸手到枕头旁去摸手机，结果手上触感不对，他闭着眼睛用五根手指捏了捏，心里判断，似乎是个手腕。

手腕！

荆璨猛地睁开眼，同时回忆起了现在的情况。

“怎么这就醒了。”贺平意想了想，拿了荆璨的手机递给他，“也好，那你跟你们老师请个假，然后接着睡吧。”

“嗯？”荆璨对这句话反应了几秒，赶紧说，“不用，我没事，可以去上课了。”

“不行，”贺平意一口否定，“你昨天是半夜吃了退烧药，这也才六个多小时，万一药效过了又烧起来呢？”

“不会的，”荆璨解释，“我以前都是一晚上就好了，我生病的特点就是来得快，但身体自愈能力很强，所以恢复得也很快。”

贺平意听着，怎么这话里还有点得意的意思？

“那也不行，”贺平意说，“我不看以前，就看这次，哪有昨晚烧成那样早上还要六点多去上课的。”

“可是……要月考了。”

每当怕贺平意生气的时候，荆璨的声音都会放轻。这会儿他趴在床上，大半张脸埋在枕头里，那一点声音蹭着软枕溜过来，轻手轻脚地进了贺平意的耳朵里。贺平意放在身侧的手忽然动了动，像是受到了什么力量的驱动，食指痉挛似的快速弯曲了一下，又很快恢复到原来的位置。

荆璨对自己引发的效应一无所知，还在说。

“文科有好多要背的东西，我还没背完呢。”

贺平意听了，问了一个非常深刻的问题：“成绩重要还是命重要？”

在逻辑上，荆璨并不是好糊弄的，他眨眨眼，想指出贺平意这是在偷换概念，他只是嗓子发炎引起了发烧，并不会没命。可在开口前略一思索，又觉得贺平意辛苦照顾了他一晚上，他不该这样顶嘴。

“那我休息半天好了。”荆璨偃旗息鼓。

也算是勉强达成了目标，贺平意哼哼了两声，说：“那给老师发个短信接着睡吧，我也不去上课了。”

“啊？”

“昨晚上没睡好，”贺平意已经了解了荆璨十分不愿意给别人添麻烦的心理，所以这次直接抢先说，“一晚上醒了好几次，我得补补觉。”

贺平意说完就闭上了眼，左手往荆璨露出的小半张脸上一盖，意为不许睁眼，不许张嘴，不许提反对意见。没想到，在稍许安静之后，荆璨忽然说：“外面下雨了。”

“有吗？”贺平意闭着眼听了听，没听到声音。

“有，”荆璨说，“我听得很准的，现在还小，但这种雨，你等两三分钟，肯定就下大了。”

这话在贺平意听来稀奇，他又刻意仔细去听，总算隐隐约约听到有那么一点雨点落下的声音，但荆璨不说的话，他肯定不会注意到，更不会认为那是雨声。

约莫过了两分钟，贺平意听到了催人入眠的声音。

雨下大了。

“你还有这本事？”贺平意惊奇地转头看荆璨，“听力过人小少年？”

“不是，听得多了。”

“多？”这个字可不好估计，贺平意问，“怎么才算多？”

荆璨说得平平淡淡，不甚在意，贺平意却很难不去联想。他开始回忆，自己什么时候会去认真地听雨声，想来想去，也只有心情不好、自己一个人闷在屋子里的时候。那荆璨呢？

“嗯……”思量过后，荆璨缓缓地说，“我告诉你一个秘密：我从六岁开始听，我知道从我八岁开始，我生活的每一个地方每年下了多少场雨。比如，2011 年北京下了 46 场雨，2012 年 49 场，2013 年比较多，有 60 场。”

荆璨的话停在这里，他转头，在窗帘透过的微薄的光里看着贺平意：“我甚至可以说出具体是哪一天，你想听吗？”

贺平意愕然，他知道有人收藏球鞋，有人收藏手办，有人收藏邮票，却不知道还会有人收藏雨。

“为什么要记这个？”

贺平意问出的问题，荆璨没有想过。他一下又一下地捏着柔软的被子，开始思考自己到底是为什么开始在脑海里存储这些。

“我也不知道为什么，”荆璨避重就轻，“可能是无聊吧！”

“无聊？”贺平意显然不太相信这个说辞，“无聊这么多年，每一场雨的时候都正在无聊？”

谎言太拙劣，结果就是谁都骗不过。荆璨只好在正确答案里挑挑拣拣，又组织了一套说辞。

“小时候是因为总是一个人在屋子里，北京又干得很，那时候觉得下雨是很难得的事情，所以就开始观察雨滴、研究雨声，开始记录从看到第一滴雨到听到雨声要多久。”这样说着，荆璨又觉得自己刚才说的“无聊”，也不能算是撒谎，“你看，还是因为无聊吧？”

贺平意皱皱眉，还是觉得不是很对。

而荆璨已经改成平躺的姿势，他看着天花板，将这次的时间数据也输入到自己脑袋里的那个数据库中，又多打上了一个标签——“和贺平意一起听到的第一场雨”。

有了收获，荆璨在雨声中心满意足地闭上了眼。

“荆璨。”

已经快睡着的时候，贺平意突然叫了他一声。

“你喜欢下雨吗？”

“喜欢。”荆璨说。

小时候其实不喜欢，小时候喜欢太阳，喜欢蓝天白云，喜欢开朗的万物。可荆璨长大以后发现，下雨天，人们打着伞或披着雨衣，或是行色匆匆，或是小心翼翼地看着脚下，生怕被雨水淋到。越是恶劣的环境中，大部分人便会更多地关注自我。

明白了这一点以后，荆璨便开始喜欢雨天了。

那天，两个人在雨声中昏昏沉沉地睡到中午，贺平意起来的时候，发现旁边是空的。他撸了把脑袋，一边喊荆璨的名字一边开了房门。楼下传来瓷碗轻碰的声响，阳光和饭香都很清晰。

下了楼，贺平意呆愣地看着桌上的两菜一汤，再看看厨房里正在盛米饭的人，竟没想到荆璨真的让自己昨晚的戏言成了真。

"你怎么回事，"贺平意大步走到厨房，夺了荆璨手里的勺子，"你是病人，饿了就叫醒我，我来给你做饭呀。"

像是早就预料到会被贺平意批评，荆璨不知从哪儿掏出一支体温计，在贺平意眼前晃了晃："我没事了！看，我退烧了。"

贺平意一手端着米饭，一手抽过体温计。瞧过一眼，他朝荆璨笑："三十七度二就算是退烧了？"

算……

荆璨撇撇嘴，也就是在心里偷偷想，没敢出声。

贺平意不得不承认，荆璨的菜做得是真好吃，等荆璨吃饱，他风卷残云扫干净了盘子里的菜，连那锅汤也没放过一滴。荆璨坐在对面，看见他这副架势，不太确定地问他："你觉得好吃吗？"

他自己是觉得今天没发挥好，莜麦菜炒得太老了，葱花还煳了一片。

"好吃啊。"贺平意利落地收拾着盘子，"你喜欢做菜？"

喜欢吗？

荆璨想了想，他不喜欢，甚至是讨厌。讨厌铲子刮到锅底的声音，讨厌金属盆相互摩擦的声音，他听到这些声音甚至会生理性地战栗，连心脏都缩成一团——不舒服！

可此刻贺平意问，他还是习惯性地隐瞒："还好吧，有时候会自己做。”

贺平意已经叮叮当当地在刷碗，荆璨跟过去，站到他旁边，帮他挤了几滴洗涤液到洗碗布上。

“我也会自己做，”贺平意说，“不过是被逼的，我小时候觉得我妈做的菜都是一个味道，特别神奇，你说炒蒜薹和炒豆角怎么会是一个味道呢？可是我妈做出来味道真的一模一样，那会儿我还奇怪，我觉得这些菜既然都是一个味道的，为什么要长成不同的形状？”

说到这儿，贺平意摇着头笑了两声。就是凭这两声，荆璨知道了贺平意的童年一定很快乐。

“直到我吃了其他人做的菜，我才发现，原来这些菜炒出来应该是味道不一样的，原来菜还有这么多种做法。而且更可怕的是，我爸妈不吃辣，我吃过一次辣子鸡以后才知道这个世界上竟然有这么好吃的菜，然后我就觉得靠妈不如靠自己，开始自己琢磨着瞎做。不过，我做的菜味道虽然还可以，但样子赶不上你的，我不太注意刀工。”

一不小心又被夸了一次。荆璨一面跟着贺平意笑，一面决定以后要多下厨。

“下次我做给你吃，”有了这个打算，贺平意便开始积极了解需求，“你喜欢吃辣吗？”

“喜欢，但是我吃不了太辣的。”荆璨说。

荆璨皮肤的角质层很薄，毛细血管又丰富，所以很容易脸红。虽然他很喜欢吃辣，但是吃一口就上脸的体验不是特别好，曾经他还因为这个被取笑过。他记得有一个比他大一些的男生，指着他的脸，笑得很夸张，说：“哎哟喂！怎么这都脸红，比小姑娘还小姑娘。”

他被取笑不是一两次了，听过的更过分的话也有的是，可这次让他印象很深刻。大概是因为，他认为小姑娘又不是个贬义词，为什么要用来取笑别人。当时的他想反驳，可是大家都笑得很大声，而他和这些人不熟，也没有人想听他的辩驳——即便那顿饭明明是这些人说要答谢他，硬拉他过来的。

贺平意正低着头，冲掉碗筷上残留的洗涤液。听到荆璨的回答，他头也不抬地说："那以后我给你做不是太辣的辣子鸡。"

荆璨一直都觉得人的语言很神奇，几个字可以击溃一颗心，几个字也可能让人再次相信一切都会朝好的方向发展。

贺平意提到了"以后"，而在荆璨过去长久的儿时、少年岁月里，面对这两个字的，始终都只有他自己。

从前，荆璨相信雨后的彩虹意味着好事发生，所以当他透过厨房窄窄的矩形窗户，看到天边横亘的色彩时，他忽然觉得自己终于有了勇气，也做好了准备。

"贺平意。"

"嗯？"

荆璨把一只手放到大理石台的边缘，缓慢地叩着。

"你去过北京吗？"

水流声在这一瞬间停下，周围空间明明是消去了这一点声响，却像是在荆璨绷紧的弦上弹出了重重的一个音。

"怎么突然问这个？"

他这样问，荆璨却没有回答。他在等贺平意的答案，他提着一口气，不能泄掉。

短暂沉默后，贺平意说："没去过。"

荆璨长长地呼了一口气，紧接着，太阳穴传来很明显的钝痛感，他听到有人在说话，企图扰乱他的思维。放在大理石台面上的手颓然垂下，荆璨在贺平意的目光中笑了笑，这才说："有家辣子鸡很好吃，如果你去北京的话，我带你去吃。"

"好啊！"

贺平意转身，将洗好的碗放到橱柜里，窗边便只余了荆璨一个人。

窗外的彩虹还在，荆璨的世界里，好像什么都没有改变。

从前毕竟只是从前，彩虹也只是太阳光照到空中的小水滴，折射和反射的结果。

确认了这些，荆璨转头去看贺平意。

贺平意擦干手，也刚好转过身来。

一寸阳光打在荆璨右侧的脸上，长长的睫毛都盛着光。荆璨身体的一半在明亮的光影里，另一半则因为没能触及阳光而明显暗淡了下去。他什么都没说，也没有表情，就只是站在那儿，一眼望到贺平意的眼底。

多年后，贺平意曾在他们的未来试图去找寻过去的荆璨，他想看看荆璨小时候的样子，想看看荆璨一路走来的样子，可当他看了荆璨许多照片，却发现照片上的都不是他想象中的小璨。直到有一天，他们又回到了这个窗口，在类似的阳光下，荆璨依然站在他的身边。他回想起了这一幕，才忽然发现，此刻静默地望着他的，才是曾经的小璨。

那个孤单的小璨。

但此时此刻，贺平意还没有察觉到这么深刻的意义，他只是觉得荆璨看上去有些落寞，所以他走到荆璨身边，又摸了摸荆璨的额头，像是哄荆璨般说："你快点好起来，等月考结束了，我带你去开卡丁车好不好？"

原本已经垂下的眼眸又抬起，荆璨看着贺平意笑了，他笑起来的样子让贺平意觉得刚刚他身上那股落寞的情绪大概只是自己的幻觉。

"好啊。"

荆璨是第一次经历七中的月考。和二十一班不同，八班的班主任苏延是一个戴着眼镜的年轻男人，看上去最多也就三十岁，斯斯文文，讲起话来也是不疾不徐，让人听得舒服。苏延教他们地理，听周哲说他是名校毕业，学校高薪聘请来的。周日晚上，距离放学还有十分钟，苏延说这次考试还是像之前一样，让教室最右边两排同学把桌子搬到休息室，其他同学把桌子调转方向，另一面朝前；脚底的书箱和桌上多余的书也都先放到休息室，注意写好名字，不要弄丢。

班上的同学都习以为常，在苏延的话音还没完全落下时就已经纷纷开始行动了。为大家的视力考虑，教室的座位每个月轮换一次，同桌不分开，每个人都朝左移两列。荆璨最开始坐在最右侧靠窗的位置，换了两次桌以后，早就到了不需要搬桌子出去的位置。

右侧两排的同学比较惨，又要搬桌子又要搬椅子，班上的男生纷纷向女生施以援手，荆璨看在眼里，觉得这种默契帮忙的场景挺暖心的。可他很快发现了一个问题——几乎所有女生都有男生帮忙，唯独第五排那个短发的女生，仍在慢吞吞地自己收拾，周围一个来帮忙搬桌子的男生都没有。

荆璨记住班上人名的方式有两种：一种是主动和他说过话的，比如温襄赢，比如自己的同桌周哲；另一种，则是通过上课回答问题时老师的点名。而此刻荆璨发现，在这个班待了这么久，他都还不认识这个女生，也不知道她叫什么名字。他环顾一周，犹豫之后，还是先问了问周哲。

“那个女生叫什么名字？”

他指的方向其实有三个人，但周哲似乎对他问的是谁并没有疑惑，回说：“刘亚。”

似乎每个班都会有那么一两个被孤立的人，无论高中、初中，还是小学，他们或是永远低着头走路、垂着头看人，或是没有一个在旁人看来清秀的外表，或是性格孤僻，从不与人说话。他们被孤立的原因不一定相同，但如果这些人和所谓正常的群体站到一起，你总是可以通过他们的体态、神情而一眼辨别出他们。

或许他们从前不是这样的，但后来就慢慢变成了这样。

正常的群体里，其实也不尽然都是讨厌他们、想要戏弄他们的人，这个群体里的人大部分都持中立的态度，这些人原本可以不做这场伤害的执刀人。但可惜的是，派别一旦形成了，在中立的人看来，自己如果不站队，也会成为被孤立的那个，所以他们纷纷站到“安全”的阵营，以“我从没有欺负他”为心理安慰，冷眼旁观着一场场校园暴力，或是校园冷暴力。

荆璨从不主动同不认识的人讲话，很多年他都坚守着这一原则。可人声鼎沸中，刘亚佝偻着后背、低着头的样子实在太过格格不入。一幅好的画里，不应该存在这样突兀的场景。荆璨转过身，朝那个无人靠近的桌子走去，但在他到达之前，一双手先扶上了桌子。

也有那么极少数的一类人，他们耀眼、善良，他们从不怕被孤立。当然，这种善良又会被旁人理解为他们有资格保持善良。

温襄赢瞥了旁边的男生一眼：“眼睛不好用还是胳膊不好使？”

被她扫到的两个男生这才嬉皮笑脸地站起来：“错了错了，你别动手，我们来。”

言下之意，我们这是帮你，不是帮刘亚。

荆璨已经走到温襄赢旁边，温襄赢见了他，朝那俩男生摆了一下手：“继续坐着吧。”

那两个男生看了荆璨一眼，又看看温襄赢明显不悦的神情，竟然真的讪讪地退回了原位。

班上不知有多少人在注视着这边，荆璨不知道他们都是些什么心理，他也毫不在意。但在他和温襄赢一起把桌子搬出去时，余光还是解读出了几束让人不太舒服的目光。

他把刘亚搬来的椅子也倒扣在桌子上，拍拍手，坦然得很。

“荆璨！”

荆璨听到这一声呼唤，立马惊喜地回过头。贺平意似乎已经提早收拾完，站在楼梯口朝他甩了甩车钥匙，问他走不走。

“走！”荆璨指了指班里，“我去拿书包。”

他飞速进了教室，把方才那个小插曲抛到了脑后。而贺平意靠在他们班门口的栏杆上，站姿不那么讲究，他不作声地扫了一眼方才上上下下打量荆璨的几个人。那几个人聚在八班门口，也注意到了贺平意看过来的视线，虽然他们并不是很清楚这个男生为什么这么看他们，但总之，迎上去就是了。贺平意一只手摁上后颈，脑袋缓慢地朝左右两侧各点了一下，眼神变得越来越懒，却始终抓着那几个人的脸不放。

回去的路上，贺平意问荆璨：“你们班的人欺负你了吗？”

“没有啊！”荆璨答。只是没什么接触罢了。

“那放学之前，发生什么了？”

荆璨给贺平意简单讲了一遍帮刘亚搬桌子的事，末了补上了一句总结：“我觉得温襄赢很好的。”

听了这件事，贺平意一直在想，那几个男生会不会因为荆璨今天晚上帮了刘亚而针对他，结果荆璨的这句话抛出来，自认为已经和荆璨建立了牢固且真挚的友谊的贺平意忽然有点不太爽。

他歪了歪脑袋，装作漫不经心地问：“为什么？”

“她帮了刘亚啊。”

贺平意的思路被小凉风吹偏了：“那我不好吗？”

后座的荆璨一愣，一只手揪着贺平意腰上的衣服，然后把头探到另一边，仰着脸看着贺平意的下巴。

“我没说你不好啊！”

看着自己胳肢窝下钻出的一张脸，贺平意继续幼稚地发问：“那我和温襄赢，谁更要好？”

好一会儿，荆璨都没接话，这可把不久前才为了照顾他连觉都没睡好的贺平意气着了。

“你还需要想？”贺平意觉得这真是件不可思议的事，作为朋友，他和温襄赢之间，荆璨竟然还需要思考？

“不……不是！”荆璨已经被贺平意搞得完全乱套了，他非常不解，“我是在想……你为什么要跟温襄赢比呢？”

在他的世界里，两个人标签完全不一样好吗？荆璨有点委屈，他在心里补充：他们连存储的位置都不一样！

刚才也不知道是被什么玩意儿蒙蔽了心智，贺平意此时也觉得自己有点过于神经了，又不是小孩子过家家，怎么会问出这种问题。可都到这一步了，如果承认自己幼稚，任由这个话题戛然而止的话，好像会更显得他像个智障，于是他一不做二不休，硬要荆璨给他个答案。

“当然是你好。”荆璨只好老老实实地说。

在我的世界里，当然你是最好的朋友。

“这还差不多。”

贺平意哼着小曲，把电动车骑得七拐八弯，吓得荆璨两只手都抓住了他的衣服。

月考和正式考试不同，总共只有一天时间，早上七点开始考语文，两个半小时；九点四十五开始考数学；下午考理综和文综；晚上提前吃饭，六点半开始考英语。一天的考试下来，荆璨唯一的感觉就是手痛。晚上，他一边下楼梯，一边跟贺平意小声抱怨，说文科要写的东西太多了，仿佛不把卷子写得密密麻麻就得不了分一样。

贺平意看着他递过来的手，中指的一二指节中间磨红了一大块，在楼道昏暗的灯光下格外显眼。他说："那你来理科，理科就是计算，不用写那么多字。"

比起荆璨的手，贺平意的手要稍微干燥几分。荆璨忽然想到很久以前听别人聊过掌心的三条线，他鬼使神差地动了动手指。

"算了。"荆璨红着脸拽了拽书包带。

月考都结束了，卡丁车还会远吗？

荆璨不好意思问贺平意，就只在心里盼望着，盼望着。可盼着盼着，他无意间注意到黑板侧边的周日课程表，发现不太对。作为一个生源规模庞大的省份，高中生们过的可真是苦行僧般的生活。从高一到高三，每个年级都是一样的虐心作息，一个月才有一次一天半的月假，其余周次就只周日下午休息一节课。

而上次放假，是两周之前。

荆璨瞬间泄了气，那不是还要两周……

到时候贺平意不会已经忘了吧？

讲台上老师在发试卷，荆璨则在空白纸上描着一辆赛车的轮廓。

拿到数学试卷，分数在自己预料之中，荆璨收了卷子，接着画赛车。他专注起来通常关注不到周围，所以自然也没看到周哲一直低着头，对着卷子上那点可怜的分数，憋红了脸。

讲评试卷时，老师手上拿着一份各题错误人数统计，错得不多的题就简单提一句，或是直接说"个别错了的问问周围的同学"，错得多的才正儿八经地讲一讲解题思路和易错点。

卷子翻到最后一页时，忽然有个小纸团从左侧冲进了荆璨的视线。他朝旁边看了一眼，周哲正紧抿着唇、低着头，并没有朝这边看。荆璨想了想，捏起纸团，用校服袖子掩着，悄悄打开。

字条上写了一句话，是周哲的字迹。

“我可以问你数学题吗？”

第十二章 纸飞机

这句话不知道在周哲心里憋了多久。

其实荆璨之前就有些疑惑，班上的同学逐渐知道了他数学不错，虽然他并不活跃，也偶尔会有人主动来找他问题。可和他关系最好的周哲，却从来没问过他。

荆璨回忆了一下，似乎也没看到周哲问过其他人，包括老师。

“可以啊。”荆璨很快写上了回复，还配上了一个大大的笑脸。

他之前没注意过周哲的成绩，因为小纸团的事情，这天大课的课间，等班上的人都下楼做操了，荆璨走到讲台旁边，去看贴在墙上的成绩单。从第一名往下找，在大概十几名的位置，他的目光掠过了自己的名字。他继续一直向下，直到最后，看到了周哲的名字。再看看数学一栏的分数，只有四十三分。

实验班的同学，成绩自然都不差，数学考到四十三分，意味着什么？语文、文综、英语起码要比别人多拿六十分，才有可能考到一个勉强能看的排名。七中的实验班采用的是只进不出的规则，中考考上来的前三百名被分成六个班，高二分文理实验班也是这些人自愿选择的结果，至于升高中时没能进实验班的，要连续三次达到实验班人数之内的名次，才可以升到实验班来。这样的规则对普通班的学生似乎不大友好，可对实验班排在后面的同学来说又何尝不是，老师讲课的进度不会以他们为准，他们永远是老师在讲错题时所说的“个别同学”。

荆璨在心里叹了口气，打算好好帮一帮周哲。

相比八班，二十一班稍晚了点，在晚自习前才放了榜。王小伟第一时间跑去前面看了自己和贺平意两个人的成绩，回来跟贺平意报告，贺平意却连眼皮都没抬一下。

“跟你说话呢。”王小伟拿胳膊肘戳了戳贺平意，戳得贺平意在纸上画出长长的一道。

“嘶……”

贺平意斜着眼看王小伟。

“哎哟，不是故意的，不是故意的。”王小伟捂着脸，凑近贺平意，“你这画的什么？车？还挺好看，你还会画画？以前学过？”

贺平意听完他的话，认真地问他：“你让我先回答你哪个问题？能断个句吗？”

王小伟笑：“算了算了，都不用回答，我也不是特别在意。”

刚才一直忙着画画没抬头，这一说话，贺平意才注意到他的姿势。他扬扬下巴，问：“你脸怎么了？被你妹打了？”

“才怪。”王小伟一口否定，“我智齿疼，发炎了。气死我了，太倒霉了！”

“哦，拔了呗。”见他没什么大事，贺平意又把目光重新放回到了自己的画上。

“你拔过智齿吗？”

“拔过啊。”拿着纸端详了好一阵，初步估计出透墨的程度，贺平意觉得这画还有救。他从铅笔盒里掏了把小刀，拔出刀刃，手指捏着，用刀尖那一小截去刮那道水笔印——以前老师不允许用胶带改错别字，于是贺平意他们班集体练就了这一绝技。

“疼不疼啊？”面对疼痛，王小伟认㞞认得特别不含糊，毕竟只要可以不拔牙，男子汉当跪则跪，“我妈也说等消炎了，这个月放假的时候让我去拔了，我想想就觉得太可怕了，你拔智齿住院了吗？”

“为什么要住院？”贺平意扭头，“你对拔智齿是不是有什么误解？”

“我一个朋友的妹妹就拔完智齿住院了，好像昏过去了还是怎么的。”

“特例吧。”贺平意惦记着自己纸上的车，想快点把这个话题给王小伟聊透，“我拔了两次，一次拔两颗，第一次一点都不疼，第二次麻药过了疼了两天。你智齿长得正吗？要是正大概就不怎么疼，要是阻生，估计会疼。”

“我感觉是正的。”

“那应该没事。”

安抚完毕，贺平意又接着刮纸。

一旁的王小伟拿舌头尖使劲去够最里面那颗牙，最后舌头抽了筋，疼得他直叫唤。

他想了想，问贺平意：“自己能感觉出来正不正吗？”

贺平意没抬头，答得很流利。

“不能吧？”

王小伟怒了，“那你‘应该没事’个什么劲。”

“这不是安慰你吗？”补救工作眼看就要过半，贺平意拖着长音，鼓励同桌，“哎呀，你就去了往那儿一躺，又不是不给你打麻药，㞞什么啊？”

“不行，”王小伟说，“我怕疼。”

“长痛不如短痛。”

王小伟听了，盯着贺平意的侧脸，终于一咬牙：“行吧，那你跟我去拔，我得有人跟着，要不我不敢进去，你到时候把我踹进去。”

“去不了，”贺平意拒绝，“让你妹妹陪你去。”

“我让我妹妹陪我去，她以后就得踩我头上让我管她叫姐了。”这种丢脸的事，一个人知道就得了，特别是不能让王小衣知道。王小伟搂住贺平意的胳膊，压着嗓子求贺平意，一声比一声缠绵：“贺平意，平意，平意哥哥。”

“滚滚滚。”贺平意听得头皮发麻，赶紧把自己的胳膊从王小伟手中扯出来，把他推到一边去。

“陪我去嘛。”

贺平意抖了抖一身的鸡皮疙瘩，盯着王小伟警告：“说话就说话，别带‘嘛’。”

“那你陪我去，”王小伟把死皮赖脸发挥到了极致，“你陪我去，我就不恶心你了。”

“我真去不了，我假期约了别人了。”这么一说，贺平意才想起来，自己还没跟荆璨确认时间。

“谁？”王小伟一听，来劲了，“去哪儿？”

“荆璨，”王小伟又不是不认识荆璨，贺平意也没什么撒谎的必要，“我俩去开卡丁车。”

“卡丁车好啊！带我一个，带我一个。”

“不带，拔你的智齿去。”

“哎呀，开完卡丁车你再跟我去拔智齿，完美。”王小伟为自己的安排竖了个大拇指，“就这么说定了。”

贺平意懒得理他，王小伟却在之后的一整节自习课都一个劲地磨贺平意，最后贺平意只能说："行行行，再说吧。"

带不带的，他说了不算，得问问荆璨。据他观察，荆璨不是特别喜欢人多的活动。

利用课间给周哲讲了几道题，荆璨已经大概猜到了周哲不愿意问别人的原因。他按照比较正常的思路给周哲讲，甚至细分了步骤，讲得更加详细，周哲依然听不懂。荆璨沉默着思考，想着该怎样换个角度再解释，周哲却好像误会了什么，有些难堪地说："算了，我很笨，以前老师给我讲我也听不懂，我自己看吧。"

见周哲要把本子抽回去，荆璨赶紧压住。

"不是，"荆璨轻抿了下嘴唇，然后解释，"我是在想怎么样能讲得明白些，没关系，你听不懂我多给你讲几遍就懂了，或者你哪里不懂就打断我，告诉我。"

"那样……太麻烦你了！"高三的时间很宝贵，每个人都恨不得能比别人多做一道题，周哲很清楚这一点。

"没关系。"荆璨笑了笑，然后提笔，在纸上写了一个公式。

公式还没写完，一架纸飞机突然扎到了自己的胳膊上，荆璨吓了一跳，立即抬头往周围望去。没在班里寻到扔飞机的人，却在窗口看到了贺平意。

没等荆璨起身，窗外的贺平意将两只手提到胸前，朝下压了压。荆璨看懂了，这是让他不用出去。贺平意又指了指桌上的纸飞机，示意他打开看。

荆璨朝他点了点头，贺平意便摆摆手，乐呵呵地走了。

"他是二十一班的？"

周哲忽然发问，荆璨看了他一眼，轻轻扯起嘴角，点了下脑袋。

他拿起纸飞机，放到桌角，想等给周哲讲完题以后再看。哪知这道题一直讲到了上课铃响，铃响之后历史老师又抱着书进来了，根本不给他安心拆纸飞机的机会。历史老师把这节自习变成了重点题目精讲，荆璨一边听着老师的声音，一边瞅着那架纸飞机，心里跟被小猫咪抓挠一样。

十分钟过去，他实在忍不住了，偷偷把纸飞机转移到腿上，垂着眼睛开始拆。倒霉的是，碰巧历史老师正在让同学们思考，教室里静得连翻书的声音都没有，荆璨把一侧机翼拽开，没想到纸张展开也能发出这么大的声音。他瞬间不敢动了，僵着两只手，又偷瞄了一眼老师——还有一侧机翼呢……

荆璨正在心里嘀咕历史老师怎么还不说话，身旁就传来了翻书的声音，他转头，看见周哲的动作，心领神会地"唰唰"两下展平了那张纸。

首先跑到荆璨眼睛里的，是大大的两个字——战书。字体特意描粗，写成了黑体的样子。

这两个字下面画了一辆车，荆璨一眼就看出了这是辆什么车。他先是一愣，然后立马从本子里翻出自己今天画的画。

虽然两辆车的角度不一样，但很明显，他和贺平意画的是同一辆；不同的是，荆璨的车上写了藤原豆腐店的日文全名，而贺平意学艺不精，只写了"藤原"两个字。

荆璨把自己的本子收了，捏着贺平意的被展平了的纸飞机，来回读着底下那一行字，只觉得满心的兴奋。

"11 月 1 日早上八点，秋名山等你。"

落款让荆璨非常不服，因为贺平意写的是 AE86。

荆璨把纸飞机恢复成原状，机翼下折，压到笔记本里，然后两只手捏着一支笔，看着黑板。笔杆在大腿上戳了两下，他心念一动，又翻出自己的画，在上面写了点字。写完以后，他一点一点把这页纸撕下来，摁在桌上，同样折成了飞机的样子。

左盼右盼终于等到了下课，荆璨捏着纸飞机，第一个冲出了教室。

二十一班的教室后方已经热闹起来，荆璨把手藏在身后，装作不经意地往门里看。贺平意就坐在后门口，把飞机飞到他桌上的难度可以说是零，但荆璨在心里摇了摇头，觉得这么近的距离，一点也不酷。

他正在思考怎么让自己的飞机比较酷地登场，忽然发现贺平意的脑袋有转过来的趋势，时间紧迫，来不及思考，必须当机立断。于是，荆璨在高压下做了一个让周围几个男生都傻眼了的动作——他探身进去，直接顺着贺平意的后脖子把纸飞机塞进了他的衣领子里。

贺平意已经八百多年没被这么偷袭过了，他后颈一凉，不自觉地骂出了声。

这一声把荆璨吓了一跳，更不用说贺平意猛地站起来，还带倒了椅子。

荆璨眨了两下眼，在对上贺平意的视线以后，扭头撒腿就跑了。

贺平意也没想到会是荆璨，他手还伸在后面衣领里，眼前的人忽然就跑了。荆璨这一跑，贺平意才反应过来，立马把后脖子里的东西攥到手里，跨过椅子就追了出去。

“你给我站住！”

傻子才会站住呢。

前面的荆璨已经快跑到班级门口了，他大口喘着气，扒着门框急刹车，在贺平意的手摸到他的衣服之前先一步蹿进了班里，测 50 米跑的时候他都没这么快过。

毕竟不同班，贺平意不好直接闯进去，于是拎着个纸飞机，站在窗户前，朝座位上惊魂未定的荆璨招了招手。

荆璨遥遥地冲他做了个口型，简单，易解读："不。"

贺平意也立刻做着口型回复："快点，出来。"

荆璨憋着笑，给他的依然是那一个字。

贺平意歪着身子，一只手叉腰，看了看正默默围观他的几个女生，只剩下撂狠话这一条路。

他拿纸飞机的飞机头点了点荆璨的方向："放学等着。"

撂狠话还不能出声，连个感叹都表达不出来。

首战败北的贺平意又把飞机拎回了教室，王小伟已经给他把椅子扶了起来。

见他过来，王小伟一脸的兴趣盎然，毕竟看贺平意吃瘪的机会可不多，王小伟当然不会错过。

"怎么了，怎么了？"

贺平意瞥了他一眼："你刚才是没追出去看还是怎么着？"

"嘿嘿，"王小伟笑，"这不是想知道前因后果、未来发展嘛。先说好啊，荆璨看上去可打不过你，你别恃强凌弱。"

他瞧着那架纸飞机，一边乐一边催着贺平意打开。

"一边去。"贺平意撇开他，自己转过身去把飞机拆了。

这一看，贺平意直接又输一城。他往椅背上一靠，心说，完了，画画也比不过。

把头仰在椅背上，贺平意两只手拽着纸，举高，让灯光从纸背投过来。

荆璨的字，字如其人——清秀，又透着一股子倔劲。

纸张上部同样是几个黑体大字：应战书。

赛车下面还有一行字，大言不惭。

"我才是秋名山车神。"

第十三章 赛车

放学后，两位“车神”在楼梯口相遇，贺平意二话不说，先把一只手掐到了荆璨的后脖颈上。

“往我脖子里塞飞机？”贺平意低头，凑近荆璨，凝视着他的眼睛问，“还跑？”

“哎，痒。”

后颈柔软，如此一来，像是被人握住了命脉。

荆璨一边笑一边缩着脖子往旁边躲，试图从贺平意的手下逃脱，结果非但没成功，还因为不老实又被贺平意捏了几下，更痒了。

天生的身高劣势使得荆璨不得不认输，他笑得连耳根都红了，赶忙用一只手拽着贺平意的胳膊，求饶：“我错了，当时情况紧急，以后再也不这样了，行不行？”

眼睛大就是有这点好处，透出的任何情绪都显得更加丰沛，连那股可怜劲都像是被一层湿润的雾气捧着。贺平意和荆璨离得太近，这一眼看见，手上立马不自觉地松了劲。其实他本来也没用多大劲，只是刚好让荆璨逃不脱而已。

“那我们放假去开卡丁车吗？”整理着因打闹而七歪八扭的校服，

荆璨迫不及待地跟贺平意确认。

“嗯。”

贺平意应了一声，然后同荆璨说了王小伟也想去的事，问他什么意见。荆璨第一反应是想要拒绝，可是回头想想，那是贺平意的朋友。

“那就一起吧。”他说。

这回答，贺平意倒不意外。荆璨一直不是一个以自我为中心的人，自己若跟他提有别人也想去，他不管愿意不愿意，一定会说好。就像之前和那两个体育生一起回家，贺平意在留意到荆璨的沉默之后也问过他，是不是不自在，可他当时也是笑着说：“没事啊。”

“荆璨。”贺平意看了荆璨一眼，嘴唇动了动，却几次都没组织好语言。最后他叹了口气，揉乱了荆璨的头发。

他不知道应该怎么跟荆璨描述，但每次看到荆璨顾虑很多的样子，他都会希望荆璨在他面前不要太拘束，不要总是考虑过后给出一个“标准答案”，他的问题不是考题，他也从不需要荆璨得满分。就像刚刚荆璨把纸飞机塞到自己的脖子里，虽然贺平意又是追着他跑，又是说要找他算账，看上去似乎气急败坏，但贺平意着实喜欢这样肆意的荆璨。

考虑了很久，一直到两个人走到车棚，把电动车推出，贺平意才说：“如果你想我们两个人去，就告诉我，这种事你不需要勉强。”

荆璨愣住，慢慢将这句话掰开揉碎，消化掉。

推着车，他们一起往校外走。荆璨不做回答，贺平意也没有再继续这个话题，而是嘻嘻哈哈地讲些不相关的事。

坐上已经很熟悉的后座，电动车驶上两个人很熟悉的道路，荆璨才在后座缓缓摇了摇头，不知是在给自己答案，还是在给根本看不到他的贺平意答案。

他始终认为，这不是勉强，而是修正。

他们约在周末，这天对荆瓈而言，是久违的兴奋。他六点钟就起了床，给自己做了丰盛的早餐，为了让自己待会儿更有力气，还特意多喝了一杯牛奶。他的冰箱里总是不间断地储存着鲜牛奶，荆瓈在某些事情上是偏执的，比如，只喝保质期只有几天的鲜牛奶，从不喝超市里整箱贩卖、保质期很久的纯牛奶。宋忆南了解这一点，所以在荆瓈搬过来之前，就给他订好了每天早上送上门的牛奶。

接下来的一个小时荆瓈没干别的，他翻箱倒柜地把所有觉得还可以的衣服都试了一遍，赶在贺平意到达之前，挑了一身最酷的。

出门时仓促又雀跃，肩膀碰到挂在门框上的风铃娃娃，清甜的碰撞声拥着、挤着，朝大门外的人飞去。

尽管荆瓈准备充足，但见到贺平意之后，他发现自己好像还是输了。贺平意穿了一件黑色的卫衣，胸口处刺了几个很小的白色英文字母，大概是品牌的名字；外套同样是黑色的，下面则是一条浅卡其色长裤。其实是很普通的搭配，但偏偏贺平意今天戴了一顶长飘带的黑色鸭舌帽。

荆瓈决定留在这个城市的那天，贺平意戴的就是这顶帽子。

贺平意的额头和眉骨生得好看，加上颌骨的线条和棱角都颇为清晰，戴鸭舌帽是最合适不过的了。不像荆瓈，每次戴上这样的帽子都像小学生要去春游一样。

摁住纷飞的思绪，荆瓈锁了家里的大门，转身间，才尴尬地发现刚才只顾着看衣服好不好看，完全没注意有没有口袋。他拿着手机和钥匙，上上下下地摸索，最后确认自己身上真的放不了这两样东西。

“你等我一下吧，”他苦着脸说，“我得去换个外套。”

“别了，”贺平意坐在车上，朝他摊开手，“给我吧。”

荆璨把手里的东西递过去，贺平意侧了侧身子，揣进了右侧的裤兜里。

所谓赛车场，其实就是在中心广场里规划了几条跑道，跑道的设施不算很专业，形状和弯道都沿着草坪勾勒分布，分为初、中、高三级。初级道呈 M 形，最难的部分是中间有一个发卡弯，中级道和高级道的难度则更难，特别是高级道，基本上都是经常玩的人拿来比赛用的。

他们到的时候王小伟已经在广场门口等了，还带了王小衣。昨晚王小伟特意给贺平意打电话，说是王小衣得知他们要来开卡丁车，也想跟着一起。

隔老远看见他们走过来，王小衣立马蹦跶着拽了拽自家哥哥的胳膊：“你怎么不跟我说你同学这么帅？你早说我就再穿好看点了。”

王小伟听了，朝并肩而行的两人看去，是都很帅。但或许是在七中，周围的同学都沉迷于学业，他完全没有看到过那种女生们看见一个帅哥就窃窃私语、兴奋不已的场景，偶像剧里那种全校评选校草的桥段也根本不存在，大家都表现得比较平淡，在跟帅哥说话的时候，女孩子们的态度普遍会更好一些；可能男生反而更加狂热、直接一点，会议论，会在操场上互相推搡着去看某个漂亮女孩儿，比如温襄赢。

好像到了高中，特别是高三时，暗恋的情愫更多的时候会被藏进青春的匣子里，女孩子们更早地拥有了一些稳重，早已经不再做公主梦，每个男子汉却都还随时准备着化身成盖世英雄，一怒为红颜。

王小伟在这儿乱七八糟地联想，贺平意和荆璨已经走到他面前。王小衣没等他介绍就自己先开了口：“学长们好，我是王小伟的妹妹王小衣，叫我小衣就好。”

贺平意点了下头，简单地自我介绍：“贺平意。”

他说完，看向荆璨。荆璨的唇抿成了一条缝，贺平意只一瞥就能看出他用了多大的力气。于是他又指指荆璨，跟王小衣说：“荆璨。”

荆璨闻言抬头看他，唇上的力量仍旧没有卸去。

卡丁车是每辆按小时计费，今天也不知道是什么让老板高兴的日子，刚好有优惠。但这家老板估计对各种优惠手段研究得很透彻，炫技一般列了十条优惠，且有九条都标注不可与其他优惠同享，也不知到底是想折磨客人还是想折磨自家算账的员工。

站在优惠展板前，王小伟光读优惠条目就读得脑子快炸了。

“这都是什么玩意儿？”好不容易今天不用算题，还得在这儿一边做阅读理解一边算钱，王小伟又觉得这老板最近可能生活不太顺利。

贺平意也拧着眉看，虽说可以把各种方案算一算、比一比，可贺平意没耐心，也不想在这儿浪费时间，看了两条就烦了。

“直接按最简单的打折来吧。”

局是他组的，人是他约的，也早就跟王小伟说了他请客，所以贺平意撂下这么一句，就去租车交钱了。

荆璨看了看板子上的单价，他第一次来开卡丁车，没想到会这么贵。想了想，他追上了贺平意。

“我们要开多久？”

贺平意看了看表：“四个小时吧？到十二点多去吃饭，你第一回开，太久你也受不了。”

说话间，两个人已经到了窗口，眼见贺平意要直接给钱，荆璨一把抓住了他的手。

“那就两辆车按优惠券加只能本车使用的赠送时间来吧。都租三个小时，然后第三辆车用不赠优惠券，赠送可以折到其他车上的时间来，时间平分给前两辆车，租四个小时，这样前三辆车算下来都是四个小时，第四辆车用前面两辆车返的优惠券。”

贺平意一边听他说一边算，粗略算了算，肯定是比最简单的打折优惠便宜些。他挑眉：“聪明。”

按照荆璨说的买了入场券，贺平意拿着找回来的钱，跟荆璨说：“走，去买点吃的，待会儿该饿了。”

售票处的出口就连着小商店，贺平意拿了两个篮子，给了王小伟一个，示意他给王小衣挑点爱吃的。女孩子直奔着高热量食品去了，贺平意和荆璨则拿着另一个篮子，去饮料区买水。

“你爱吃什么？”选好水和饮料，贺平意指着另一侧的货架，问荆璨，“巧克力吃不吃？”

荆璨摇摇头。

“那你挑点喜欢的。”

荆璨张望了两下，奔着干果货架去了。看着他拿了两罐香蕉干，贺平意奇怪，拿起一袋杧果干，问：“杧果干不要？”

要知道，荆璨第一次对他示好，就是送了他一个杧果，所以贺平意理所当然地认为，荆璨肯定喜欢吃杧果。

“不要，”荆璨说，“香蕉干更好吃。”

贺平意顿了顿，把杧果干重新放回货架。

“我问你，你最喜欢的水果是什么？”

“杧果。”

贺平意早有预料，点点头，接着问：“最喜欢的干果呢？”

“香蕉干。”

那么杧果干做错了什么？

回答完，荆璨看见贺平意欲言又止的样子，问：“有什么问题吗？”

贺平意打了个响指：“没问题，很合理。”

账还是贺平意结的，王小伟虚情假意地感慨了一番贺平意不给他请客的机会，然后自觉地充当苦力，拎起了那一大袋子零食。

收银台旁有个卖刨冰的小摊，贺平意看见，有点惊奇。

“我都好多年没看见这个了。”

他记得以前小学门口，一到夏天就会有好几个这种摊子，那时候小孩子放了学都会站在校门口挪不动步，缠着爸爸妈妈给自己买一碗。但大人总是会抛出“加了色素”“太冰”等理由，能不买就不买。那会儿刨冰很便宜，一碗才五毛或者一块钱。

王小伟和王小衣不愧是兄妹，已经不约而同地凑上前去看，贺平意本来想走，却发现荆璨的眼睛一直盯着那儿。

这眼神挺熟悉，思索片刻，贺平意想起了炸鸡排。

“我们也去看看吧。”荆璨拉了拉他的袖子，主动说。

过去了这么多年，这碗刨冰的包装也变好了，以前是一次性的透明塑料杯，软塌塌的，一不小心就会捏扁；现在变成了一次性纸碗，看上去牢靠了很多。贺平意探身望了一眼，发现加料也丰富了，不过还是没能摆脱色素的影子。

王小衣想吃又不敢吃，王小伟怕她吃了又肚子疼，正苦口婆心地劝。荆璨不眨眼地盯着老板的动作，终于，在老板最后把几颗红豆撒到已经加了许多料的刨冰顶部时，他仰头，看向贺平意。

“我想买一碗。”

已经十一月了，今天气温不高，再加上荆璨前一阵刚发了烧，贺平意立即不赞同地皱起了眉头。

“别了吧，这全是冰，”贺平意说，“等会儿你得一直在外面待着，还要开车，很冷的。而且你看……”

怕老板听见，贺平意低头，凑近荆璨的耳朵：“这红果子什么的全是色素。”

王小伟刚刚规劝成功，看见贺平意竟然也开始了规劝之路，立即过来看热闹。

荆璨又看了看刨冰，好像是在考虑贺平意说的话。贺平意耐心地等着，心想要是荆璨真想吃就给他买一碗，不过这么一大碗肯定不能让他全吃了。

默默地又看着老板制作了一碗，荆璨拿手指抠了抠刨冰车的橱窗边缘，又看向贺平意。

“买一碗嘛。”荆璨小声说。

听见荆璨这话，王小伟心里一凛，同时在心里高声咆哮：他说话加“嘛”了！不好好说话，加“嘛”了！贺平意你快点说他。

看戏的心思捂都捂不住，连一旁的王小衣都看不下去她哥脸上那过于欠揍的笑了。她拿脚尖踢了踢王小伟的小腿，狠狠瞪了他一眼。

王小伟顾不得妹妹的警告，他盯着贺平意的脸，只想听贺平意精彩的警告。

哪知贺平意静了那么几秒，然后说：“行吧，那买一碗。”

王小伟一下子不笑了，他瞪着正从兜里掏钱的贺平意，心想你昨天可不是这么说的。

“我自己买吧。”见他要付钱，荆璨有点不好意思地拦他，荆璨没想过让贺平意给自己买。

“我给你买，”贺平意已经拿出了十块零钱，“这是用你省下来的钱买的，等会儿我也吃两口。”

荆璨于是不再说话，看着贺平意给了钱，然后开始等着老板做他那一碗。

每碗刨冰上都会插一个小纸伞做装饰，这也是荆璨想买的原因之一。荆璨伸着脖子往那个装着五颜六色纸伞的塑料袋里看，然后身体的重心朝右侧移了移。

他偷偷跟一旁的贺平意说："我想要绿色的伞。"

贺平意看了他一眼，转头把这要求向老板转述了。

第十四章 刨冰

荆璨拿了两个小勺子，接过刨冰之后，先递到贺平意面前。

小学三年级以前，刨冰一直都是贺平意夏天的最爱，但年纪的增长总会给人带来很多看似不重要的变化。比如贺平意早就对玻璃弹珠丧失了兴趣；夏天的最爱，也已经从刨冰换成了可以仰头尽饮的冰可乐。不过他还是拿起勺子，挖了一大口，猛地递到嘴里，冰得牙根酸痛。

中心广场一到周末就会聚集很多学生，大部分有着业余爱好的学生都会来这里放风，特别是广场中央有一大片绕着喷泉的空地，无论白天还是晚上，总会有一群群玩轮滑的、玩滑板的人在这里练习。他们四个人从这片空地穿过，除了荆璨，另外三个都在往热闹的地方看。

走在最前面的王小伟忽然惊呼："温襄赢！"

荆璨闻言，顺着王小伟指的方向看过去。温襄赢披着一件略为宽大的外套，蜷着腿，坐在一个大台阶上。她的旁边放着一个黑色的匡威书包，面前则是几个玩滑板的人。视线从年轻的男男女女身上掠过，一条宝蓝色的手绳触动了荆璨的某些记忆。他看向手绳的主人，虽然对那张脸的印象已经很浅，但也逐渐在一帧帧的回放中，记起他去买沙发的那天，在公交车上，就是这个女生给温襄羸递了一瓶水。

或许是因为他们一直往那边看，温襄羸也注意到了他们。她歪歪脑袋，轻轻朝他们挥了挥手。

荆瓈习惯性地转头去看身边的人。

“看我干吗？”王小伟奇怪，“肯定不是在跟我打招呼啊，她都不认识我，你们不是一个班的吗？”

被这么一点，荆瓈这才如梦初醒般，也小幅度地摆了摆手。

考虑到荆瓈没玩过卡丁车，贺平意特意给自己租了一辆双人车。他想着先带荆瓈两圈教教他，转头寻人，发现荆瓈正站在入场通道的一侧，埋着头，非常认真地吃刨冰。

“荆瓈。”

听到贺平意的喊声，荆瓈抬头望过来，贺平意于是朝他招招手。被贺平意安排着落了座，荆瓈才举着刨冰说：“冰还没吃完。”

贺平意看了看剩下的小半碗：“没事，端着吧。”

荆瓈想了想，伸手把小绿伞拿下来，捏着牙签做的伞柄把伞收了。想放进衣兜里，但是又碰到了自己没有口袋的老问题，于是他转头，默默递给了贺平意。

贺平意没想到自己小时候吃刨冰都丢弃的装饰物，现在竟然要被自己小心翼翼地揣进兜里。

“坐好，”安置好了小绿伞，贺平意说，“出发了。”

荆瓈本来还有些紧张，一只手抓紧了旁边的扶手，可贺平意把车开起来以后，他才发现自己根本不用抓扶手。

其实这卡丁车也没有什么好教的，又没有离合器，基本上一脚油门踩下去，控好方向就可以了。贺平意开得很稳，车速不快，途中简单地给荆瓈解释了几句。到了弯道，他叮嘱：“拐弯的时候要踩着点刹车，别开太快，不然车容易跑飞。”

惯性带得荆璨往贺平意那边倾斜，他斜着身子，在风声和引擎声中琢磨着贺平意的话。

“不是可以不踩刹车，靠惯性过弯吗？”

“你不可以，”贺平意当然知道他在想什么，“首先，那是电影；其次，就算真的可以，藤原拓海天天上山送豆腐，你连车都没摸过，就想拐弯不踩刹车？”

被撑了一通，荆璨小幅度地努了努嘴，然后慢吞吞地挤出一个字：“噢。”

平稳地跑完一圈，贺平意把车开回到起点，和荆璨换了位置。他端着刨冰坐在一边，仍不放心地指着刹车踏板叮嘱：“万一有什么情况一定要记住踩刹车，第一圈不要着急，慢慢开。”

荆璨两只手攥紧了方向盘，点头。保持这个姿势，大概又过了五秒钟，在贺平意朝他投去疑惑的目光后，他才闭了闭眼，然后凝视着前方，说：“我要出发了。”

“好。”

贺平意往后一靠，做好了在赛车场上遛弯的打算。

可生活总有出其不意的时候，这个“好”字刚出口，就被突如其来的震动吓了一跳。这情况是贺平意万万没想到的，毕竟荆璨长得清秀斯文，身体看上去又比大部分男生单薄，就连平时说话都要慢半拍，怎么看也不像一个速度型车手。

强烈的推背感使得贺平意的灵魂立即从老大爷的状态里抽离，他下意识地握紧了手里的刨冰碗，原本悠闲地搭在一旁的右手也立即攥紧了扶手。贺平意轻咳一声，提醒身边的人：“慢点，不然一会儿你就控制不住了。”

回答他的是又一声轰鸣。

他看了看荆瓈，只见荆瓈两片唇抿成一条线，下颌紧绷，眉头隆起，一双眼睛锁死了前方，这种严肃的神情，似乎更应该出现在一个正在战场厮杀的勇士的脸上。贺平意不禁怀疑，荆瓈根本没听到自己的话。

“哎，荆瓈，荆瓈，”马上要到第一个拐弯处，虽然这会显得自己聒噪且不沉稳，贺平意还是连声叫荆瓈的名字，“拐弯了，慢点，慢点，踩刹车！”

教练的吼叫声这次总算是奏了效，荆瓈平静地点了点头，甚至在做这个动作时还转过头看着教练，看得贺平意背脊一凉。

车速的确慢了一点，但也就是一点而已。接近转弯时，贺平意忍不住紧闭双眼，随后又从勉强撑开的一点缝隙中看着这辆车一个甩尾，勉勉强强擦过了弯道。

卡丁车重回直线，贺平意在心里舒了口气。

可是，既然踩了刹车，对速度型车手来说，肯定就要再补一脚油门。车速突然加快，贺平意一个仰身，今天第一次看清了天上的太阳。

阳光刺得人眼晕，加上第一个转弯后的直线跑道本来就更短一些，等贺平意的视野回到正常的取景框，车子已经以要跟这个世界玉石俱焚的气势，直冲着发卡弯去了。

“荆瓈！”贺平意赶紧喊，“你给我刹车！”

可是，显然已经晚了。

贺平意打赌荆瓈刚才脑袋里一定有一首《飘移》在播放，不然好好的车子怎么会忽然就飞起来了呢？

荆瓈固执地想要验证惯性过弯这件事，所以这次拐弯一点没减速是真的，拐到一半车子控制不住了也是真的。尽管他在意识到失控之后，死命地握紧了方向盘，但车子还是在众人的注视与尖叫声中，横斜着连续冲过两块草坪隔离带，直接扎到了起点前。

场地的最外缘是由轮胎圈组成的保护带，天旋地转之后，车子终于被轮胎圈逼停。一声巨响，荆璨只觉得耳膜轰隆，四周尘土飞扬，像是末日终章，喧嚣将他们围困。

周围的口哨声、起哄声此起彼伏，连广场上不明所以的人也朝这边看过来。

这一切来得太快，等荆璨清醒过来，脑海中浮现的第一个念头是验证失败，第二个念头则是……贺平意。

荆璨想去看贺平意是不是安然无恙，可脑袋动了动，忽然感受到了额头上不同寻常的触感——贺平意的左手就放在面前的方向盘上，而巨大的冲击下，自己的额头不知什么时候，已经抵上了他的手背。

"磕着了吗？"

耳边响起贺平意的声音，荆璨没顾上多想，摇了摇头。

过了两秒，他猛地直起身子，而眼前那只手也慢慢收了回去。他听到旁边的人倒吸了一口气，连忙转头去看，没想到，首先冲进他视野的，是一只倒扣着的纸碗。

这原本没什么，车技不精，打翻了刨冰碗而已，可问题就在于……

荆璨睁大了眼睛，不知所措地看向贺平意的脸。

那只碗不偏不倚，刚好扣在贺平意的裤子上。

荆璨记得贺平意一直是用左手拿着刨冰的，不知道他什么时候松了手，又是什么时候把手伸到了自己前面。此刻，他仅剩的一个深刻认知就是自己闯祸了。

看着贺平意把纸碗拿起来，脸拧成一团，艰难地把裤子上的冰往碗里拨，荆璨两只手不住地揉搓着方向盘。

贺平意真的很想把今早出门前换衣服的自己摁在穿衣镜上，敲着自己的脑壳问：你到底为什么要穿条颜色这么浅的裤子？黑裤子不好看吗？

看着无论如何也无法挽救的湿透了的裤子，贺平意叹了口气。

他扭头，看着荆璨，指了指自己的裤子。

“秋名山车神？”

荆璨又搓了两下方向盘。

两个人对视着沉默了好一会儿，末了，荆璨扯了扯嘴角，笑得比哭还难看：“让给你嘛。”

这话直接给贺平意气笑了。

“说让你刹车，把我的话当耳旁风？”他放弃了拯救裤子，一只手掐着荆璨的肩膀教训，“一上来就开这么快，不要命了？”

要知道，这卡丁车也就是开着玩的，根本不专业，绑在腰上的安全带其实作用有限，荆璨最后过弯的那个速度，就算是他来开也不能保证百分之百不会失误。弄湿条裤子没什么，尴尬一会儿就完事了，可荆璨要是真有点什么事，闯的祸就不可收拾了。

荆璨自知理亏，在旁边听着贺平意的训话，一声都不敢吭，连脖子都不敢缩起来了。其实他最后是想刹车的，但是不知道为什么踩空了，再想踩的时候车子已经冲到了草坪上，晃动得更加厉害，也就更加踩不到刹车了。

“你练熟了以后开快点没什么，可是你现在开这么快，最危险的地方就在于这车失控前一秒你都判断不出来它要失控了，好在跑道上没人，要是正好有人开车过来呢？你想过后果吗？”

贺平意故意把话说得重了些，一方面是因为心里方才积累的担心、着急，另一方面，这件事让贺平意真实地体会到荆璨到底有多么固执、多么一意孤行。他不是没跟荆璨说过不能开快，也不是没说过不许荆璨尝试不踩刹车过弯，荆璨当时没跟他辩驳，甚至还让他以为自己已经说服了荆璨，然而荆璨一转头却还是擅自尝试了这种危险的方式。这是卡丁车，以后真的开车上路了呢？在自己看不见的地方他万一还是这么开车呢？

只是想想，贺平意就惊出了满手心的汗。

“对不起。”面对结果，荆璨无可辩解。

看他歉疚到几乎都要抬不起头来，贺平意冷静下来，手掌拍了拍他的肩，似是在安抚。

贺平意不知道荆璨到底有没有真的听懂，自己不是责怪他，只是担心他。

“你多开两回就好了。”看着荆璨过于沮丧的侧脸，贺平意说，“喜欢开快车的话，我陪你练。”

他说这话时放低了声音，也放慢了语速。荆璨一时怔住，没明白本来应该生气的贺平意为什么会这么温柔。

“贺平意，没事吧你们？”

没等荆璨再说点什么，王小伟已经站在场边向他们喊话了。贺平意扬起手，在空中摆了两下，然后下了车，拍了拍自己湿了一片的裤子。

他绕到车的另一边，把一只手递给还在沉默地坐着的荆璨。

“出来吧，咱们把车弄出来。”

裤子湿的位置实在是太尴尬，两个人走出场地，贺平意忍无可忍，对着已经快要笑岔气了的王小伟虚抬一脚。王小伟闪到一边，没等站定，就冲荆璨竖了个大拇指：“牛！”

他还没见过谁第一回开车就这么不要命，要不是贺平意之前跟他说过荆璨没开过车，他还以为这是个王者。

荆璨的下巴都快要埋到了脖子里。

“闭嘴吧你。”贺平意接过王小衣递过来的几张纸，把刨冰碗扔了，打算找个没人的地方去擦擦裤子。

真的太尴尬了。

忽略掉周围人的低笑、私语，贺平意打了声招呼，独自往厕所走去。走了一段后，却听见身后一直跟来的脚步声。

贺平意微微偏头，朝后面一瞥，然后嘴角动了动。

他故意加快脚步，后面的脚步便也跟着加快频率，他走了几步停下，后面也跟着停下。这样反复几次，贺平意觉得玩够了，才转头，看着一路尾随的人问：“跟着我干吗？”

“我帮你看着点人。”荆璨看着他说。

“不用，厕所门口多臭，你回去吧。”

荆璨摇摇头——两个人一起的话，尴尬应该也能分散一些。

“那你站远点，”还没到厕所门口，贺平意已经闻到了刺鼻的味道，他指了指旁边的一根灯柱，“去那儿。”

“好。”荆璨应了一声，走了过去。

赛场里面的厕所很小，由于广场内还有比较大的公共厕所，来这儿的人并不多。目送贺平意进去以后，荆璨就捡了根枯草，蹲在灯柱旁边，低着头在地上写写画画，不时抬头看看，确定没人进去。

枯草尖在地上来来回回，最后跟中了魔似的，不停地重复描摹刚才那个发卡弯的样子。荆璨记得弧度，又按比例把跑道缩小，然后捡了一块小石子当赛车。他用两根手指捏着“赛车”冲进跑道，以更快的速度转弯。

和刚才一样，石子越过跑道的轨迹，朝着跑道外冲去。而与此同时，荆璨听到轱辘碾过地面的声音。

一片阴影自头顶罩下，他愣了愣，抬头，看到一个踩着滑板的男生。

男生没跟他打招呼，而是伸手，朝他递过来一个吹风机。

“顾时让我给你朋友的。”

眉头隆起了一些，荆璨沉默地注视着那个男生，又将目光向下移，看了看他手里拿着的吹风机。

半晌，荆璨重新低下头，继续用枯草在地砖上勾画没有痕迹的跑道，仿佛完全没看到这个男生一样。

第十五章 撒谎

“喂，”男生似是对荆璨的反应很不满，他用吹风机戳了戳荆璨的肩膀，语气比方才急躁了许多，“跟你说话呢！”

身体被戳得晃了两下，荆璨皱了皱眉，却仍旧不理，继续在地上画着。

“我去！你是听不见吗？”

男生怎么也没想到自己帮忙来送东西，对方竟然会是这种态度，但碍于是帮别人忙，他也不好真的发火，于是男生长舒一口气，嘴里嘟囔了句什么，弯腰把吹风机放到荆璨面前。

“用完还给顾时。”男生硬邦邦地扔下这么一句话，接着便像是一秒也不愿意多留，滑着滑板走了。

周围没有了遮挡，荆璨便重新被阳光包裹。他依然安静地低着头，直到滑板声没有了，他才微微抬起眼眸，看向那个摆在地上的吹风机。

好像不是全新的，握柄上可以看到清晰的划痕，电线还蹭上了尘土。荆璨手臂放到膝盖上，身子向右倾，更加细致地去观察。他用枯草尖一下下戳着吹风机头上的网孔，好一会儿过后，才终于放下手里的枯草，手掌牵引着指尖，慢慢朝吹风机靠近。

然而没等触碰到，吹风机已经被一只手先拿起，荆璨跟随着晃荡在半空中的电源线抬头，看向不知什么时候蹲到他面前的人。

“谁给的吹风机？”

视线相交，荆璨已经敏感地察觉到，贺平意的眼底和平日里不大一样。平日那里总是有一层散漫打底，世间万象在里面都仿佛摇摇欲坠的，不会刺出任何尖锐情绪。荆璨喜欢这种散漫，因为某种程度上，散漫会变成包容，包容所有合理或不合理的事情。在这样的目光下，荆璨待得很舒服，甚至偶尔沉溺其中时，他还能误打误撞，在贺平意看着自己的眼睛里读出那么点温柔。可此时那一双眼里尽是疑惑和担忧，荆璨很快明白，贺平意一定看到了刚才发生的事情。

他回忆起刚刚听到那个男生提到的名字，但并不知道“顾时”是谁。于是他摇摇头，说：“我不认识，一个叫‘顾时’的人给你的。”

荆璨不敢继续看他，便又低下了头，捡起刚刚被自己扔掉的那根枯草。

地上根本不存在任何痕迹，贺平意却看到荆璨在短暂的愣怔之后，手上忽然胡乱划了两下，像是急着要把什么东西擦去。

贺平意轻轻皱了皱眉。

“刚才那个男生跟你说话，你为什么没理他？”在问出这句话的同时，贺平意偏过头，试图在荆璨的脸上看到什么有用的信息。

要说荆璨刚才那个状态是正常的，贺平意绝对不信。贺平意从厕所出来时刚好看到那个男生过来，见他停在荆璨面前说话，便以为是荆璨认识的人。可贺平意眼看着荆璨抬起头，明明看到了那个男生，也一定听到了男生一直在同他说话，却一句话也没有回答。

这样的情景似曾相识。贺平意当时远远地站着，立即就想到了那天他借口去拿滚落的篮球和荆璨搭话，荆璨开始时也是这样：看着他，却一句话也不说，好像根本没看到他，也没听到他说话。若算上楼梯上短暂的相遇，那明明是他们第三次见面，荆璨甚至还在跑操的时候冲自己笑了，可当他问荆璨是不是不记得自己了，荆璨却给了他一句“我们，见过吗”。贺平意一直将这件事理解为荆璨脸盲，没记住他，但现在看来，似乎并没有那么简单。

枯草被力量牵引，慢慢缩成一团，蜷进别人看不见的掌心。从贺平意突然出现在荆璨面前时，荆璨就已经开始思考如何解决，可直到现在，面对贺平意无声的等待，荆璨依旧没想到要说什么。

最终，他缓慢地摇了摇头：“我不认识他，不知道说什么。”

这不算撒谎，但也远不是坦诚。

“他来给你送吹风机，并不是无缘无故找你搭话，”贺平意对荆璨的避重就轻显然并不满意，“即便不想聊天，确认一下是不是给‘贺平意’的，有没有给错人，或者……哪怕只是说个‘谢谢’，不可以吗？”

贺平意曾在某段时间里疯了一样地去研究各种心理问题，此刻荆璨却始终保持沉默，躲避着贺平意的视线，贺平意看在眼里，已经在心中有了无数种猜想。

和那两个体育生一起回家时，荆璨一言不发，或者说，但凡有别人在场，只要他不主动去跟荆璨说话，荆璨绝不会出声。他在面对王小衣时会紧张得迟迟说不出自我介绍；面对来同他说话的陌生人时，做出的反应是沉默，好像根本没看到这个人一般。

将这种种异常归纳到一起，贺平意首先想到的是社交恐惧。但荆璨的表现并不完全符合，他和自己相处，除了经常会发呆、出神，似乎都是正常的，尽管有其他人在时他习惯沉默，可贺平意并没有感受到荆璨在人际交往时的焦虑，荆璨对外界的反应也并没有畏惧，更多的，就是像今天这般的麻木。

自我封闭。

贺平意的脑袋里跳出了这个词。

“荆璨，我听王小伟说你是转学来的，你觉得对这里的环境不适应吗？”

这次，荆璨摇了摇头。

贺平意想了想，接着问荆璨：“那以前，你对以前的环境有什么不习惯吗，或者……”

贺平意想问荆璨有没有被别人欺负过，有没有经历过什么不好的事，可话说到这里，他才反应过来自己在这样的一个广场问荆璨这种问题，着实不妥。这是一个完全不能给人安全感的环境，即便是没有心理问题的人，估计也都不会选择在这里敞开心扉。

“算了。”意识到自己的心急，贺平意停止了追问。他拍了拍荆璨的肩膀，安抚似的朝他笑：“既然有了吹风机，我先去处理一下裤子，等会儿我们再去问问这是谁给的吹风机。”

他尊重每个人保守自己不愿启齿的秘密，或许在荆璨看来，自己还没那么值得信任，也或许是现在的时机和地点不对，又或许，荆璨就是单纯地不想和别人谈论自己的内心。无论何种理由，贺平意想，只要荆璨能够按照那些便利贴上的约定去做，不伤害自己，他都不会逼荆璨一定要向自己剖白内心。

时间还长，答案他会慢慢去找。

等贺平意收拾好裤子再出来，荆璨的腿已经蹲得发麻了。他站起身之后才发现自己动弹不得，眼看着贺平意已经大步朝广场中心走去，荆璨慌忙拍落已经在掌心断成几截的枯草，用拳头不住地敲打自己的腿。

听到声音，贺平意停住脚步，回头看他的情况。

“怎么，腿麻了？”

“没有。”

等不及完全恢复，荆璨便一瘸一拐地追上前面的人，他看着那张略显严肃的脸，呼吸比平时急促了许多。

“贺平意，你生气了吗？”这问题问出来，显得他有些矫情，还有些后知后觉。人家蹲在那里问你半天你什么都不说，现在别人不问了、不管了，才反过来问别人是不是生气了……

“生气了。”

贺平意回答得很快，这让荆璨一下子沮丧到了极点。

“我生气你撒谎。”

掌心还有碎屑，荆璨将两只手合到胸前，以相贴的掌心为圆心，两只手分别向顺时针和逆时针的方向转了半圈。

“对不……”

“问你腿麻不麻你都要撒谎，你是什么，撒谎怪吗？”

这回答不在荆璨的预想之内，荆璨愣了一下，暗暗捏了捏仍然不争气的大腿，慌忙解释：“我只是觉得我没事。”

他急着确认贺平意有没有生气，所以不想在这个问题上浪费时间。

贺平意把手摁在“撒谎怪”的头上，一边晃着他的脑袋一边说：“没事是没事，我没问你有没有事，我问的是你腿麻不麻，你该实话实说。”

也许刚好因为有方才那场没有任何结果的谈话，才导致贺平意会在这件事上如此较真。

“好，”荆璨看了他一眼，“知道了，下次我实话实说。”

“腿还麻吗？”

“嗯。”吃一堑长一智，荆璨回答，“现在感觉更麻了。”

“你不是不麻吗？”贺平意又忍不住揶他。

荆璨好脾气地由着他揶，眨着眼看着他，说：“说错了。”

一个男生在原地疯狂跺脚，另一个男生还在一旁优哉游哉地读着秒计时，这场景导致在接下来的二十秒里，凡是从旁边经过的路人，都要好奇地朝这边多看几眼。

两个人到了滑板区域，没费什么力气就找到了方才那个男生。不过没等贺平意去打招呼，就听见有个女生喊了荆璨的名字。贺平意转头，看见温襄赢走了过来。

“顾时是我朋友，刚刚那个男生叫阿骆，是顾时和我的朋友，”温襄赢已经听阿骆抱怨了好一会儿好心送东西还被当成空气无视的事，便简单解释，“吹风机是我让顾时跟卡丁车老板借的，你们刚刚去厕所了，我不方便过去，就让阿骆送去了，时间紧，没跟阿骆交代前因后果。”

荆璨听了，朝温襄赢点了点头，说：“谢谢。”

贺平意知道，荆璨能主动做出这种反应，已经算是和温襄赢关系不错的了。

“谢谢。”贺平意和温襄赢之前都不认识，人家这吹风机肯定也不是冲着他的，可荆璨说得太简单，贺平意只能礼貌地做自我介绍，“我是贺平意，二十一班的。”

温襄赢抿唇一笑，朝他点了下头。

不远处忽然响起欢呼声，温襄赢转头看了一眼，想到了什么：“等会儿那边有比赛，你们不去参加吗？”

说到这里，温襄赢停下来，看着荆璨笑道：“荆璨，你可以去试试，你刚才很猛！”

“我不行。”没想到翻车现场会被这么多人看见，荆璨立时窘得不行，“我第一次开，开得太快了。”

慌张中，他看了贺平意一眼，结果意外地发现贺平意也正看着他。

一定是因为阳光正好，这会儿的贺平意看上去已经完全没了刚才严肃的样子，眼角温温柔柔的。

“没有啊，我觉得很好啊。”或许是真的遇到了欣赏的人，温襄赢面对荆璨，话比以前多了一些，“我第一次开车也是这么开的，不过我就飞过了一块草坪。虽然丢人了，但是卡丁车不就是要这么开才爽吗？”

荆璨闻言，吃惊地看着温襄赢，完全想象不到这样一个女生把车开飞的样子。

而温襄赢迎着他的目光，脸上的笑证明了她并没有说假话。

“我朋友很不赞成我这么开车，以前每次我来玩她都会说我。”

这话里描述的场景有点熟，荆璨偷偷瞟了贺平意一眼。

“可是……”温襄赢往旁边看了看，确认那个“朋友”并不在身边，才跟荆璨说，“如果开慢车的话，那跟骑电动车有什么区别？”

贺平意觉得自己好像突然就被针对了。

第十六章 赛车

他看着荆璨想搭话又不敢搭话的样子，总算知道为什么荆璨和温襄赢的关系看上去还不错了。

温襄赢越说越起劲，贺平意估计再不制止她，那自己这条裤子也就白湿了。

“那边是什么比赛？”

他抬手指了指人最多的方向，假装关心地问。

“高级道赛车，”温襄赢看上去对这个比赛很感兴趣，介绍说，“今天第一名的奖品是一张金卡。这家老板不喜欢搞会员卡，但是有个金卡制度，就是拿着金卡的人无论什么时候来都可以享受当前正常优惠价的半价，每个月还会有很多免费时长赠送。”

贺平意一听，觉得这个优惠力度确实很吸引人，老板有点意思。

“那这卡应该很少吧。”

“对，很少，只是偶尔作为比赛的奖品发放。”温襄赢顿了顿，“而且这卡上还有一条，‘不得以任何理由拒绝持金卡的顾客入场’。”

“拒绝入场？”

贺平意和荆璨都没太明白，同时疑惑地看着温襄赢。

“这家老板喜欢拉黑人，被列入黑名单的人就不能进场开车了，也是因为这条，才会有这么多人想要金卡，毕竟咱们这里也没有第二个赛车场可以玩。”

贺平意点点头。

而荆璨飞速完成了温襄赢从提到比赛开始到现在为止所说的话的逻辑串联，得出了一个结论：

“所以，你被拉黑了？”

“嗯？你怎么知道？对，因为我曾经不小心撞烂了一辆车。”

温襄赢说这话时笑得很温婉，仿佛在说“刚刚的英语完形填空，我好像确实填错了一个空”一样自然。

荆璨微微睁大了眼睛：“那你……没受伤吗？”

“受伤了，瘸了一条腿。”温襄赢说，“不过还好，很快就恢复了。”

贺平意对自己带着荆璨过来聊天的举动后悔不已。

他默默地把脑袋转向荆璨，对上荆璨的眼睛之后，向他发出了无声的警告。

收到贺平意的眼神，荆璨自觉地闭上了嘴，不敢再对这个话题表示出任何兴趣。

“贺平意！”远处一声吼，眼尖的王小伟早就注意到了贺平意他们在和温襄赢说话，心痒地观望了半天，终于拉着王小衣冲了过来。两人天天胳膊挨着胳膊，贺平意自然了解王小伟。只同他对视了一眼，贺平意便主动向温襄赢介绍了王小伟。

“你们在聊啥？”跟温襄赢说话，王小伟紧张得两只手不住地往裤腿上搓。

“聊待会儿的比赛。”

“啊！”说起开车，王小伟水平一般，但他知道贺平意很厉害。为了自己能和女神有更多的接触，王小伟立马怂恿：“贺平意，那你上啊。”

“不去。”贺平意不喜欢把事情搞得复杂，对他来说，既然今天是带荆璨来玩的，那他当然不要参加什么比赛。而且他现在满脑子都在想荆璨的事，想自己要怎么继续了解荆璨，哪有心思去赛车。

“干吗不去？我听说奖品挺牛的，老板看参加的人多，还追加了一个网球明星的签名。”

原本在王小伟他们过来以后，荆璨就朝贺平意的斜后方退了一步，退出了谈话的中心圈。他安静地听着其他人说话，视线始终放在贺平意偶尔晃动的影子上。直到王小伟说到这个追加的奖品，荆璨忽然抬起头，不眨眼地盯着王小伟。

贺平意则一直在观察荆璨的举动，本来看到他退到一边，心便跟着也沉了一分，此刻见他忽然对王小伟的话表现出了兴趣，甚至嘴唇还动了动，颇有些意外。

趁王小伟和温襄赢说话的工夫，他挪了一步，站到荆璨身边。

“你想说什么？”他低头，小声问荆璨。

惊讶于自己的心思被注意到，荆璨心里动了动。他偏过脑袋，看着贺平意的眼睛，说：“哪个网球明星？”

贺平意听了，笑了：“你问问他不就知道了。”

转头，看到王小伟在一旁说得兴高采烈，荆璨为难地抿了抿唇。

“哎，”贺平意两手插在裤兜里，朝王小伟扬了扬下巴，“你刚才说老板追加了个网球明星的签名？”

“对啊。”

已经把话题引到这儿了，贺平意看了荆璨一眼，等着他开口。

“哪个网球明星？”荆璨领会到贺平意的意思，终于接着问了下去。

“我不太看网球，一个打网球的都不认识，记不清名字了。”王小伟看着天空，努力回想，“好像叫……费德勒？”

“真的吗？”

这次，没等贺平意推，荆璨自己就朝前走了一步。

“当然了，说是签名网球。”

这应该是第一次，贺平意在荆璨的眼睛里看到了渴望。那双眼睛里有光亮起来，而只这一点光，就已经让眼前的这个荆璨和方才那个蹲在灯杆下，仿佛与世隔绝的人明显区分开来。

贺平意低头，用一只脚慢慢搓着地上的石子，终于想明白了为什么他看到荆璨蹲在那儿不说话时，会突然那么担心。因为那一刻的荆璨，好像根本没活在这个世界上一样，好像他和这个世界没有瓜葛，也根本不愿意进到这个世界中来。

温襄嬴又和王小伟聊了几句，来了一个男生，跟温襄嬴说顾时在找她。温襄嬴听了，立即和荆璨他们说自己要先走了，因为顾时等一下要参加比赛。

一直到她到台阶上拿了那个黑色书包，在赛场入口前和一个女生碰了头，王小伟的眼睛还在追着她的背影看。

把自家哥哥这副样子尽收眼底，王小衣打了王小伟一下，笑得不怀好意：“一张演唱会门票，等我‘爱豆’开演唱会我通知你。”

“啥玩意儿？”王小伟莫名其妙地看着她，“什么演唱会门票？没钱！”

“那我就告诉爸妈，你高三不好好学习，光想着早恋。”说完，王小衣朝温襄嬴消失的方向扬扬眉。

“我早什么恋我，别胡说！”

王小伟被这丫头诬陷不是一次两次了，偏偏她每次诬陷自己都不是完全瞎编，而是把事实和谎言糅合到一起。两人总要当着爸妈的面争辩，可自打王小衣会说话开始王小伟就已经说不过她了，所以往往争辩一会儿之后，王小伟就把自己绕进去了，搞得他每次都会被爸妈追着教训。

王小衣哼了一声，意思是“话说到这儿，你看着办”。

“我那……”王小伟瞅了贺平意和荆璨一眼，见他俩在说话，便压低声音说，“我那顶多是单恋，人家也看不上我啊！”

“怎么就看不上了？”这话明显触及了王小衣的某个炸点，她听了，也不提演唱会了，狠狠白了王小伟一眼，“没出息，你喜欢就去追啊，我看你俩站一起挺配的。”

“可拉倒吧！配什么配！”王小伟说。他做做白日梦、过过暗恋的瘾就得了，可从没想过真的要去追温襄赢。

王小衣恨铁不成钢，决定不跟她哥废话了。

“平意哥哥，”女孩子的变脸速度向来是一绝，王小衣上一秒还在对王小伟怒目而视，这一秒已经从王小伟裤兜里掏出自己的入场券，满面笑容地叫贺平意，“还有两个多小时呢，在外面待着多浪费钱，咱们现在回去呗？”

“嗯，走吧。”说着，贺平意一只手拉上荆璨，带着他往前走。

无论初级道还是高级道，入口都是同一处。那里聚集着很多人，一部分是来给自己参加比赛的朋友加油助威的，还有一部分则纯粹是来看热闹的。看得出老板是个真的喜欢玩车的人，竟然还正儿八经搞了面墙，陈列着每场比赛的奖品，甚至还在大屏幕上实时显示参赛人的姓名、编号，以及往期比赛冠军得主。

越过人群，荆璨一眼就看到了放在玻璃盒子里的那个网球。他被贺平意拉着朝前走，经过了一个人又一个人，耳边始终被谈论声充斥，热闹非凡。可比起球场看台上的掌声、欢呼声，这根本不算什么。荆璨永远记得那一天的烈日，他被晒得连脖子都红了一片，痒得不行，可看着球场上的人站上领奖台，他完全顾不得身体的不适，哭得仿佛是自己得了奖一样。

“当你可以在人群中听到自己的心跳时，你所想的事情已经值得违背你的任何规则。”

思绪混乱中，他忽然想起，曾有一位老教授，这样向他们谈起热爱与爱。

荆璨骤然停住，并且用另一只手拽住了贺平意。

贺平意回身看他。

“贺平意。”周围太吵，荆璨已经靠近了贺平意，却发现自己还是要用几倍的音量说话。而他最不习惯喊，最不喜欢声嘶力竭。所以他仰着头，微微踮起脚，把嘴巴凑到了贺平意耳边。

“贺平意，你是不是开车很好？”

贺平意听了，偏过头，长久地注视着荆璨的眼睛。荆璨这次没有闪躲，像一个英勇无畏的骑士。

“还可以。”其实在听到荆璨的问题时，他就已经猜到了荆璨的请求，但此时他还是笑着答了这么一句，然后等着荆璨主动开口。

他可以走近荆璨，但在他走近之后，荆璨也要从乌龟壳里探出脑袋，哪怕只是小小的一截。

“那你，想不想参加比赛？”荆璨说，“我想要那个网球，可是我不会开车。”

“哦——”贺平意拖着长音，假装思考，顺带仔细瞧了瞧那个让荆璨如此渴望的网球。

见他不回答，荆璨有些着急，把话说得更清楚了：“我想让你帮我。”

“帮你赢吗？”贺平意问。

荆璨点点头。

贺平意看着他，沉默了两秒："那我有什么好处？"

这样的问题，荆璨答不上来，他实在想不出自己有什么能给贺平意的好处。

见他不说话了，贺平意作势要走。

"都可以，"荆璨急到已经微微弓身，两只手抱着他一只胳膊，不让他迈步，"你说。"

"我说？"贺平意笑，"我说什么你都答应？"

"只要我能做到的。"

"好，"目的达到，贺平意不紧不慢地说出了自己的条件，"如果我帮你赢到了那个网球，我要你诚实地回答我一个问题。"

就这样，原本说自己不要参加的贺平意，带着自己的委托人，到报名处报了名，搞得随后赶来的王姓兄妹惊呼不已。

贺平意拿到的号码是七号——荆璨最喜欢的数字。荆璨把那个红色的号码牌扣在手心，在离开入场大厅前，又回头看了一眼墙上的网球。贺平意随手捏了他脖子一下，小声说："别看了，会赢的。"

比赛将在十分钟后开始，而从看着贺平意报名，到此刻站在看台上看着贺平意准备上场，荆璨始终都被一种不真实的感觉包围着。

这是第一次，有人帮他实现梦想。好像这么多年以来，别人都在告诉他，如果你想要吃一颗苹果，那你就必须自己种一棵树。他也一直是这样做的，但是贺平意今天却答应了帮他种一棵树，然后送他那一颗苹果。

广播里在通知各位选手就位，贺平意把帽子摘下来，扣到荆璨头上，转身往下走。帽子没盖正，帽檐下滑，遮住了荆璨的眼睛。

虽然不是什么正式比赛，但年轻人成群的地方，热闹劲永远不会差。几乎每个来比赛的选手都有几个亲友团，广场上充满了各式各样的加油声、各式各样的欢笑声，人们变着花样比口号、比嗓音，毕竟在这群平均年龄不到二十岁的人眼里，输什么都不能输士气。

作为一个多次参加“爱豆”应援活动的人，这点小场面王小衣是真的不觉得有什么可怕的。她看了看周围，把手当成扩音喇叭，扯着嗓子喊：“平意哥哥加油！”

王小伟听了，也跟着起哄：“平意哥哥加油！”

贺平意停下来，回头皱着眉看着这俩活宝笑，然后他想到了什么，又把视线转到荆璨身上。

荆璨愣了愣，转头，发现王小伟和王小衣也在看自己。

“荆璨哥哥，到你了，”王小衣友善地提醒，“快，保持队形，我还有下一波。”

他该说什么？荆璨闪了闪身子，平意哥哥加油吗？

因为刚才那洪亮的两嗓子，周围不少人都在往这边看。荆璨努力地想要张嘴，可死活就是发不出声音。

他把目光投向贺平意，见他正看着自己笑。

耳根、脖子都开始发烫，这样等了一会儿，前方的贺平意向他招了招手。

荆璨小跑着过去，停到他跟前。

贺平意低头问他：“喊不出来？”

“嗯。”怕贺平意误会，荆璨赶紧解释，“我想给你加油，但是我不习惯这种方式。”

“嗯，”瞧见他认真又严肃的样子，贺平意忍着笑，点点头，“那你小声说。”

荆璨立马说：“加油。”

贺平意摇摇头：“怎么还偷工减料？他俩可不是这么说的。”

这话一出，荆璨也明白了贺平意就是故意逗他呢！可谁让是他求贺平意参加比赛的呢。

他抬着眼皮，看了贺平意一眼，还是有些不好意思地把目光挪开了。

“平意哥哥加油。”

荆璨的声音不大，但是在贺平意听来，感觉好像比刚才那两声加起来都有动力。

总算完成任务，荆璨舒了口气，以为过关了。没想到他刚要转身，就听到王小衣和王小伟一起，用比刚才更大的声音喊：“平意哥哥大胆冲，三小天鹅永相随！平意哥哥别害怕，宇宙无敌第一霸！”

看着荆璨脸上的神色一变再变，贺平意乐不可支，觉得今天这场比赛真的是值了。

等王小衣终于结束了她带领的应援活动，荆璨已经因为对着贺平意复述了太多莫名其妙的口号而脚下绵软，连正常说句话都跟缺氧了一样。

第十七章 小纸伞

广场里的场地没有那么大，比赛路线是在高级赛道跑满三圈。这场比赛最终成为荆璨记忆中不能被遗忘的存在，属于贺平意，也属于他在这座小城的时间。但其实比赛本身并不激烈，因为似乎从哨声响起时便胜负已分，毫无悬念。贺平意冲在第一的位置，顾时第二，如生活中大部分时间的主旋律一样，电影里喜欢安排的弯道超车并没有发生，也没有振奋人心的逆袭，没有最后一刻的反转，该赢的赢，该输的输。唯独当贺平意冲过终点时，趴在栏杆上观看的人发出的欢呼声和电影中一样热烈。

贺平意下了车，一片光彩流动的背景下，他像曾经运动会时那样，举起手臂，朝荆璨竖起了一根手指。

但荆璨并没有像运动会时那样给他回应，也没有同王小伟他们一样欢呼呐喊。他在帽檐下将眼睛睁到最大，下嘴唇被咬得发痛，他和从前那么多年一样，在尽力克制自己的情绪与思想。

或许是方才赛场上引擎的轰鸣声过于激烈，现在观众席上满是热烈的声响，思想和情绪在这样的环境里实在太过动荡，当比赛接近尾声，贺平意即将到达终点时，他似乎已经不再能束缚住心里的那股渴望。

渴望，当脑海里出现这个词的时候，荆璨就知道自己要失控了。

一直绷着的神经恍若突然断掉，视线中那个朝自己竖着一根手指的贺平意越来越模糊，荆璨忽然不知道自己置身何处，对周遭的感知也渐渐变得迷幻不清。在本应随着故事走向高潮之时，他再一次毫无防备地被强烈的孤独感包围，且比以往任何一次都来得汹涌。

掌心好像被什么扎了一下，微微的疼痛感刺得荆璨低下了头。摊开掌心，他这才发现自己刚刚将栏杆攥得太紧，老旧的栏杆经历了太多的风吹雨淋，剥落的漆皮一片片地贴到了他的掌心上。

荆璨抬手，想要把漆皮拂掉，可不知什么时候浸出的汗液已经将漆皮牢牢地束缚在掌心，任凭他怎么扫都扫不掉。

几年以前他就发现，自己会突然陷落到一种极其低落的情绪中。这种陷落是没有来由的，就好像是他好端端地在画一条线，这条线本应该平稳连贯地穿过琐碎的日常，但他手里握着的那支笔却总会突然没了墨水。线条突兀地断在那里，而他则像是凭空消失一样，和万物都失去了联系。

他的心底会突然变得空落，哪怕周围满是人，甚至哪怕自己正在和别人交谈，他也会在那一刻有一种自己和其他人并不在一个空间的错觉。如同被裹到一个灰色的氢气球中，越飞越高，眼看着自己和周围的世界分隔开，却找不到解救自己的办法。

这不是他第一次经历这样的孤独，而往常每一次，除了觉得周围像死一般寂静，荆璨其实并不害怕。他习惯了这种安静，也习惯了不对外界的人和事做出反应，所以对他来说，他只需要静静地等待这种孤独感消散就好了。

可这一次，荆璨却感到了前所未有的慌张，因为他知道这次他没有恢复的时间，刚刚为他赢得了胜利的贺平意马上就要来找他，他必须在贺平意来之前变成开开心心的样子，然后和贺平意一起去领奖。

他搓着自己的手掌，想把那些顽固地赖在自己手上不走的脏东西搓掉，同时他也努力地回想所有自己认为珍贵的人和事，试图通过这种方式让喜怒哀乐回到自己的身体里来。可直到手掌红成一片，他还是没能做成任何一件事。

脖子被人掐了一下，是荆璨熟悉的手法和温度。他僵在那儿，在没有更好的解决措施的情况下，只能勉强将嘴角收紧，尽力做出轻松愉悦的表情，才转过身去看身后的人。

“又发呆？”贺平意看上去很高兴，他弯起食指，轻轻敲了下荆璨的帽檐，“答应你的我做到了——走了，去领奖。”

荆璨被贺平意带着往外走，他看向路过的每一个人，却好像都看不清他们的脸。直到快走到场地的入口大厅，他看到一个年轻男人正倚着栏杆站着，静静地注视着他。

许何谓！

荆璨的脑袋在那一刻变成了空白，原本平静无波的心也像是翻了天。脚下不知踩到了什么，荆璨忽然脚踝一歪，然后没有任何缓冲，一条腿直直地跪到了地上。贺平意吓了一跳，尽管自己已经用最快的反应速度去捞荆璨，却还是没能阻止他摔倒。

荆璨低着头，不敢再往许何谓站着的方向看，他不明白许何谓为什么突然出现在这里，明明他们已经很久没见过，明明他已经离从前的生活轨迹那么远了。在那一瞬间，太多的预料之外汇集到一起，一下子打乱了荆璨引以为傲的自我克制。

“怎么回事？”贺平意慌忙蹲下来查看他是不是受伤了，却发现荆璨的眼睛始终呆愣地盯着地面上的一个点。他的眼睛掩在帽檐的阴影下，又有一层镜片遮着，本该是不显眼的，可那里面积累的湿润太惹眼，贺平意一下子愣住了。

“怎么了？”他以为荆璨摔痛了，情急之下有些手足无措。贺平意想扶荆璨起来，又不知道他到底摔到什么程度，不敢随便动他，只能不断地重复询问。

“很疼吗？你自己感觉骨头有没有事？”

荆璨没有回答他，而是一个劲地在深呼吸。他依然盯着地面上那个没有任何特别之处的点，眼眶越来越红。他的呼吸很夸张，像是一个濒临死亡的人，在最大限度地去汲取周围的氧气。在这样嘈乱的环境中，贺平意甚至可以清晰地听到他大口大口用嘴巴喘息的声音，感受到他胸腔过于剧烈的起伏。

“荆璨，别吓我！”

贺平意哪里见过这样的荆璨，他在自己面前永远是温和的，开心也只是微笑，不开心就将唇抿成一条线，或者眉头微微隆起——他从来没有大喜大悲的情绪。

贺平意用一只手轻轻拍了拍他的脸，想要让他将注意力分给自己一些。

“荆璨，看我。”

周围已经有不少人注意到他们两个，也有好心人上前来询问是不是需要帮助，贺平意感受到荆璨身体在越来越明显地颤抖，不知道他在害怕什么，只能用自己的身体尽量多地挡住他的脸。

不远处，原本在和温襄嬴聊天的王小伟带着王小衣跑了过来。两个人均是一脸关切，贺平意在他们开口之前冲他们摇了摇头，示意他们先去入场处的大厅等。

荆璨整个人还在抖，贺平意低下头，一边轻轻拍着他的后背，一边在他耳边不停地告诉他放松一些，不要紧张。

这场单方面的对话持续了很久，久到贺平意已经想不到更多安慰的话语，只能一遍遍叫着荆璨的名字。

荆璨终于不再像刚才那样剧烈地喘息。

他皮肤白，连青色的血管都看得清楚。在精神高度紧张的情况下，贺平意已经感觉不到自己的手腕上究竟承载了多少力，反而是看到荆璨手背与手腕上暴起的青筋，以及他紧绷着的肩膀，才感受到他到底用了多少力量在拉住自己。

怀里的人抬起了头，眼泪一直在那双眼睛里打转，但被主人压抑着，始终没敢流出来。

“贺平意。”

这一声叫得贺平意心头一颤，荆璨的嗓子是哑的，像是森林里迷路又找不到水源的小鹿，在濒死的时候，向着生命发出了最后微弱的一声。

“我在。”

荆璨看着贺平意，连嘴角都在颤抖。

“你刚刚赢了。”

贺平意深深吸了一口气，压住自己心里的不安与焦躁，点了点头。

“对，”贺平意说，“我们这就去拿奖品。”

荆璨的嘴巴一直在动，像是在强忍着喉咙的酸涩感，又像是在酝酿什么重要的话语。等了很久，荆璨才轻声说：“谢谢你！我很开心。”

荆璨定定神，努力想做出一个能配上这句话的表情，可内心的恐惧、无措已经快要将他拖入无底的黑洞，他先前在贺平意的安抚下，尽可能地在找一个平衡点，让自己起码能够保持表面上的平静，而此刻仅仅是牵动一下嘴角，就已经打破了好不容易才维持住的平衡。

眼泪无预兆地滚了下来，连荆璨自己都没想到。

他的第一反应就是低下头，把自己藏起来。事到如今，他已经不敢去猜测贺平意对他今天的表现会感到多么莫名其妙，可他还是想让自己尽量变得正常一点，他不想被贺平意看到自己掉眼泪，不想让贺平意觉得他像个疯子一样。

荆璨用一只手胡乱地抹着自己脸上的泪水，可偏偏他越是想要停下，眼泪就越是控制不住。

水泥地面被一点一点打湿，连成一幅张牙舞爪、并不美好的画，荆璨看在眼里，如同一场让人惊醒的噩梦。

身处噩梦中，荆璨终于清楚地意识到事情又一次被他搞砸了。他不该要那个网球，也不该让贺平意去帮自己比赛。

荆璨不敢抬头，但又不敢放开贺平意，只能拼命攥紧那只手腕，像是要用尽所有的力量去留住什么。

感觉到一直揽住自己的那只手离开了，荆璨立即在已经抓住的手腕上又加了一只手。这样，脸上的泪水自然无法顾及。这时的流泪似乎只是一种麻木的应激反应，荆璨不知道该怎样化解眼前的局面，只能任由泪水掉落。

贺平意把荆璨的眼镜摘了，放到自己的口袋里。他没有再问荆璨怎么了，虽然他根本不知道荆璨为什么会突然变成这样，但他起码可以确定，这不是因为生理上的疼痛。

两个人像是在进行一场无声的拉锯战，泪水从荆璨的眼睛里流下来，贺平意就帮他擦去；再流下来，他就再擦去。在荆璨都已经被自己的眼泪弄烦了的时候，贺平意却还在边给他擦眼泪边小声说：“没事的。”

可贺平意越是这样，荆璨就哭得越凶，他们两个人就在这样的循环里兜兜转转了很久，谁也不肯退出。

等情绪终于稳定下来，泪水终于停住，荆璨几乎已经没了力气。他主动借着贺平意的力量站起来，身体晃了晃。

“可以走吗？”贺平意低头问，“我们去把奖品拿了，然后回家好不好？”

荆璨对着这两个问题足足反应了将近十秒钟，才缓缓点了点头。

两个人这样的姿势引得路人纷纷投来目光，荆璨听到别人议论的声音，意识到了自己此刻的狼狈。他没有重新戴上眼镜，根本看不清路，便改成用两只手拽着贺平意的小臂，行走时几乎将整张脸都埋在贺平意的胳膊上。

贺平意一直在小心地观察着荆璨的每一个动作、每一个表情，不知为何，无论是荆璨把脸埋到自己胳膊上，还是身子几乎紧贴着自己，贺平意总觉得他在躲避什么。他可以感受到荆璨的恐惧，却怎么也猜不出恐惧的根源是什么。

一边走着，贺平意拧着眉朝周围望了一圈。他的眼睛没放过周围的每一个人，却仍旧没有发现什么异常的情况。

两个人走到前台，王小伟已经初步沟通好领奖的事，就等着贺平意本人来签字。王小伟朝贺平意身后看了一眼，打着口型问他：“没事吧？”

贺平意轻轻地摇了摇头，然后用空闲的左手把王小伟揽到面前，在他耳边说：“你帮我个忙。入口出去右手边，有个穿绿色外套的女生，还有个戴紫色帽子，帽子上有黄色字母的女生，刚刚她们拍了荆璨，你帮我去跟她们说说，让她们把文件删了。还有，我等会儿跟荆璨先走了，就不一起吃饭了，他摔了膝盖，我带他去看看。”

王小伟听了，立马朝他摆了个 OK 的手势，也没再多问，转头叫王小衣跟他一起去买两瓶饮料。

贺平意勉强用左手签上了一个丑丑的名字，拿了奖品，然后迅速带着荆璨离开。

已经快到午饭的时间了，广场上陆续有人离开。一路走过来，贺平意都没再找到什么开口的机会。原本贺平意都已经挑好了中午吃饭的餐馆，是一家口碑很好的铁板烧，但荆璨目前这种情况显然不适合再在外面游荡。他带着荆璨去取了车，上车时，荆璨要把帽子取下来还给他，贺平意一只手往荆璨头上一压，说："戴着吧。"

荆璨没再说什么，坐上后座，眼角还是红的。

北方的秋天很短，似乎永远都只有几阵大风的时间。冬天来得悄无声息，没有什么标志性的开始，对即便寒气满天时也不穿秋裤的男孩子来说，只有等哪天走在路上，冷风削脸，才会感觉到原来冬天这么早就预谋着要来了。

像平时习惯的那样，贺平意在路上向后面探出一只手，碰了碰荆璨的肩膀，问他冷不冷，顺便提醒他不要睡着。

由于荆璨的钥匙从早晨开始就已经被贺平意揣在了兜里，所以一直到两个人到了荆璨家的客厅，荆璨都没说过一句话。贺平意熟门熟路，把荆璨安排到沙发上坐下以后，到厨房端了一杯热水，让荆璨握着。

荆璨一直低着头，周身尽是颓败疲累的气息。贺平意在他旁边坐下，靠到沙发背上，神经暂时松懈下来后，贺平意突然有些想念早上那个把车开飞了的荆璨。

他望着天花板，凝视半晌，还是没酝酿好要怎样开口去询问荆璨今天到底发生了什么事。他手臂朝两侧伸展，左手的指尖触碰到了一个纸袋，贺平意偏头看了一眼，想起奖品还没给荆璨。

于是他拿起纸袋，直起身子，将两个手肘撑在腿上。签名网球装在一个玻璃盒子里，看得出来老板非常爱惜，保存得很好。贺平意将它掏出来，然后用盒子的一角轻轻戳了戳荆璨的膝盖。

盒子被一只有些冻红了的手接过去，好半天，空气里才重新有了声音。

“谢谢！”

经历了刚才在广场上的一切，贺平意此时心里千头万绪，他说不出话来，就抬手揉了揉荆璨的脑袋，算是安抚。

荆璨忽然朝前探了探身，看样子是想把水杯放到桌子上，但不知是因为没戴眼镜还是精神恍惚，杯底只堪堪碰触了茶几的边缘，继而便朝着地面径直坠落。

这一声响吓得两个人都是一哆嗦，贺平意反应比较快，赶紧推开荆璨的腿，让他远离地上的碎玻璃，然后起身去厨房拿扫把。

等他回到客厅，却看到荆璨蹲在地上，正一片一片捡着玻璃碎片。

“别捡了，”贺平意走过去，拉着他站起来，“我来扫就行了，你小心扎到手。”

荆璨看了看地上狼藉的场面，说：“有水，不好扫。”

贺平意没说话，从茶几上抽了几张纸，蹲下来从水渍的边缘擦起。

荆璨站在他的身后，看着他因为挥动手臂而不断有着微小起伏的后背，忽然开口叫了他一声。

“贺平意。”

听到他的声音，贺平意停下手里的动作，转过头看他。

“我答应你会回答你的问题，”因为不安和紧张，荆璨在说话时不住地抠着自己的手指，食指上有一根倒刺，被他逆向扯得生疼，“你可以不在今天问我吗？”

贺平意听了，没有立刻答应，也没有立刻拒绝。他站起来，面对着荆璨，问：“为什么？”

客厅里太安静，他们又站得太近。

荆璨眨眨眼，迎上他的目光。

此刻的荆璨好似已经恢复成了平时那个没有太大情绪起伏的人，他的嘴巴因为干燥而起了皮，尽管在抬起嘴角时就已经扯得很疼，但荆璨还是坚持笑了笑。

“你现在问我的话，我怕我会对你撒谎。”

贺平意没想到荆璨会这么说，也同样没想到他能这么快恢复过来。也就是这一刻，他忽然觉得自己对荆璨的了解太少了，或者说，每次在他以为他又多了解了荆璨一些时，荆璨都会有一些新的表现，让他不得不怀疑自己之前得出的结论。他之前觉得荆璨像只小乌龟，喜欢缩在自己的乌龟壳里，可此刻才发现，这只小乌龟和别的不一样，别的乌龟背着龟壳是用来保护自己的，而这只小乌龟的龟壳却是用来储存一个又一个秘密的。

荆璨的脸上甚至还有未拭干净的泪痕，眼睛也因为刚才不住地流泪而红肿着。

“好，我不问。”贺平意看着他，忍了半天，终于还是被心里酸痛的感觉逼得叹了口气。

那天贺平意走得很晚，他用冰箱里有限的食材给荆璨做了西红柿鸡蛋面，吃饭的时候已经是下午，说不清这到底是午饭还是晚饭。荆璨看上去已经完全没事了，饭后还坚持要刷碗，坚持要送贺平意出门。

贺平意坐在电动车上，不知道为什么，就是迟迟不拧动油门。他看了荆璨好几次，每次都是欲言又止的，直到荆璨抬了抬嘴角，说：“放心吧，我真的没事了。”

“嗯。”贺平意点着头，却还是不放心，想着要再和荆璨说点什么。可偏偏他脑子像是被堵住了，怎么也想不出这种情况下到底应该说些什么，最后也只撂下一句，明天晚自习前来接荆璨，便狠了狠心，拧下油门走了。

荆璨站在大门口，望着贺平意的背影，目送他离开。直到他拐了弯，那个小小的影子彻底消失在街角，荆璨都没动。

太阳已经要落了，荆璨没穿外套，在这样的晚风中自然感到寒冷。他想，以后还是不要和贺平意出去玩了，他是真的很抱歉，今天给贺平意带来这么多麻烦。

荆璨低头又想了想，纠正自己——不对，不仅仅是不跟贺平意一起出去玩，还要离他远一点。

荆璨冷得打了个哆嗦，可他仍然固执地想要在外面再站一会儿。

约莫过了半分钟，街角忽然拐过来一辆小电动，荆璨错愕地看着去而复返的人，直到贺平意越来越近，又停到自己身边。

贺平意没说话，从兜里掏出个东西，然后把拳头伸到荆璨面前，慢慢摊开手掌。

一把绿色的小纸伞躺在他的掌心，被夕阳的光刻画得极精致。

“荆璨，你有微信吗？”

荆璨将目光从小绿伞上收回来，看向贺平意。他摇了摇头，不知道那是什么。

“我猜你也没有。”贺平意笑了笑，说，“我也没有。我刚看见这个绿伞想起来了，这是一个社交软件，绿色的标。我看他们都在用，聊天挺方便的。”

在微信刚在班里兴起的时候，贺平意其实很烦这个。他是个不喜欢时时刻刻都能被别人找到的人，以前睡觉、打游戏的时候接到别人的电话，他都觉得很烦，所以在大家纷纷拉了朋友圈，聊得热火朝天时，他硬是扛着没下载这个软件，任凭自己那些朋友怎么威逼利诱都没用。

但刚才一路开着电动车往家走，冷风一吹，愣是给他吹明白了，想起了一直憋在心口不知道怎么表达的话。其实也没别的，他就是想多陪陪荆璨。一想到荆璨一个人待在这个大房子里，就觉得他太孤单了。

贺平意希望荆璨在有需要的时候随时都能找到自己，也希望自己随时都可以帮上他。

“你一会儿下一个吧，我回去也弄一个。”

第十八章 阳光

荆璨一直认为，他是一个很听从自己内心的人。比如小时候他告诉自己要考第一名，之后便从来没有得过第二名；又比如在某一天听了荆在行的话之后，他告诉自己晚上睡觉要关灯，往后，无论多害怕黑暗，他也再没在房间里留过灯；再比如当初决定要远离周围的世界，他便真的遵守和自己的约定，把自己装进了一个透明的玻璃瓶里，安安静静地过了这么多年。

他总能在当前的情况下做出一个他认为最正确的决定，无论这个决定指向的路途有多么艰难，后果有多么可怕，他都能心平气和地接受。

他从不反悔，从不遗憾，除了面对贺平意的时候。

荆璨躺在床上，无数次打开微信下载的界面，却迟迟没有摁那个下载的按钮。他放下手机，把绿色的小纸伞小心地撑开，举高。伞面正对着从天花板投下的灯光，荆璨眯起一只眼睛，然后缓慢地搓动两根手指。

绿色的小纸伞顶着刺眼的灯光旋转，每当接近下一个指尖时便往回返，如此循环往复，如同时间无休止地行进。

很久之后，荆璨终于做了一个决定。

他将另一只眼睛也闭上，在黑暗中，将自己的决定交给命运——数七下后睁开眼睛，如果纸伞上画着的花停在右边，就和贺平意加微信；如果停在左边，就拒绝贺平意。

拒绝贺平意——光是想到这五个字，荆璨已经感受到突然铺盖在心头的失落，就好像八岁生日那天醒来，他发现自己并没有得到荆在行送他的马达时一样。

这种掷硬币般的游戏从前一直被他归类为“小孩子行为”，他想不明白，怎么会有人真的通过这种方式去决定事情的走向，这太随机了，也太不负责任了。可现在他忽然明白，这种游戏之所以能够在人群中盛行这么久，除了有那些患选择困难症的人的拥护，大概还有一个重要的原因是：很多人都会有一件明知不可为却仍想为之的事，在找不到充分的理由保留心中的另一个选项时仍想为自己的舍不得留一线可能，便拉个“老天”入伙，充当压到天秤翘起的那一侧的最后一克砝码。

轻捻那根作为伞柄的牙签，荆璨开始在心里默数数字。

他数得很慢，数到六之后突然停住，迟迟没再数下一个数字。

小纸伞已经被来来回回捻了好多圈，荆璨却还是耍赖似的不肯睁眼。他在心里猜测着如今花朵的朝向，挣扎着要不要分析一下小纸伞的行进速度以及过去的时间，预判一下结果，再小小地做个调整。

仿佛是一个想在考试中作弊的考生，突然响起的电话铃声如同监考老师突然而至，惊得荆璨一下子睁开了眼。他下意识地用另一只手捞起手机，而摁下接通键之前，荆璨摇摆的目光先是不小心落到了小纸伞上。

左边。

答案提前揭晓，举了半天的手突然就没了力气，带着小纸伞从空中滑落。

荆璨侧过身，看着响个不停的手机发呆，却直到铃声不响了也没接起来。他从头顶扯了个枕头过来，把自己的脑袋蒙住，好像这样就可以不用面对刚刚看到的东西。可电话那端的人像是怎么也不肯放过他似的，铃声落了又起，他不理，那人就持续地打，没完没了。荆璨没办法，一只手摸到手机，看也没看，塞到耳边。

“喂？”

“怎么不接电话？”大概是因为脸上捂了个枕头，荆璨的声音有些闷，听得那边的贺平意愣了愣，“你感冒了？刚刚不还没事吗？”

“没有感冒。”枕头被无情地丢开，闹情绪般滚到了地上。荆璨迅速起身，盘腿坐在床上。他对第一个问题避而不谈，在答完这句之后就一直用力攥着手机，但直到手心都出了汗，还是没能憋出下一句话来。

“下好微信了吗？”

想到刚刚的结果，荆璨低头，对着手里的小绿伞皱起了眉头。

他不说话，那边贺平意便又问了一遍，荆璨这才慢吞吞地说：“还没有。”

“怎么还没下好？”贺平意催促道，“快点，等着加你好友呢。”

荆璨心里难受，便把腿蜷起来，一只手抱着腿，下巴搁在膝盖上，像是要找一个可靠的支撑点。他维持这个姿势坐着，怎么也不开口。

其实，刚才还没数到七呢……是不是应该再转半圈啊……

而作为一个和荆璨相处了这么久的人，贺平意早就习惯了荆璨的各种反应。在接收到这么长时间的沉默之后，贺平意就意识到可能事情不太妙。他转着椅子，仰头猜着荆璨在想什么，猜来猜去，似乎也就只有他不想加微信这一个可能性了。

“荆璨，你想，装了微信以后我们可以随时聊天，还可以视频聊天，你看到什么好看的、好玩的东西都可以拍给我，我也同样可以拍照给你看，多方便啊！”

这话对荆璨来说已经相当于蛊惑，描述了一个荆璨想都不敢想的画面，让他因为这种美好而缴械投降。贺平意每说一个字，荆璨的掌心、指尖都好像因为期待而变得更加湿润了一分，以至于手机都仿佛在慢慢下滑，试图逃脱荆璨的掌控。

“可是我用不习惯，我……”都还没有用，哪儿来的不习惯。荆璨抿了抿唇，为自己这不合逻辑的谎话而懊恼。

“等一下，”贺平意笑了一声，打断了他的话，“你不会是不知道怎么下载吧？这样吧，现在还不晚，要不我去你家找你吧？”

“啊？”正在慌乱地思考要怎么办的人被吓了一跳，“找我？”

贺平意已经起身往外走，卧室门打开又关上的声音通过听筒传过来，荆璨听得心跳加速，赶紧说：“等一下，贺平意！”

“嗯？”贺平意停下脚步，等着荆璨开口。

“你别来，”荆璨从床上站起来，大步跨到地板上，然后走到窗边，撩起窗帘，望了望外面，“天都已经这么黑了，你别来了。我……”

手机已经快要拿不住了，他咬了咬唇，最终还是说：“我马上就能弄好，你给我五分钟吧。”

“确定吗？”贺平意其实真的不是在故意逗荆璨，他衣服都拎起来了，随时准备冲到荆璨家去敲敲龟壳。

“确定。”荆璨说。

挂了电话，贺平意舒了一口气，把衣服扔到了沙发上。

“给谁打电话呢？”陆秋从卧室走出来，看见自己儿子脸上的表情，有些奇怪。

“同学。”

“同学？”陆秋试探地问，“女同学？”

“没有，男的。”贺平意无意识地搓了两下手机，“妈，你怎么还不睡？”

“睡不着，”陆秋到卫生间拿了拖布，一只手揉了揉脑袋，“我午觉睡多了，这一天也没怎么动，这会儿一点也不困。你去休息吧，我活动活动，累了就能睡着了。”

贺平意皱起眉，但看着陆秋，也没说什么，转身往自己屋里走。陆秋却叫了他一声，也跟着过来了。

“我先给你这屋擦擦。”

“不用了，妈……”没等贺平意说完，陆秋已经进了屋，贺平意无奈地揉了揉脑门，只能跟着进去。

这两年陆秋身体一直不大好，倒是没有大病，就是头疼、感冒、胸闷之类的小毛病不断，再加上晚上经常失眠，整个人看起来都没什么精神。她低着头拖地，偏黄的灯光将她白色的发根照得雪亮。

“妈，白头发长出来了，该染头发了。”

这话说出来以后，房间里的两个人都安静了一会儿。

陆秋的白发长得早，今年才五十岁，新生的头发几乎全白了。但她从不喜欢到理发店去染头发，说是理发店的人总会把染发膏弄到她的头皮上，很不舒服，也不好洗掉。从前家里有三个男人：贺平意还小；贺立粗心又笨手笨脚，用陆秋的话说，连个碗都刷不干净，所以，给陆秋染头发就一直是家里最细心的那个负责。

直到这个人突然离他们而去，这活才由贺平意接过来。

贺平意此时倒也不觉得自己说错了话，哥哥已经离开了两年多，他知道无论是陆秋也好，贺立也好，他们都在努力尝试着从那种世界崩塌般的悲痛中走出来。只是可能很难，而且还需要很长很长的时间罢了。

而有时候主动提及，其实也是治愈的一种方式。哥哥是他们的家人，贺平意不希望往后他们三个人连一起回忆他的勇气都没有。

哪怕再难，贺平意也希望哥哥能永远留在这个家里，也留在他身边。

“明天上午给你染个头发吧。”贺平意说，“我现在不比我哥染得差了。”

“行。”

贺平意走到陆秋身边，轻轻拍了拍她佝偻的背。陆秋眼眶发红，但还是吸了吸鼻子，勉强朝他笑了一下：“我没事。”

贺平意又陪陆秋聊了一会儿天，等陆秋情绪变好，出去了，贺平意终于等来了荆璨的一条短信。荆璨告诉他自己已经下载好了，也注册好了，贺平意立马搜了荆璨的手机号。

加好友要填验证消息，贺平意想了想，打了几个字过去。

荆璨一个人趴在床上，收到微信消息提示，赶紧捧着手机查看。

验证栏赫然写着“平意哥哥”，荆璨撇了撇嘴，决定还是暂且让贺平意占一回便宜。

加了好友，他点开对话框，对着除了官方提示消息外空白一片的界面发愣。他没跟贺平意说话，而是躺下来，重新举起小纸伞，然后把伞面上的花纹旋到右侧，闭上了眼睛。

过去将近十七年他都是好学生，他从没作过弊。荆璨想，就这一次，让他为了贺平意作一次弊吧。

在心里默念了一个“七”，荆璨自黑暗中睁开了眼。

小纸伞上的花终于停在了他想要的位置上，他放弃了最后一克砝码，依然选择自己做决定。往后的日子会是什么样的，往后他会变成什么样子，他都会自己担着。

贺平意一直和荆璨有一搭没一搭地聊天，甚至把没做的作业拍给他，问他文科班是不是也有这么多卷子要做。荆璨把照片放大，看了看能看清的题目，若有所思。

睡前第一次和贺平意说了晚安，第一次收到贺平意的晚安。果不其然，那晚荆璨又失眠了。他一直握着小纸伞发呆，被子都因为他翻了太多次身而乱成一团，只剩个被角被他搂在怀里。快要天亮的时候，荆璨终于耐不住性子，爬了起来。

他到客厅的书桌上找了一张纸和一支笔，埋头写好要写的，又去厨房找了一根很粗的奶茶吸管。荆璨不确定这个家里能不能找到打火机之类的物件，翻箱倒柜地搜了半天，在客厅的一个抽屉里找到了火柴和蜡烛。

他坐到书桌前，把蜡烛点燃，随后将剪下的一小段吸管的一端凑到火苗里。

塑料在火光里变了形，枯萎蜷缩。挪出来，等了两秒，荆璨用手指把焦了的尾端捏到一起，彻底封死了这个出口。他把小纸伞和刚才写好的字条小心翼翼地塞到吸管里去，然后用同样的方式把另一端也封住，不留退路。

做好这一切的时候，外面的世界，太阳刚好升起。荆璨偏头望了望窗外，在红色的光里吹熄了蜡烛。

天光大亮后，荆璨又强迫自己在床上躺了一会儿。再起床已经是中午，荆璨的头痛得厉害，简单吃了点东西，实在忍不下去了，他还是抖着手从抽屉里翻出了止痛药。

冷水拥着药片下肚，头疼的症状暂时缓解了一些后，膝盖上的疼痛感才清晰地凸显出来。荆璨坐在沙发上，将家居服的裤腿一折一折地卷起，露出看上去一团糟的膝盖。虽然昨天贺平意已经帮他处理了破皮的伤口，但过了一夜，淤青变得更深，伤口周围看上去反而更瘆人。

荆璨抬起腿，忍着痛朝天空中蹬了几下，直到身体完全适应了疼痛，他才起身，把这几天积攒的脏衣服洗了。午后阳光正暖，晾好衣服，荆璨懒洋洋地趴到栏杆上，俯瞰着这个他已经比较熟悉的小城。

视线落在街区的一角，那里有一家装潢很复古的理发店，荆璨注意到它很久了。理发店的玻璃窗上用红色的贴纸贴了五个大字——美美理发店，店名和装潢一样古朴。理发店的大门也是个如今早已找不到款式的木门，木门老旧，门口有三色彩条在旋转，乍一看，有点像漫画里会出现的分镜。

假期还剩最后的大半天，站在天台上犹豫许久，荆璨终于结束这么长时间的考察，决定去这家理发店剪个头发。

推开理发店的门，竟然有风铃的响声。荆璨抬头，看到头顶挂着一串兔子形状的风铃，白色兔子带着粉扑扑的脸蛋，随着秋风晃动着。荆璨站在门口没有动，等到风铃恢复宁静后，他又用手指轻轻拨了那最底部的小兔子一下。

风铃再次发出清脆的乐声。

“要剪头发吗？进来啊。”老板听到门口的动静，转身招呼他。

和这家店过于复古的外观形成鲜明对比的是老板的样子——很年轻，一头黑发扎成一个低低的马尾，束在脑后，显得温婉娴静。

该是因为老板的气质让荆璨一下子想到了宋忆南，在熟悉的气场里，荆璨原本绷着的心不由自主地放松了一些。他朝老板礼貌地点头，也回了一个微笑。

店里的人不多，荆璨只坐在凳子上等了五分钟，老板便唤他坐到镜子前，询问他想剪什么样的头发。

瞧着镜子里自己软塌塌的头发实在没什么精气神，荆璨便转头对老板说："只要剪短点就行了——多剪一点。"

说完，鬼使神差地，他举起一只手，摸了自己的头两下。

"也别太短吧？"感受之后，荆璨蜷起手指，又说，"要摸起来手感好一点的那种长度。"

剪了这么久头发，老板还是第一次听到这样奇怪的要求。

"手感好一点？"她看见镜子里的男生不好意思地朝她露出一个笑，尽管羞涩，却还是对着她点了点头。

"好吧！那我给你剪一个又精神手感又好的头发。"

把眼镜摘了，围上围布，荆璨便闭上眼睛，在略微杂乱的环境里捕捉剪刀有规律的"咔嚓"声。

手机在这时候振动了几下，感受到振动的频率，荆璨立刻知道是贺平意发来了微信。

这家理发店的围布是很普通的那种，没有能看手机的小窗口，荆璨只得把围布撩起，把手挪出来。他眼睛使劲往下转，想要去看屏幕上的信息，但近视眼的缺点在这时候表现得十分明显——这么远的距离，他只能看清屏幕是亮的，至于上面有什么，根本看不清。

胳膊越抬越高，直到快把手机凑到了眼前，荆璨才终于看清了消息的内容。

"你没在家？"

贺平意来找他了？

不是说晚自习前才会来接他吗？

尽管心中有疑问，荆璨还是赶紧敲了几个字，告诉贺平意自己的位置。

“你这样头发都要落衣服上了啊。”老板停下来，笑吟吟地说道。

荆璨低头，果然看到衣服上落了几根细碎的头发，都歪歪斜斜地躺在那里，十分安逸。

“没关系。”荆璨笑道，低头捏起了两根碎发。

“白毛衣，怎么没关系？”

老板坚持要等他发完消息再继续剪，荆璨便也不好意思和贺平意多聊，很快把手机收起来坐好。

好在理发店离他家这么近，不过是平复心情的工夫，风铃就已经叮叮当当地响了起来。这次的铃声明显比他推门的时候要响，所以，来人肯定很匆促。

老板正在给荆璨修剪刘海，荆璨一直闭着眼，没睁开，只觉得身前有个身影挡住了光亮，还带进来一股凉风，扑到了他的脸上。很奇怪，世界没了光线，给荆璨的感受却不是变得黑暗无边，而是四周突然变得安静，唯独身前人的气息在放大，直到把他从头到脚都笼罩住。

贺平意一直没说话，荆璨也没说话，直到听到老板说“可以了”，荆璨才缓缓睁开眼。

视野中的贺平意是模糊不清的，荆璨看不清贺平意的眉眼，但从隐约的轮廓中他似乎可以辨认出：贺平意在笑。在这个北风卷着落叶的日子，眼前模糊不清的人影使得荆璨的心一下子晴朗起来。

荆璨被白色的围布围着，坐在椅子上，也安安静静地朝贺平意笑。或许是因为荆璨的头只偏了很小的一个角度，这个笑看上去有些拘谨，很像是油画里会出现的那种——嘴唇只抬起一个很小的弧度，可整幅画所表现的，都集中在这个很小的弧度和那双像是饱含情绪的眼睛里。

轻咳了一声，贺平意弯腰仔细打量换了新发型的荆璨，然后把手放到荆璨的脑袋上，揉了两下：“剪短了，更帅了。”

说完，他用两根手指捏起了落在荆璨鼻梁上的一根碎发。

贺平意的表现一如往常，昨天的一切仿佛没有发生过，荆璨心里一下子就轻松了起来。

出了理发店，贺平意问荆璨还要去哪里，荆璨一愣，忽然想到自己还没有问贺平意怎么会来找他。

“找你还需要什么正当理由？”贺平意听了荆璨过分认真的询问，有些想笑，“只是想来看看你而已。”

一片落叶猝不及防地拍到了荆璨的脸上，他偏头躲了一下。等到贺平意又唤了他一声，他才扶了下眼镜，强装镇定地朝四周望了一圈。

“对了，”贺平意忽然微微弯身，用两根手指轻轻点了点他的大腿，“膝盖怎么样了？”

因为膝盖上有伤，所以荆璨今天穿了一条宽松的灰色运动裤。他抬起腿晃了晃，给贺平意展示：“不怎么疼了。”

荆璨那条腿磕成什么样贺平意心里是有数的，那样的伤哪可能一夜就好了。

“行了，”贺平意摁下荆璨乱晃的腿，教训道，“歇歇吧。还想去哪儿？我带你去，你这两天少走几步路。”

“想去买个笔筒，”荆璨如实说出了自己的计划，“再买几支笔。”

“成，”贺平意抬腿跨上车，朝荆璨抬了抬下巴，“走，哥带你去。”

天气冷，荆璨坐到后座后，耸着肩把手缩到袖子里面，才用手臂环上了贺平意。贺平意低头看见空荡荡的袖口，突然觉得还挺有意思的。他回过神来后，听见荆璨在后座慢悠悠地说：“不一定谁比谁大呢。”

阳光洒满无人的小路，小电动车载着两个人，悠闲地前进。荆璨侧着头，像往常一样，看着他们两个人的影子叠在一起，掠过地面。

贺平意笑了一声，说："别的事我不敢说，但我一定是比你大的。"

"为什么？"荆璨不信。

"因为我留过级。"

"留级？"

荆璨有些吃惊，据他了解，贺平意虽然不算是很用功读书的那种人，但成绩也没有差到倒数，何况贺平意都能进实验班，成绩再差又能差到哪里去？

他想不明白，便接着问："为什么会留级？"

"念不下去了，就休息了一年。"贺平意的语调没什么变化，依然透着懒散，"我以前也不是在这所学校，我在隔壁市一中，后来不想念了，才转到这里来。"

念不下去了……

"为什么念不下去？"

虽然贺平意说得轻松平常，荆璨却觉得这里面有隐情，但他探着脑袋追问，却被贺平意笑着摁了回来。

"哪有那么多为什么，就是没心思学习，不想念了。"

荆璨看贺平意似乎并不想多说，联想到自己至今都没有向贺平意解释自己昨天为何会失态，便也不好意思继续问他了。

小城很小，他们很快到达了目的地。文具店坐落在一个初中旁，名字非常大众，"桃李文具店"，铺面不大，但东西很多，货架排得很满，上面各式各样的水性笔愣是让荆璨挑花了眼。

周末，店里的人不算少，贺平意侧身靠着货架，把荆璨圈到一个不会被其他人碰到的范围里。看到荆璨拿着两支笔认真比较到底是番茄图案好看还是苹果图案好看，贺平意没忍住，笑了："都买不行吗？

你纠结好半天了。”

荆璨看了他一眼，把手里番茄图案的笔放回原位。

“不要，我只要最好看的。”

“好好好，”贺平意投降般连连点头，“只要最好看的。”

车要开到最快，笔要挑最好看的，怎么看都像一头小倔驴会干的事。

想到这里，贺平意便又发出了低沉的笑声。

荆璨本来又拿了几支笔研究，听到贺平意在笑他，便停下动作，慢吞吞地把目光挪到贺平意的脸上。见这人是真的无所事事，在一旁看着他，荆璨只好问：“你不需要买点什么吗？”

歪歪斜斜站着的人朝另一边瞟了一眼，抬手从第三层的隔板上拿了一袋笔——一支普普通通的黑笔加十根替换笔芯。

贺平意朝荆璨扬了扬手，意思是，购物结束。

荆璨看看贺平意手上的，再看看自己手上的，抿了抿唇，默不作声地继续转头挑笔了。

荆璨足足在文具店逛了一个小时，见到什么新奇的东西都要问贺平意这是做什么的。贺平意实在不是个对文具有兴趣的人，平时他都是有根笔用就得了，所以有些东西他也不知道是干什么用的，偏偏荆璨似乎对什么事情都格外认真，碰到不清楚的东西，一定要搞清楚。贺平意只好和荆璨凑在一起，当场钻研。逛完这个文具店，贺平意真的是首次体会到了那种“陪女朋友逛街”的疲惫感。

荆璨终于挑到了自己喜欢的笔筒：笔筒是白色半透明的，表面有凹凸的纹路，阳光照过来，还能看出些七彩的影子。

荆璨对这个看上去简简单单却又很有设计感的笔筒十分满意，直到结账时，还在拿着它对着太阳光转，一副玩不够的样子。

笔筒折射的光落在地上，不停晃动，店门口的一只小橘猫仿佛看到猎物，盯着地面看了几秒，突然扭了扭屁股，扑过来捕捉那块虚无的光斑。

荆璨一愣，然后动动手，把光斑挪开，小猫便非常敏捷地又追了上去。

如此反复，看着地上玩得认真的小猫，荆璨不由自主地晃了神。

瞧他又在发呆，贺平意拍了他的脑袋一下，问他："愣什么神呢？"

荆璨看看贺平意，然后晃晃手里的笔筒，继续逗着那只小猫。

"你看，明明是不存在的东西，它还玩得那么开心。"

这话说得多少有点悲观，贺平意带着探寻的目光在荆璨的脸上扫了一圈，在荆璨有些不自然地别开脸后，才蹲下身，摸了摸那只小猫的头。

周围有学生们热烈的讨论声，嘈杂的环境中，荆璨看到贺平意突然伸手，将那块阳光打出的光斑托在了手心里。他不敢再动，那块亮晶晶的光斑便一直在贺平意的手心里卧着，像个漂亮的小太阳。

小太阳不动，贺平意却转动手腕，让小太阳从他的手心开始，滑过每一个指尖，再慢慢转回来。

他回头，问身后已经看呆了的人："看到了吗？"

"嗯？"荆璨反应迟钝，这样简单的回应愣是慢了好几拍。

贺平意说："这就是阳光，大家都能看到。"

第十九章 火锅

荆璨将手中的笔筒越握越紧，直到笔筒表面的纹路在他的掌心印出了沟壑。

贺平意帮荆璨把那个笔筒装进袋子里，凝视着他的眼睛问：“还想去哪儿？

文具店只有一个小窗户，阳光照不进来多少，外面却是阳光洒遍大地，由此，文具店门口形成了一个鲜明的分界，贺平意就站在这个明暗交界的地方，连眼睛都被分成明暗两半。

荆璨脑子里已经出现了街角那个火锅店的样子——每次经过都能闻到火锅的香味，里面似乎总是热火朝天的，进出的人脸上也总挂着很张扬的笑容。

想去吃火锅。

但或许是那半面阳光有些刺眼，贺平意控制不住地眨了眨眼，也就是那么一瞬间，就让荆璨的理智钻了空子。

“你也该回家了吧，该吃饭了。”

他说完，贺平意却看着他，不回话。

直到忍受不了这时的沉默和贺平意的直视，荆璨带着点求饶的意思问他："你这样看着我干吗？"

"你说呢？"

荆璨说不出话来，贺平意忽然大步带着他走出了文具店，把他拽到电动车旁边，才接着说："荆璨，喜欢什么，不喜欢什么，都可以说出来，不要一直憋着。"

停了两秒，他又补充道："起码跟我，你不需要不好意思。"

贺平意说完这话便转了身，自顾自地启动电动车。这一瞬间，荆璨以为贺平意按照他自己刚才说的，要回家吃饭了。明明刚才是他要贺平意回家的，见贺平意要走，不知怎的，荆璨的心头还是一下子涌上强烈的后悔情绪。眼看着贺平意已经坐上了电动车，荆璨当下能做出的最大程度的阻拦，就是一把拽住电动车后面的靠背，不让他离开。

贺平意当然没有打算真的要走掉，感受到人为施加的阻力，他对着前方的街道露出一个很小的笑容，然后又迅速收敛，调整表情，回头。

"干吗？"

他故作严肃，荆璨却完全不怀疑。荆璨在贺平意的注视下松开手，因为紧张，另一只手把装满了文具的塑料袋子捏得哗啦作响。

"我想吃火锅，要不我们去吃火锅吧？"像是生怕他会拒绝，荆璨又赶紧语速很快地补充，"我请你。"

贺平意盯着他看了两秒，而后捏了下车闸，笑了："这还差不多。"

这个月假应该是荆璨到了七中以来，过得最累却也是印象最深刻的一个假期。他的情绪经历了像过山车一样的起落，他做了很重要的决定，他发现和贺平意在一起的时间是最安心的。他和贺平意带着一身的火锅味去了学校，然后大半个晚自习，他都在对着那个插满了笔的笔筒发呆。他想到贺平意跟他说“都买不行吗”，想到在文具店偶遇的那只小橘猫，想到贺平意蹲在地上捧着光斑的样子。到了最后一节晚自习，荆璨再也压不住心里的思绪，摸出一个本子，翻到空白页，用水笔画了一幅画。

而坐在另一间教室的贺平意可就没有这么悠闲了，他马不停蹄地抄了一晚上作业，到了最后一节晚自习，他看着那字数格外多的语文大题，再仔细体会了一下王小伟这前言不搭后语的答案，把笔一甩："算了，大题不抄了。"

“别的科都抄完了？”王小伟问。

“抄完了。”贺平意把桌上散乱的卷子叠在一起，理齐。

“哦！对了，我还没问你，荆璨没事吧？”

原本在做动作的手顿了一下，贺平意很轻地摇了下脑袋：“没事。”

“那就好，”王小伟打量着贺平意的表情，说，“不过他昨天，可是有点吓人。”

“吓人吗？”贺平意很快地说，“不吓人啊，他只是当时心情不好。”

很奇怪，明明他和王小伟认识的时间更长，在听到王小伟并无恶意的那句话时，他还是偏心地想要维护荆璨。

“哦，”王小伟看贺平意一直垂着眼睛，似乎不想和自己讨论这件事，也就识趣地没再多问，“反正没事就行。不过不是我说你，你这也是有点牛，一点作业都不写，也就赶上班主任今天没一上晚自习就收作业，要不你还能在这儿活蹦乱跳？”

“行了，”贺平意看不惯王小伟小人得志的样子，“你也没少抄我的，还有，你这回写的最好靠谱啊，别跟之前似的十道题错四道，我都心疼我那点墨笔水。”

还是新买的呢。

“放心吧，这次绝对保证正确率。”

王小伟这个人一向爱吹牛，所以他这话贺平意就左耳进右耳出，也没对他抱太大希望。哪知第二天班主任就怒气冲冲地冲进了教室，还摔劈了一个板擦。

贺平意在心里惊呼一声，歪着身子，嘴皮子不动地小声问王小伟："这是怎么了？"

王小伟也以同样的姿势凑近他，嘟囔道："我哪知道。"

"叫到名字的都给我站起来。"班主任使劲摁了摁太阳穴，然后才展开了一页纸。

"郭书琪，李泉白……"

看着几个同学哆哆嗦嗦地起立，贺平意说着风凉话："死亡名单啊！"

"贺平意。"

也不知是不是贺平意自作多情，他觉得班主任念他名字的时候，还额外附赠了一个瞪眼给他。

"我去——"贺平意压根儿不知道自己为什么会被点名，一边起身心里还一边犯嘀咕，要说最近干的唯一不守纪律的事应该就是抄作业了。可他抄作业时还特意改了几道答案才抄的，不至于被发现啊……

他一脸纳闷地站起来，转头一看王小伟——这人扫了一圈已经起立的人，脸色瞬间白了。

瞧这做贼心虚的样子，那作业八成有问题。

"你们是睡得脑子不清醒了，不知道现在是什么时候是不是？都高三了，你们给我买答案？我请问你们，这是高三学生能干出来的事吗？答案错了你们还一个个都给我抄上去，是你们疯了还是我疯了？啊？知道还有几个月就要高考了吗？"班主任显然已经被气得头脑发晕，一只手不住地在空气中点着一个个人头，"你们，你们还是实验班？丢不丢人？啊？丢不丢人?! 实验班的学生买答案，说出去别人都不信！怎么，是不是我们实验班只进不出，你们就有恃无恐啊？你们要是不想待了我就去跟学校领导建议，都给我走！”

贺平意无语。

怪不得这人昨天说保证正确率。

只恨他还是把王小伟看得太高了。

虽然昨天吃火锅时要的微辣，但大概是因为好久没吃这么辣的食物了，荆璨的肚子从昨晚起就不舒服。他举手跟老师请了假，出来想上个厕所。走到楼梯口，却看到二十一班门口齐刷刷站了一排人。

原本有些匆促的脚步一下子停住，荆璨倒退了两步，确认自己没有看错。那排人从左到右，一个比一个高，而最右边的，可不就是贺平意吗?

荆璨在原地转了个九十度，往前迈了两步，又停住。不好就这么在上课时间走到别的班级去，也不能在安静的教室前开口叫人，荆璨正犹豫着怎么才能让贺平意注意到自己，贺平意却像是心有灵犀一般，已经注意到这边的人影，转头朝他看过来。

对视中，两个人都朝对方走近了一些，直到彼此间的距离足以支撑悄悄话的传递，贺平意才开了口：“你怎么了？”

荆璨想了想，严谨地说：“这话应该我问你吧？”

话说完，荆璨忽然想起来他们数学老师今天在班上很生气地说别的班有几个学生集体买答案，还按照错的答案原原本本抄完了的事，警告他们千万不要干这种蠢事。

荆璨是不太相信贺平意会干这种不聪明的事的，所以开口时有些犹豫：“你不会……买答案了吧？”

声音越来越低，到最后那个语气助词，音量已经像是被风吹散了一般。

“我可没有。”贺平意一口否定，“有那钱我还不如买点自己感兴趣的。”

“王小伟买的，这个坑货，我昨天抄他的作业，谁想到这家伙是买的答案，还买了份错的。我都怀疑是我们班主任在钓鱼执法，真是白瞎我抄了一个晚上。”

虽然被罚站是件挺惨的事，但是荆瓅听了贺平意的话，还是没忍住，笑了一声。

“笑？还笑？我是因为谁才会抄王小伟作业的？”

被敲了一下脑袋，荆瓅还是没反应过来，抬头问：“因为谁？”

贺平意顿时语塞，一只手都叉到了腰上，脑袋左右摆动了两下，发出一连串的质问：“我带谁去开卡丁车了？陪谁剪头发了？陪谁去买笔、吃火锅了？”

荆瓅愣了愣，这才明白过来，原来贺平意是因为那两天一直跟自己在一起，所以没时间写作业。

贺平意本来是在跟荆瓅开玩笑，卡丁车是他主动说要带荆瓅去的，昨天也是他主动去找的荆瓅，他怎么可能真的嫌荆瓅占用了他的时间。没想到，荆瓅对着他眨了眨眼，竟然说：“哦……对不起！”

“对不起什么呀，”贺平意哭笑不得地撸了一把荆瓅不开窍的脑袋，“逗你呢，这种假期作业，我本来就不怎么写，跟你没关系。”

饶是贺平意这么说，荆瓅还是将贺平意被罚站的一大半责任归结到了自己身上。回了教室之后，他一想到贺平意大冷天的还在外面罚站，心里便觉得很愧疚。他频频望向窗外，试图看到贺平意，但再怎么伸长脖子也是徒劳。好不容易熬到打了下课铃，荆瓅从书桌里摸出一本最厚的本子，跑到了贺平意的教室门口。

王小伟先看见了他，热情地和他打招呼。荆瓅应了一句，便把视线投向站在他身边的贺平意。

“给你。”荆璨把本子递给贺平意。

贺平意不明所以，但还是先接了过来：“给我这个干吗？”

“你要是站累了，等会儿就偷偷坐一会儿吧。”

“……”

一旁看热闹的王小伟搭着贺平意的肩膀哈哈大笑，贺平意一把把他甩开，感觉刚提起的一口气噎在了喉咙里。

“我给你拿的是最厚的本子，你不会着凉的。”看他面色不快，荆璨赶紧说，“站了一上午挺累的，你不用不好意思。我……”

荆璨指了指自己的教室，说：“我先走了。”

贺平意目送着荆璨跑走，硬是被气笑了，他拿着那个本子在自己手掌上拍了两下，对着那个背影轻点了两下头。

一会儿塞飞机，一会儿塞本子，在害他丢人这种事上，荆璨一直有一套。

王小伟手欠得不行，伸手过来抢他的本子，贺平意反应很快地一个闪身，顺手把王小伟扒拉开：“一边去，等会儿我还要用呢。”

“喊，那我也去拿个本垫着，可不能让你自己坐着。”

耳边清静了，贺平意把胳膊撑在走廊的栏杆上，无意识地翻着荆璨给的本子。快速闪过的空白纸张中，有一张被画了画的格外扎眼。贺平意没看清，便把本子拿近了一些，又翻了一遍，去寻找那幅画。

画上是一个蹲在地上的背影，身旁有只小橘猫，在盯着画中人手上的小太阳。

贺平意勾了勾唇角，心道画得这么好看，怎么连个正脸也不给。

本子的右下角有署名，“荆璨”两个字的旁边，还跟着一个看上去有些呆愣的 Q 版头像，和当初贺平意在冰箱门的便利贴上看到的是一个系列。

贺平意将拇指覆在那个小头像上，来回摩挲。很神奇，冷风中的贺平意恍惚感觉到，似乎这样就可以触碰到那颗柔软的心。

第二十章 高考

那天晚上，原本已经准备睡觉的荆璨收到了贺平意发来的一张图片。他打开一看，心跳立刻漏了一拍。

选本子的时候也不是没想过会被贺平意看到这幅画，但是地上那么凉，荆璨还是想给贺平意一个最厚的本子。

“你画的画，确实不错。”

荆璨靠着抱枕坐在床上，在回复框里敲了三个字，只不过还没发出去，贺平意的第二条消息就先到了。

“不过主要还是我帅。”

荆璨甚至能想象出贺平意说这话时的语气和动作，寂静的房间中，他笑了两声，没改已经打好的文字，按下了发送键。

“那当然。”

“当然什么？前面那句还是后面那句？”

荆璨关了灯，躺下，贺平意还在追问。

“都有呗。”

另一端，贺平意看见这仨字，不无得意地将手中的一杯水一饮而尽。手指敲了敲杯子，给荆璨拨了电话过去。

荆璨很快接起，有些诧异地问他什么事。

“我之前就想问，你是不是学过画画？”

怎么看，荆璨的画都不像随意涂鸦。

“没有啊，”荆璨很快否认，但思考之后又说，“如果跟我弟弟学过几招也算学过的话，那就是学过吧。”

“你弟弟？画画很好吗？”

“那当然了，”荆璨毫不犹豫地说，“我弟弟可是天生的艺术家，以前一个超级厉害的美术老师偶然看到他的画，特意找到我爸妈，让他们一定要鼓励我弟弟学画画，还要把我弟弟介绍给大师认识。”

贺平意还是第一次听荆璨说起他的家人，从这自豪的语气中，能听出荆璨似乎和家人的感情很好。结束通话后，贺平意向后靠到椅背上，仰头望着天花板，出了好一会儿的神。

如果和家人关系很好，家庭幸福美满，那为什么会有自我封闭的倾向呢？

每当思考这种问题时，贺平意总觉得自己的知识不够。他迫切地想要弄清楚荆璨到底存在什么样的心理障碍，他该怎么做才能治好荆璨，但他又怕让荆璨觉得不舒服，不敢将这种探寻表现得过于明显。

叹了一口气，贺平意拿起笔，接着做之前没做完的题。

卡丁车一事之后，温襄赢对荆璨的态度就更热情了，路上碰到他都会和他一起走，所以连带着经常和温襄赢在一起的顾时，荆璨也熟悉了很多。

荆璨还挺喜欢顾时的，因为温襄赢总喜欢逗荆璨玩，有时候荆璨实在接不上话，就会求助地看顾时一眼。顾时在这时会抬手敲一下温襄赢的脑袋，说：“收手吧。”

要说顾时唯一不好的地方，就是她太高了，搞得荆璨每次转头说话都不自在。

往常上午的课间操，荆璨都是站在第二排，但是这天他给周哲讲了道题，两个人下来时队伍已经散开，荆璨便悄悄补在了队伍最后。荆璨看着前面男生的后脑勺，想不明白为什么荆在行那么高，自己却一点都没遗传到。他左右看了看，然后悄悄踮起脚，视线跟着慢慢上调，荆璨心想其实自己也不要求非得长到一米八，再长个三五厘米就行了。

脑袋被人摁了一下，强行长高的人被压回了正常高度。

荆璨吓了一跳，慌忙转头，结果正看到贺平意边朝右边走边对他笑。贺平意张了张嘴，无声地说了句："别费劲。"

荆璨轻轻哼了一声。

不就是比他高那么一……一大截嘛!

这套广播体操，是荆璨来七中上学以后才学的。他记得自己很小的时候也有过"做广播体操"这项活动，只不过音乐、动作好像都和现在的不大一样。小时候他总是拥有特权，学习以外的事情他都可以不参加，所以课间操他根本没去过几次。

体侧运动，荆璨跟着大家转身，无意间一瞥，却看到旁边队伍的几个人脸上都憋着笑。因为从前的校园经历，荆璨对这种看上去默契十足的笑容无比敏感。他很清楚地知道：这是嘲笑，笑容的主人幸灾乐祸，和同伴用眼神交流着那些带有羞辱性的言语。

顺着他们的目光看过去，荆璨很快便清楚了原因。

七中的校服裤子是有一条暗线的，正常情况下，暗线应该在前，但有一个女生的裤子暗线却到了后面。

荆璨认出来那女生是刘亚。

要不要上前？要不要提醒？对于这两个问题，荆璨完全是由同理心驱使着做出了选择。

“刘亚。”荆璨站到刘亚的身后，拍了拍她的肩，待她回头后才轻声说，“你的裤子好像穿反了。”

很明显，刘亚在听到他的话之后异常慌乱。她很快转身，没顾得上和荆璨说什么便朝着厕所跑去。擦身而过时，荆璨还是看到了那张在周围隐隐的窃笑声中涨红了的脸。

“笑什么啊？”

音乐声中，突兀地插进了一个语气不大好的女声，荆璨朝声音的来源看去，看到温襄赢动作也不做了，直挺挺地站在原地，歪着脑袋看着后排那些窃笑的人。

“有那么好笑吗？做点高中生该干的事不行吗？”

眼睛大的人翻白眼格外有杀伤力，这是荆璨在目睹了温襄赢抛出的一个大大的白眼后得出的结论。温襄赢说完这话就径直离队，追着刘亚去了厕所。荆璨看着她的背影，在心里为她竖了一个大大的拇指。

课间操的事对大部分人来说不过是个无足轻重的小插曲，但荆璨回到教室，看到刘亚一直深深埋着头，心里还是闷了好一阵子。可从小到大有限的社交经历使荆璨根本不知道要如何帮助刘亚，想来想去，他也只是像帮周哲一样，在课间偷偷给刘亚留了张字条，让她以后有不会的题可以问他。

越是靠近年末，班上的气氛就越是紧张。课间玩闹说笑的人变少了，去小卖部买零食的人少了，正常跑操的人少了，体育课上真正在运动的人少了；变多的，大概只有每个课间发下来的卷子、报纸和教室里弥漫不散的咖啡香气。

班会的主题逐渐突出了那两个字，而每当班主任提到，荆璨偷偷回头望，都能看到同学们一个个坚毅的眼神。

高考。

荆璨在草稿纸上写下这两个字，忽然发觉这两个字对他来说已经过于遥远和陌生了。

在荆璨的辅导下，周哲的数学成绩已经提高了不少，荆璨看着他每次月考、联考的排名都在上升，心里也为他高兴。周哲一直很努力，荆璨从没见他偷过懒，每天荆璨到学校时，周哲就已经在学习了；荆璨走的时候，周哲还在学习。甚至连此时得了重感冒，戴着口罩坐在教室里，周哲也不肯去休息。

“你真的不要早点回去睡觉吗？”看着周哲越来越红的半张脸，荆璨问。

“不了。”周哲摇摇头，低头继续做英语阅读。但没过几秒，他又抬起头，忽然跟荆璨说：“荆璨，其实我好累！”

不知是不是因为生病，今天周哲不像以往那么沉默，话多了许多。

荆璨一愣，忙劝道：“那就回宿舍休息吧，精神好了效率才会高。”

“不敢，我还有很多题没做完。”周哲说话带了浓浓的鼻音，也因为每天的睡眠很少，眼底带上了不少血丝。他看了看桌上的卷子，又看了看荆璨，说：“荆璨，我压力好大！”

“因为高考吗？”荆璨说这话有些明知故问，但他其实不知道此时应该说些什么，便只能说些无用的过渡句，让周哲继续倾诉自己的心声。

“嗯，”周哲说，“其实我进了实验班以后，一直跟得挺吃力的，但是我爸妈知道我进实验班特别高兴。他们一直相信我能考个好大学，我不想让他们失望，也不想让自己的努力白费。而且我心态不好，如果我不做好准备，大考很容易发挥失常，所以，我每天睁开眼，都觉得压力好大。”

老师们总是喜欢用一句话来形容高考，那就是：千军万马过独木桥。这话荆璨听了好几次，如今看到周哲的状态，他才真的理解了那种和很多人一起挤独木桥的感觉。谁也不知道自己会不会是胜利者，谁也不想一不留神摔下河，每个人能对自己说的不过就是："坚持一下，一定会有好的结果。"

可是，真的会有好的结果吗？

荆瓈低头，看着草稿纸上的两个字，沉思。

荆瓈还没组织好安慰周哲的语言，周哲已经很快说自己只是和荆瓈随便说说，说出来心里就舒服多了，让荆瓈不用在意他说的话。

"不过下次放假，我得去青岩寺里拜拜。"

见荆瓈一脸不解地看着自己，周哲扯着嘴角笑了笑，颇有点自嘲的意味："拜拜学业，给自己点心理暗示，告诉自己一定会如有神助。"

上课铃很快打响，所有人都迅速归位，继续埋头苦读。

如有神助——荆瓈反复想着这几个字，而后动了动手指，撕下一张星星形状的便笺，写了一行字，给周哲递了过去。

"青岩寺，很灵验吗？"

一直到和贺平意一起走在去取车的路上，荆瓈还在想着青岩寺的事情。

见他对自己的话没反应，贺平意拍了下他的后背："嘿，跟你说话呢，走什么神呢？"

贺平意的声音将他拉回了现实，荆瓈盯着地上晃动的影子看了几秒，忽然转头问："贺平意，你压力大吗？"

"压力？什么压力？"

"高考啊。"

"哦，"到达车棚，贺平意把电动车的锁打开，一边往外推一边说，"我没压力，考什么样都行。"

"那你上次考了多少名？"

"上次？一百多名吧！具体忘了。"贺平意不怎么关心地说。

一百多名……荆璨不知道一百多名能考个什么样的大学，但他知道，既然是一百多名，那就还有很大的进步空间。有一个想法在荆璨脑袋里想了好久，终于在此刻说出了口。

"贺平意，我给你补课吧？"

"补课？"贺平意奇怪道，"你一个文科班的，我一个理科班的，你给我补什么课？补语文？英语？"

"不是啊，"荆璨坦白地说，"我……"

荆璨本想说，除了作文，我什么都能给你补，但这话实在不像一个高三文科班学生应该说的。荆璨便改口道："我可以给你补数学，我数学很好的，理科班的题我也会做。"

贺平意明显不信："真的假的？"

"当然是真的，"面对贺平意质疑的眼神，荆璨说，"我以前在班里可是能考第一的。"

说话间，两人出了校门，贺平意暂停谈话，示意荆璨先上车。等离吵闹的校门口远了一些，贺平意才转头问身后的人："那你学文科干吗？"

荆璨编不出理由，只好实话实说。

"想挑战一下自己。"

贺平意一个刹车，弄得荆璨整个人都朝前扑了过去。荆璨直起身子，刚要抱怨，却看见贺平意停了车子，一脚踩在地上，然后转过身，把一只手覆在了他的额前。

"你是不是被你同桌传染，又发烧了？"

"没有，"荆璨把额头上那只代表"不信任"的手拽下来，"是真的，不信，下次你不会的题问我，我给你讲，你就知道我没有吹牛了。"

看着荆璨直愣愣地看着自己的眼睛，贺平意其实已经相信了他。虽然他还是觉得这事有点离谱，但想想荆璨第一次开卡丁车都能不顾他的劝阻飞跃两块草坪，这倒也像荆璨能干出来的事。

“成吧，信你！”贺平意拧了下车把，重新启动了车子。

“那你是答应让我辅导你了？”荆璨踩着后座的脚镫，直接站了起来。

这个危险动作荆璨曾经几次提议要尝试，均被贺平意制止。见他此时趁着讨论问题冒险尝试，贺平意拍了他一下，呵斥道：“你给我坐下，这样很危险。”

“哦。”荆璨老老实实地坐回去。不过，没过两秒，他又不死心地扶着贺平意的腰，把脑袋连同身子歪到贺平意低头就能看到的角度，又问了一遍：“那你是不是答应让我辅导你了？”

乌溜溜的一双大眼睛，就算是厚厚的镜片都挡不住其中散发的光芒。

“只是信你，又没答应让你辅导。”贺平意抽出一只手，拍了一下他的脑袋，“坐好！你不用辅导我，我又不想考 A 大，我也不想成绩那么好。”

“没让你考 A 大啊，”荆璨争辩，“但是我想让你省力一点，起码你不用因为抄作业被罚站了，做题事半功倍，不好吗？”

“你能别老提罚站的事了吗？”贺平意说。

“还事半功倍，”贺平意笑了一声，“你还挺有信心。”

“不然你试试。”荆璨梗着脖子答。

“你别激我，你激我我就敢答应。”

荆璨高兴地说：“那你就是答应了。”

“好好好，”贺平意无奈，哄小孩一样说，“辅导，辅导，考 A 大，考 A 大。”

荆瑔听着贺平意又开始不正经起来，知道自己如此纠缠下去也不会得到什么别的答案，便只当他答应了，先就此打住。

“贺平意，你知道青岩寺吗？”

“青岩寺？”贺平意没有迟疑，立刻回答，“知道啊。”

他知道，是因为陪他妈妈去过几次。

“下次放假，我们能去青岩寺看看吗？”

对于荆瑔的主动开口，贺平意是非常高兴的，但他又十分不理解，荆瑔为什么想要去青岩寺。他一直觉得，寺庙、神佛，好像不该是他们这个年纪触碰的。

“我只是没去过寺庙，想去看看，”荆瑔解释道，“而且，如果能顺便求个健康平安、学业有成也不错，是不是？”

贺平意其实是不信这些的，不过荆瑔这么说了，他也不想泼他冷水。再加上青岩寺周围的风景不错，虽然现在已经是初冬，寺庙里已经没有葱郁遮天的树木，但上山路上的集市、寺庙周围的红墙石瓦，还是很值得一看的。

“好吧。”贺平意说，“正好下次放假是你生日，我还琢磨要带你去哪儿玩呢。”

荆瑔听了，愣了愣：“你怎么知道我生日？”

贺平意扭着车把超过了前面一个不急不慢骑着车的大爷，转头哼了两声，说：“那有什么难的，想知道自然有办法。我在你们班主任的桌子上看到过你们班的人员信息表，就把你生日记下来了。12月2号，挺好记的。”

“哦……”

本来荆瑔没打算跟贺平意说他生日的事。其实从八岁起，他就没有再期待能够通过生日得到什么，每次宋忆南问他有什么愿望、想要什么生日礼物，他也只会回答，其实没有什么特别想要的。

这逐渐成了标准答案，再遇到类似的问题，荆璨想都不用想就能回答。他习惯了无欲无求，也早就学会了克制自己的欲望。

今年呢？

荆璨坐直了身子，抬头，看着贺平意的后脑勺。

遇到贺平意以后，他的习惯好像忽然都失灵了。琐碎的生活开始频繁地触发他的愿望清单更新键，而每一个愿望前，都加上了一个特定的定语。就像今天，当教室里的钟表指向九点二十五分，离放学铃响还有五分钟的时候，坐在教室里的荆璨忽然想，如果今年生日，能和贺平意去一趟青岩寺就好了。

他也想拜一拜，给贺平意求个万事圆满。

第二十一章 生日

清晨的闹钟响起，荆璨猛地坐起了身。

眼睛还没完全睁开，他便从床头摸起了一支马克笔，打开笔帽，在墙上挂着的日历上打了个大大的叉——青岩寺的行程敲定下来后，荆璨便在每天早上重复着这个简单的动作。而正是这样重复且简单的行为，让他对生日前的每一天都充满了期待。

荆璨原本想着生日那天要和贺平意一起庆祝，但提前几天接到了宋忆南的电话，让他到时候回家吃饭。他捏着电话沉默了好一会儿，本想拒绝，可是听到宋忆南补充说是荆在行让她打的电话，便迟疑地答应了一声。紧接着，他又赶紧说：“但是我晚上再回去吧，晚饭之前到家，行吗？我和同学约了一起出去玩。”

宋忆南虽有些意外，但也很高兴荆璨能够交到这么要好的朋友。她有些好奇地询问荆璨要和谁出去玩，荆璨在电话这端轻声说：“他叫贺平意。”

生日前一天晚上，荆璨早早就躺到了床上。墙上的钟表仍在记录着时间前进的足迹，荆璨盯着它看了半晌，意识到，再过几个小时，他就十七岁了。

十七岁，在大部分人看来都是一个充满希望的年纪。

未来还没有到来，一切的灿烂期待好像都可以合理存在。

荆璨不知道别人的十七岁是怎样的，但于他而言，在十七岁之前，能和贺平意成为朋友，已经是足够幸运的事情。

指针朝着十二点奔去，时针与分针终于重合的一瞬间，安静的房间里响起了清脆的手机提示音。荆璨似有预感，一个激灵后，连忙捞起手机查看。

“下来开门。”

下来开门？

贺平意来了！

完成了这个再简单不过的信息转换后，荆璨甚至来不及把身上的被子掀开，便猛地坐了起来；蹦下床的过程中差点绊了一跤，荆璨一个踉跄，顾不得稳住身形，就拉开门朝外奔。

房子的大门打开，隔着院子，荆璨便已经看到了亮着的那一盏车灯。

很熟悉，就是这盏灯，每天在他回家的路上打出一片光。

荆璨趿拉着拖鞋跑过院子，鞋底打着石板路，发出的声响竟像是夜色中稀疏的掌声。

“你怎么来了？”

冷空气已经可以为话语填上白雾，勾勒着少年人的急切。荆璨站在院门口，由于跑得急，喘息声稍微有些大，一双眼睛直直地看着贺平意。

贺平意还坐在他的电动车上，手里提着一个透明的蛋糕盒子。外面的路灯不大亮，贺平意的半张脸都埋在阴影里，但即便如此，荆璨似乎也能清晰地看到贺平意的眼睛里独有的那份光芒。

“我当然不是来逛街的。”贺平意说着，把手里的蛋糕举到荆璨面前，晃了晃。

荆璨被他这动作吓了一跳，忙伸出两只手托住蛋糕，小声祈求：“哎，别晃。”

“那你拿好了。”贺平意噙着笑松了手，顺带把荆璨已经滑落到胳膊上的外套拽了上来。

电动车进门时被门槛拦了一下，荆璨腾出一只手拽上后座椅背，刚要使劲，就被贺平意拍开：“我来，你拿着蛋糕。”

贺平意带来的是一个白色奶油蛋糕，蛋糕不大，上面有用巧克力酱画的图案，是一辆简笔画版的 AE86。除了这幅画，蛋糕上便再没有什么别的装饰，只在侧面写了几个大字：祝荆璨生日快乐。

七个字，用了七种颜色，像是要把所有美好的祝福都汇集在这个蛋糕上。

“怎么样？”贺平意扯开一张椅子坐下，指着桌上的蛋糕说，“好看吧？这可是我亲自画的。”

荆璨用胳膊撑着脑袋，趴在桌子上，凑近了这个过于可爱的小蛋糕。

他想开口谢谢贺平意，可是掩在胳膊下的嘴巴却怎么也发不出声音，只觉得有股涩涩的情绪涌到喉咙上，挤得喉咙有些痛。

“怎么样啊？”见荆璨不说话，贺平意便歪头，将视线绕过蛋糕，去看荆璨的脸。

这一看，贺平意吃了一惊——尽管已经用胳膊挡住了大半张脸，可荆璨那红红的眼眶，实在很难不让人看出他的情绪。

贺平意没想到一个蛋糕会让荆璨这样感动，他静静地看了荆璨几秒，没有再出声询问，而是将上半身向后撤，靠到椅子上，留给荆璨一点隐蔽自我的安全距离。

屋子里一下子安静了下来。荆璨感觉到了贺平意体贴的沉默，他尽力将剧烈起伏的情绪压下去，可再开口，声音里的颤动还是暴露了心中的感动。

“还是你画的车比较好。”

贺平意怔了怔，随即唇畔弯起，笑了：“认输了？”

荆璨笑着朝他点点头，似是放弃了一切专业的评判标准。

“认了。”

两个字，弄得贺平意心满意足。他抬抬下巴，示意荆璨：“那寿星拆蛋糕吧。”

荆璨把手搭上缠绕在盒子上的白色丝带，还没使劲，却又停住。他似乎想到了什么，猛地抬头，一双眼睛里净是欣喜的神色：“我们不在这儿吃，我带你去一个地方。”

冬天的夜晚很冷，推开天台的门，荆璨便被一阵冷风吹得打了个冷战。天台上有几盏黄色的灯，荆璨摁下开关，黑漆漆的世界便一下子亮了起来。

荆璨转头去看贺平意，想跟他炫耀自己在这里的作品。可真的回过头，他却一下子愣住——贺平意靠着门框看着他，嘴角挂着很淡的笑意。头顶刚好亮着一盏灯，昏黄的灯光将贺平意完完整整地裹住。

“你……”荆璨不自觉地攥紧了手里绑蛋糕盒的绸带，问，“干吗一直站着？”

贺平意将头微微偏了一个角度，短暂的沉默后，他才坦言道：“想过你会高兴，但没想到你会这么高兴。”

他是真的没想到零点前他的到来和一个生日蛋糕就能让荆璨这样喜不自胜。在贺平意看来，荆璨真的是个特别容易满足的人：一块大鸡排、一碗带着小绿伞的刨冰、一块蛋糕，好像都能让他开心。

被他这么一说，荆璨忽然有点不好意思，开始怀疑自己是不是有点将吃蛋糕这件事搞得过于隆重了。贺平意却没给他反悔的时间，贺平意把双手搭在荆璨的肩上，推着他往前走："走吧，带我看看你的天台。"

两个影子一前一后朝前走，在这个生日夜晚，终于和那朵大大的太阳花叠在了一起。

这是贺平意第一次见到荆璨画的太阳花。

巨大的东西总能在视觉上给人造成极大的冲击，更何况这朵花中，似乎蕴藏了异常丰沛的感情。

所有人都觉得太阳花是代表着光明的，是积极向上的，因为它总是对着太阳。可贺平意分明能看到这朵太阳花的挣扎，无论是花瓣的形状，还是边缘有些奇怪的纹路，都不像是寻常见过的太阳花，更像是一朵得不到阳光的太阳花，在挣扎着想要得到点光明。

"你画的吗？"贺平意盯着那朵花看了许久。

"嗯。"

贺平意的姿势由站立逐渐转变为蹲下，他伸出手，摸了摸地上铺着的花瓣。贺平意不知道自己理解得对不对，他更希望是自己想得太多，希望荆璨只是画了一朵普普通通的花。

"好看吗？"见他一直看着却不说话，荆璨捧着蛋糕，主动问。

贺平意笑了一声，站起来说："好看。"

"白天更好看，因为阳光会照在上面。而且你看，"荆璨指着沙发说，"我还在太阳花的中间放了一个橙色的沙发，这个橙色也很好看，等以后天气暖和了，可以躺在这个沙发上睡觉，那感觉一定很棒。"

两个人都没穿外套，仅仅出来这么一会儿，荆璨就觉得手被冻得有些僵硬。他朝旁边蹭了两步，把蛋糕放在沙发上，指了指卧室的方向：“要不——我们去搬个小茶几过来吧？啊，还要再拿一床被子，不然太冷了。”

那张橙色沙发又宽又大，两个人窝在上面，一点也不挤。

从手指接触到绑蛋糕盒的绸带开始，荆璨就已经克制不住脸上的笑容。他将取下的绸带整齐地折好，放在一边，贺平意帮他把蜡烛插上，然后点燃。

小小的火焰跃动着，光亮扑向高处，两个人的脸上便落下了一样的斑驳痕迹。

荆璨侧头，能清晰地看到贺平意脸上的每一条轮廓。视线触及眉骨，稍许迟疑后，荆璨还是忍不住问：“贺平意，你脸上的疤，是怎么弄的？”

“嗯？”本该许愿的环节，荆璨突然这么问，贺平意一时间没反应过来。

可能是因为过生日，当了寿星，长了一岁，胆子也跟着大了一些。

“这里。”荆璨抬手指了指眼睛的位置。

“啊！”贺平意明白过来，自己摸了摸眼睛上方。

“伤是以前打架留下的——你手怎么这么凉？冷？”贺平意说着，又将被子给荆璨围紧了一些。

荆璨对这个回答并不意外，在他的想象中，从前的贺平意是要比现在凶一些的。

“你……”荆璨心头一动，忽然问，“打架很厉害吗？”

“你这是什么问题？”贺平意朝后靠到沙发上，仰头想了一会儿，有点纠结地说，“要是我说很厉害的话，显得我好像以前老打架似的，对我而言起不到什么塑造正面形象的作用，要说不厉害……”

贺平意沉吟片刻，笑得骄傲：“那不可能。”

听着贺平意的话，荆璨则亮着两只眼睛看着他：“打架厉害也算一种技能啊，我打架就不厉害。”

贺平意原本一直带着笑，听到这话，立时皱起了眉：“你还打过架？”

荆璨老老实实地点了点头：“被迫打过。”

迎上贺平意有些担忧的目光，荆璨解释道：“以前读书的时候，好像总有人看我不顺眼，不过肢体冲突倒是不常有，他们顶多取笑我。但是学校里有几个人似乎非常讨厌我，所以……我被他们打过。”

这是这么长时间以来，荆璨第一次主动对贺平意叙述过往的不愉快。在这个没什么光亮的夜晚，在生日蜡烛旁，贺平意似乎看到荆璨终于站在那个装满了过去的故事屋里，给他打开了一扇小窗户。只不过，故事屋里的那些往事都虚虚地掩在黑暗里，屋里只燃了微弱的烛火，好像生怕别人发现，随时会熄灭似的。

“他们为什么欺负你？”

贺平意实在想不明白，荆璨这么乖的一个人，怎么还会有人看他不顺眼。冷风中，他突然想，如果他早点认识荆璨就好了，如果他们是从小就认识，他一定会一直罩着荆璨，不让任何人欺负荆璨。

如果真的是这样，荆璨是不是就不会有那么多不愿意说出口的秘密？

“他们……”荆璨偏着头，没有看贺平意，而是把目光放到了正燃着的蜡烛上，像在回忆。

“他们说我是疯子，还长得又白又矮，像个女孩儿。”

贺平意听了这话，一下子便火大了。但左右不过是一些男生自以为是的论断，此时他好歹还可以克制住自己，只是冷着脸骂那几个并不认识的人："什么东西，真是哪里都会有败类。"

荆璨点了点头，对他的话表示赞同。

"他们总欺负你吗？"顾忌着今天是荆璨的生日，贺平意本想忍一忍，可又憋不住，一想到荆璨曾经被几个人围起来打他就冒火，于是他拧着眉追问，"还做过什么过分的事情吗？"

"嗯，总是欺负我。至于过分的事情……"

荆璨蹙着眉，语气中透着不确定："被他们丢了外套，浇湿了衣服，关到公园废弃的厕所里一晚上算吗？"

在说完最后那个轻轻的问句时，荆璨看向贺平意，却看见此刻贺平意的脸色非常不好。

荆璨有些意外，毕竟这段时间以来，贺平意的脾气都很好，即便是自己开卡丁车惹贺平意生了气，他的脸上都没出现过这样阴鸷的神色。

这样的贺平意有些陌生，可又……很熟悉。

荆璨闭了闭眼，想要赶走那些不断出现的画面。

事实上，如今他自己再回忆那天晚上的事时，其实除了有些难以启齿的羞耻感，已经没有什么伤心或难过的情绪，甚至连那些人的样貌他也都快忘记了，无论是那个又脏又黑的废旧公厕，还是小胡同里那个很容易被围堵的死角，都已经太久没有出现在他的脑海里了。荆璨早就明白，总会有人莫名其妙地对他抱有敌意，但因为这些人对他来说都不重要，所以他觉得不应该为了他们去浪费自己有限的精力。现在看到贺平意紧紧绷着，甚至在轻微颤抖的下颌，他才又一次想起，自己曾经也是那么愤怒、那么害怕的。

贺平意忽然把头偏到一边，对着空气不住地发狠点头。

"你以前在哪里上学？"贺平意问，"他们在哪儿？"

荆璨没回答，而是将身子凑近贺平意，拉了拉他的胳膊问："你生气了吗？”

贺平意强压着心头的情绪，尽量平静地看着他说：“对，这种人得揍一顿才行。”

“不要，”荆璨摇摇头，“那都是很久以前的事情了，我也很久没有见过他们了。而且，其实我当时有还手的。”

说到这里，荆璨忽然撇了撇嘴。贺平意一看那表情就知道，这是虽然还手了，但是没打过的意思。

“但是他们人多，一个个又都比我高比我壮，我打不过他们。我那天被打得很惨，而且我从厕所里爬出来的时候，还划伤了腿，当时看着有点吓人……”

腿……

贺平意一下子想到了蜿蜒在荆璨大腿上的那道有些吓人的伤疤，他心中一凛，问：“你腿上的伤是那时候弄的？”

荆璨没想到贺平意竟然注意到了他腿上的疤。

“嗯——我记得那天我流了很多血，我不敢回家，怕回去以后我妈会哭，就想等医院开门以后去医院处理一下再回家，结果没想到，又碰到了他们。”

“然后呢？”贺平意有些急迫地追问。

“他们就又围住我，我想喊人报警，但是……”

荆璨说到这里忽然停住，闭上了眼睛，像是在回忆什么。过了几秒，他睁开眼，说：“但是在那之前，好像有个人打退了那些人，救了我。”

“还好，还好。”贺平意跟着松了一口气，可细细琢磨，又觉得这话不太对劲，“可是，为什么说好像？”

这个表述让贺平意有些困惑。

荆璨沉默了一会儿，才说：“因为……时间太久，我记不清了。”

不知是不是贺平意过于敏感，他总觉得，刚刚在讲述这段不好的回忆时，荆璨是平静的。他并没有显露出什么痛苦的情绪，好像真的已经对这些不好的经历彻底释怀了，反而是讲到获救时，荆璨的情绪才突然低落了下去。从那以后，荆璨的眉头一直无意识地隆起，在贺平意看来，那是隐忍痛苦的痕迹。

“好了，”贺平意以为是这段回忆影响了荆璨的心情，便揉了揉他的脑袋，说，“过生日，先不说这些不好的事情，以后再碰到他们我帮你揍回来。先许愿，蜡烛都要烧没了。”

蜡烛的确已经烧掉了一大截，数字 7 都惨兮兮地凹进去了一块。

“嗯。”荆璨点点头，重重地吐了一口气，而后合上手，闭上眼睛。

荆璨这个愿望许了很久，久到贺平意甚至觉得，被烛光映照着的荆璨，已经变得有些模糊了，也不知道这是念叨了多少愿望。

“我许完愿了。”

蜡烛被吹灭，眼前暗下去的一瞬间，贺平意突然对他说：“荆璨，生日快乐。”

其实从小到大，荆璨都没什么朋友。

儿时记忆里最多的场景，便是他扒在窗户前，看着楼下跑来跑去的小孩子们。笑声和尖叫声仿佛能冲破天，他的房间里却永远可以保持安静。

那时候他习惯了这种生活，毕竟学习和做题也不是那么无聊的事，数学的世界也很有趣，所以，就连那种名叫“羡慕”的情感，都是在长大后回想童年时才姗姗来迟的。

他孤单了太久，以至于周围所有人都觉得，荆璨不喜欢热闹，不喜欢和别人玩，荆璨一向独来独往，荆璨更喜欢自己坐在那里学习，荆璨更喜欢自己去吃饭，荆璨更喜欢自己待着……

只有荆璨自己知道，其实根本不是的。

烧过的蜡烛离开了松软的蛋糕，绵密的奶油却还附在上面，依依不舍。

那块奶油蛋糕非常好吃，虽然荆璨对甜食没有那么喜爱，却独独喜欢吃生日蛋糕，更不用说这蛋糕还是贺平意亲手做的。

把盘子里的蛋糕吃完以后，他将小叉子放平，轻轻刮掉沾在纸盘上的奶油。

最后一点奶油也堆叠在了叉子上，荆璨瞧着那点软绵绵的白色，忽然明白了。

从小就有老师说他天资聪颖，对什么都领会得很快——此刻也是。

就是这点舍不得浪费的白色奶油，让他意识到，十七岁他的生日礼物，似乎不仅仅是一块生日蛋糕。

他喜欢这个生日，喜欢这个画了他最喜欢的 AE86 的蛋糕，喜欢吃蛋糕的地方，喜欢裹着被子在冬夜取暖的感觉。

第二十二章 青岩寺

这天，荆璨一夜未眠。

反正也是睡不着，荆璨早早地爬起来，轻手轻脚地出了门，到附近的早餐店买了两个肉包子。进门的时候刚好碰到贺平意一边下楼一边喊他的名字，荆璨提起手里的包子，说：“我去买早餐了。”

荆璨从冰箱里拿出来新鲜的冰牛奶，落座前，贺平意却皱着眉看着他，说他的黑眼圈过于严重了。荆璨含含糊糊地说自己没睡好，吃过早饭，便催着贺平意快点出发。

去青岩寺要乘大巴车，大巴站并不远，走路就能到。荆璨心情好，一路的步伐都很轻快，下坡的时候更是一溜小跑。

贺平意看他兴奋的样子，不禁问：“就这么高兴？”

荆璨刚逗完麻雀，此时瞥了他一眼，说：“你不懂。”

贺平意歪头思考，荆璨已经又朝前跑了。

到了大巴站，荆璨依旧是一副什么都没见过的样子，即使是两张小小的车票，也硬要贺平意和他一起拿着，拍照留念，搞得贺平意都怀疑荆璨之前到底是生活在什么样的童话世界里，怎么看上去对这些日常的东西都这么陌生。

大巴车上人比较多，两人上去的时候前排的位置都已经被占得差不多了，贺平意扶着荆璨的肩，带着他走到一个两人位，让他靠窗坐下。荆璨坐定后，从兜里掏出那两张车票，有些奇怪地探着脑袋张望："上车为什么不检票？"

"等发车以后会检的，没票的也可以到时候补。"

"这样啊。"荆璨点点头，又将两人的票妥帖地收回了兜里。

到青岩寺的车程大概四十分钟，荆璨一开始还保持着兴奋的状态，但大巴车微微晃动的感觉实在是过于催眠，他不过兴奋了十几分钟，昨天一晚上积累的那股困劲就挣脱牢笼，一股脑儿涌了出来，荆璨的脑袋不住往下垂，最后终于朝右一歪，向车窗倒去。

一只手及时地挡在了荆璨的脑袋瓜与车窗之间，贺平意看着已经睡着的荆璨，轻轻摇了摇头。

这人有时候看着过于成熟，有时候又幼稚得跟个小学生似的。因为第二天要出游而睡不着觉这种事，只在贺平意上小学时发生过。

贺平意慢慢把荆璨的头往自己这边扳，想让他靠在自己的肩膀上睡，哪知荆璨就跟故意似的，偏要朝右边靠。贺平意把他扳过来，荆璨就把脑袋摆过去，如此反复几次，最后贺平意放弃了，只好伸出一只手，一直给他挡着，不让他的脑袋撞在车窗上。这样举着手很累，实在坚持不住了，贺平意就先扶着荆璨的头靠在自己的肩膀上，趁他还没固执地变换方向，抓紧时间休息一会儿。

也就是路途短，贺平意坚持下来还不太困难，这要是长途旅行，贺平意怕是一只胳膊都要废在这大巴上了。贺平意知道荆璨固执，但不知道他连睡着的时候都这么固执。贺平意不禁在心里叹气，看来这固执真的是刻在了骨子里。

荆璨是被售票员的吆喝声吵醒的，他听到“青岩寺”这三个字便一个激灵睁开了眼，第一反应就是拽着贺平意的手臂问：“是不是到了？”

“是啊。”贺平意攥了两下拳头，恢复恢复有些僵硬的手臂。等车上的人下去一部分，不那么挤了，他才起身站到过道，挡住后面的人，示意荆璨走到他身前。

下车后，荆璨第一眼看到的景象和他想象中的画面完全不同。

“这是青岩寺？”荆璨疑惑，“我还以为寺庙周围会非常幽静。”

蜿蜒向前的石板路，左右两边各有一排小商贩，卖着各式各样的东西。

“对啊，”贺平意朝着前方扬了扬下巴，说，“顺着这条街走上去就是了。走，带你逛逛集市，在这里摆摊的都是手艺人，你肯定喜欢。”

这条街道也算是徽河市一个著名的景点，没有商业化的店面，也没有那种景区盛产的批量制作的纪念品，最初的定位就是“集市”。大批的手艺人会集到这里，支起了摊子，有些是专业做活的，有些纯粹是出于爱好，周末过来凑凑热闹。贺平意对青岩寺没什么感觉，但他倒是很喜欢这条街：他喜欢和那个卖糖人的大叔聊天，也喜欢听那个卖小布包的小姑娘唱两嗓子民歌，这里很有生活气息，并且好像没有任何压力。

荆璨是真的没来过这种地方，他对每一个小摊都感到惊奇，他从来不知道这些精致的手工艺品，竟然只要这么便宜的价格就能买到。

贺平意先领着他到画糖人的大叔那儿报了个到，大叔见到贺平意挺高兴，见他还带了同学来，招呼着让他俩选个花样，说要送给他们。

荆璨挑了半天还没决定好，贺平意先出了声："画头驴。"

荆璨一呆，伸手拽了下贺平意的胳膊："画什么驴啊？"

但凡贺平意说个稍微可爱的动物，荆璨都不会那么反对。人家都是画个小白兔、画个小狗，到他这儿怎么就成头驴了。

贺平意却丝毫不怕荆璨瞪过来的视线，一个劲地笑，还催大叔："叔，画驴画驴。"

"其实也行，"大叔瞧着这个白白净净的小男生似乎不大乐意，安慰他，"挺特别，别人都没画过驴。"

贺平意听了这话笑得更欢了，还把手搭在荆璨的肩膀上，欣赏他气鼓鼓的样子。

几十秒后，荆璨收获了一个驴糖人——贺平意从大叔手里接过驴糖人，拉着荆璨走开了几步，才递给他。

"来，你自己拿着。"

这回荆璨可是听明白了。

"贺平意！"他追着已经大步朝前走的贺平意跑去，还蹦了一下，"你说我！"

贺平意被他勒着，别别扭扭地配合着他朝前走。两人把直线走成了曲线，活像两个醉鬼。

"没有，驴多可爱，"贺平意笑，"大眼睛，脾气倔。"

贺平意这越说越像，恼得荆璨大呼他的名字："贺平意！"

虽然不承认自己像驴，荆璨还是把那个驴糖人吃了。他一边吃一边逛，贺平意见他每个摊位都要看好久，但又什么都不买，便主动说："挑个喜欢的啊，就当生日礼物送你。"

荆璨看看他，又看看身边的摊位，思考了一会儿。

“记得我在文具店说过的话吗？”

荆璨当然知道贺平意指的是什么，他点了点头，说：“记得，喜欢什么要说，特别是跟你。”

得到贺平意肯定的目光后，荆璨便朝后转，径直走向刚才仔细研究了好久的一个卖帽子的摊位。

“我想要这个。”荆璨指着一顶墨绿色的渔夫帽说。

墨绿色的帽子，上面同样用墨绿色的线绣了一朵抽象的太阳花。

“嗯……”贺平意略一迟疑，建议，“可以是可以，但是绿帽子，会不会有点奇怪？”

摊主是个年轻的小姑娘，见来了生意，小姑娘已经热情地把挂在一边的帽子摘下来，递到荆璨手里。荆璨小心地摸着上面那朵非常漂亮的刺绣太阳花，越看越喜欢：“绿色的帽子怎么了？我觉得很好啊，我喜欢绿色。”

“对呀，”小姑娘也点头附和，还不忘拍拍帅哥的马屁，“小帅哥蛮有眼光的啊，好看就完了，绿帽子什么的那都是玩笑话，再说了，你戴这个，绝对没人跟你撞帽子，我保证这帽子全天下只有这一顶。”

荆璨皮肤白，几乎所有的颜色放到他身上都好看。贺平意见荆璨是真的喜欢，便也不说什么了，伸手把那帽子拿过来，给荆璨戴在头上。

荆璨捏着帽檐微微调整了一下帽子的角度，让那朵太阳花朝前。

“确实不错。”贺平意很满意地拍板。

贺平意付了钱，荆璨戴着的帽子就没再摘下来。他一路上总忍不住摸帽檐，还问了贺平意好几遍“好不好看”。

“好看。”贺平意伸出一只手，盖在身侧的人的头顶上，哄他，“真好看。”

荆璨欢畅得不行。

两个人出来都没带水，贺平意怕荆璨口渴，在进寺庙前带着他找了个小摊，想买瓶水。结果没想到在超市售价一块五的矿泉水在这里竟然要八块钱。

八块钱!

“太贵了吧……”在老板的注视下，荆璨靠近贺平意，小声同他商量，“就买一瓶吧。”

贺平意觉得荆璨此时偷偷跟他说话又怕老板发现的样子挺逗，便也靠近他，小声问:“这么会过日子?”

荆璨点点头:“太贵了，我们俩喝一瓶就行。”

“行。”贺平意便跟老板要了一瓶水，付完钱，他把瓶盖拧开，先将水递给了荆璨。两人走出小卖店，荆璨站在台阶上仰头喝水，没留神头上的帽子就往下滑落。

贺平意站在他身后，刚好看见，在帽子刚刚松动时，便用一只手盖上了荆璨的脑瓜顶，护着他的宝贝帽子不要掉下来。

荆璨察觉到了他的动作，停下来，转头看了他一眼。

贺平意扬扬下巴，示意他:“喝吧。”

荆璨今天来的目的很明确，所以进了青岩寺，便拉着贺平意往求学业的大殿那边走。贺平意被他扯着，不大情愿地跟在后面，在经过一个路口的时候，贺平意扫了一眼，忽然反手把荆璨的手腕扣在掌心，制止荆璨继续前进。

“怎么了?”荆璨回头问。

“先不去求学业了，”贺平意指了指旁边，说，“去那里，求健康平安。”

荆璨在此时对于两人力量上的悬殊格外懊恼，刚才他使出浑身的力气才拉着贺平意跟着他往前走了一段，结果现在，贺平意拽着他大步朝右走，他只能跟在后面一路小跑。

求健康平安的殿前，香火格外旺盛。他们进门时在门口处领了赠香，两人各抽了九支出来，到一旁的香油灯前点燃。

荆璨先观摩了一下别人是怎么点香的，然后有样学样，双手执香，在灯油里蘸了一下，再将香放到火焰上。

荆璨知道贺平意此行就是为了陪自己，所以当他跪在垫子上，转头看到贺平意虔诚肃穆的神情，还是有些吃惊的。

他不知道贺平意具体在求什么，但他想，健康平安，大概是每个人最基本的心愿。

荆璨跪在这里，其实并不指望佛祖能帮他什么，他一直相信万事都要靠自己。他只是想在这个特殊的地方，在好友的陪伴下，给自己一点信念。

他希望自己能战胜一切，他希望能和贺平意永远做朋友。

这天来青岩寺的人很多，两个人一路走过来，发现每个殿前都排了长长的队，唯独有一个殿前空空荡荡的。手里的香还剩几支，荆璨听见旁边的路人说不能把香带回去，便拉着贺平意进了那个人少的殿，想把余下的香都供奉在这儿。俩人根本不知道这个殿是求什么的，等走到佛前，贺平意才用绝佳的视力看清了前方挂着的介绍牌。

他静了三秒，拿手碰了碰荆璨的大腿。

“知道这是求什么的殿吗？”他小声问。

神佛在上，荆璨不敢说话，只摇了摇头。

贺平意尽力维持着严肃的神情，从唇缝里挤出两个字："姻缘。"

荆璨膝盖都弯了一半，听贺平意这么一说，跪也不是，走也不是，只能拿着几炷香，弓着身子僵在那里看着贺平意。贺平意看出了他极度为难，微微抬了抬嘴角，率先跪到了垫子上。

"来都来了，拜！"

两人虔诚地拜完，互相拽着走出殿门，不出意外地引来了很多好奇的目光，甚至还有好几个人明目张胆地看着他们笑。贺平意心里有点奇怪，虽说十几岁来求姻缘属实没有必要，但也不至于这么引人注目吧？荆璨也摸不着头脑，只觉得尴尬，赶紧拖着贺平意跑了。

下山的时候人少了些，两人晃晃悠悠地走着，荆璨还在喝着那瓶贵得不行的矿泉水。一旁有两个小孩子跑过，年纪大一些的跑在前面，年纪小一些的追不上，被落了好远，一边叫"哥哥"一边往上赶。

贺平意插着裤兜，朝荆璨歪了歪脑袋，突然说："你信不信，从这里跑到山下，我能落你半条街。"

荆璨一只手握着水瓶，抬手蹭了下不小心沾在唇边的水，看他："不信，虽然你能跑赢体育生，但也不至于落我半条街吧？"

男孩子的胜负欲总是来得莫名其妙，男孩子的游戏也总是极度幼稚。

贺平意没说话，两人之间忽然诡异地安静了下来。而在这一片安静中，荆璨垂下眼，不作声地把瓶盖拧好，顿了顿，拿着水瓶的手朝贺平意递了过去。

"给。"

贺平意眉头挑了一下，但还是敛下神色，将水瓶接了过来。

没承想，他这边刚拿稳，身边的人撒腿就跑，跑的时候还没忘记用一只手压着自己的宝贝帽子。

憋了半天的贺平意一边笑一边抬腿追："你还知道给自己减轻负担？"

也不知是不是他听错了，前面的人笑声格外放肆，一点都没顾忌周围的人——像一只终于跨出栅栏，撒着欢的小鸡崽。贺平意循着笑声朝前追，小鸡崽没跑几步就被薅住了胳膊。

荆璨一边喘着粗气一边笑："你别拉我……"

"跑？"贺平意拽着他的胳膊把他往前送了一下，荆璨便毫无抵抗力地向前踉跄了两步，随后又被那力道拽了回来，"接着跑……"

"不跑了，不跑了。"荆璨被贺平意拽着一会儿前进一会儿后退，赶紧讨饶，"我就是想试试你能不能落我半条街。"

"那怎么样，试出来了吗？"

荆璨回头望了一眼跑下来的那点可怜的距离，耷拉着嘴角道："嗯，估计不止半条。"

两个人继续往前走，荆璨还是忍不住抱怨了一下："不公平，为什么你能跑那么快。"

贺平意插着兜，优哉游哉地说了句："腿长。"

贺平意见荆璨还是不服，忍不住说："你也真是想不开，跟一个运动员代表赛跑，激你一下你就上钩。"

这一句话，勾起了荆璨另一段被耍了一通的回忆。

"对啊，"荆璨想到这里，忽然觉得有点奇怪，"你都不是体育生，为什么那天是你去讲话？"

"我只是现在不练了，"贺平意正色道，"以前我可是正儿八经的体育生，拿过冠军的。"

“真的假的？”荆璨没想到贺平意的体育好到这种程度，可转念一想，又问，“那你为什么不练了？”

贺平意给出的回答有点耳熟，他晃悠着身子道：“不想练了，跑着没劲，站在跑道上老觉得看不见终点在哪儿。”

贺平意说这话时没停下步子，荆璨不过一个分神的工夫，就已经被他落下了挺远。

跑着没劲？

荆璨小跑着追上去：“可是你运动会跑得很好啊！”

“那可能是因为……”贺平意停下步子，好似真的在认真思考，“你加油稿写得好。”

他说完便噙着笑朝前走，荆璨很快分辨出这话里的戏谑，喊道：“贺平意！”

贺平意毫不遮掩地笑起来，被荆璨追着又跑了半条街。

后来抛开玩笑话，贺平意又细细地想了想这个问题。事实上，连他都不知道是为什么，他很久都没好好跑过步了，就连运动会都是他们班主任逼着他报名的。那时候放弃体育，就是因为站在操场上总也提不起精神，他觉得跑不跑的，好像都无所谓。可那次运动会好像不一样，不知道是不是因为知道看台上有人在给自己加油，贺平意久违地又拥有了那种要第一个冲向终点的坚定信念。

那时候他想得很简单，想得个第一，然后第一时间和那个人炫耀。

第二十三章 家教

补习的地点选在荆璨家，时间是每天晚自习后。贺平意一开始还不大上心，毕竟他答应荆璨补习完全是为了顺荆璨的意。所以，经常是荆璨在那里给他认真讲题，他吊儿郎当地看着对方。

荆璨总能发现他的不专心，但也从来没有说过他什么。有时抬眼发现对方又在分神，荆璨也只是稍微卡个壳，便自顾自接着讲，至多提醒他一句："看题。"

贺平意想，大概没有比荆璨脾气更好的老师了，好像无论他做什么，荆璨都不会生气，哪怕是因为他一次次走神而使得荆璨不得不一次次重复已经讲过的知识点，荆璨也从没对他表现出一丁点的不耐烦。

"荆璨，"贺平意忍不住用笔杆戳戳他的脸，有些好奇，"你会发脾气吗？不对，我应该问，你发过脾气吗？"

荆璨不是很明白，看着他问："为什么要发脾气？"

贺平意哑然失笑。

慢慢地，贺平意便习惯了荆璨讲题时那种不紧不慢的语速。和平日里总是紧张得说不出话的样子完全不同，这时的荆璨总是从容的、有条不紊的。他好像从来不会被任何数学题难住，无论贺平意问什么，无论在表述问题时有多么词不达意，荆璨都能很快抓到那个令贺平意困惑的点，并给贺平意做出清晰明确的解答。

“我真的觉得，你不应该去找什么刺激，应该老老实实学理科。”贺平意按照荆璨给他讲的例题思路顺利解出了同类型的另一道题，由衷地说。

荆璨没有说话，一只手拿着一根红笔探到贺平意身前，在他的卷子上打了个钩。

贺平意不作声地瞥荆璨一眼，等荆璨也抬眼看过来，他才接着说：“你要是当初学理科，说不定我们就是同班同学了，没准还能做同桌。”

荆璨不知道贺平意说这话是有意还是无意，他能感觉到有什么东西在吸引着他。同桌这个词，可比同班同学的吸引力大多了。做题时可以随时互相探讨，去打水可以问问对方要不要，上课打盹儿时会被对方提醒……这是一种怎样美好的体验！

“其实，学什么都差不多。”荆璨将话说得轻巧。

贺平意突然伸出一只手，扶着荆璨的下巴，逼得他转头看自己。贺平意很轻易地便捕捉到了荆璨眼底没来得及藏起的慌乱，但并没有戳穿他。

“看来，你不想跟我当同桌。”

荆璨握着笔的手渐渐收紧，他将头朝旁边歪，逃离了贺平意的掌控。

“我们身高差那么多，就算同班也当不了同桌。”

“那不一定，大家坐下都差不多的。而且你如果学理科，成绩肯定好得不得了，到时候你万一考个第一，你就直接去跟老师提要求，说你要跟贺平意同桌，因为他比较帅。”

尽管两人此时讨论的问题毫无意义，荆璨还是因为贺平意后面这句话笑了。他忽然想，若他真的可以凭借智商和贺平意同桌，那感觉应该会非常不错。心里的遗憾是掩饰不住的，可荆璨也知道，做人千万不能贪心。

拉回思绪，荆璨飞快地把贺平意的卷子批完，又将错题给贺平意讲了一遍。讲完，他问贺平意："听懂了吗？"

贺平意转着笔，把解题思路捋了一遍，说："差不多吧。"

"差不多是什么意思？做题可不能差不多。"

"呵，"贺平意笑起来，拿笔杆敲了一下荆璨的脑袋，"还挺严格。"

"当然了，"荆璨抽出另一张卷子，勾了上面的几道题，"今天的题其实有点难，这几道你明天抽时间做了，巩固一下。"

第二天，王小伟看见贺平意一连几个课间都趴在桌上做数学题，万分惊奇。

"今天这是刮了什么妖风，你怎么这么热爱学习了？"

"多新鲜，一个学生不热爱学习要热爱什么？"因为做了太多题而困得不行的人看了王小伟一眼，接着说，"我这是家庭老师给布置的作业。"

"我去！"王小伟愣是把不大的眼睛瞪大了一倍，"家庭老师？你还请家教了？就这学习强度，就这放学时间，你晚上还请家教？干吗，你要考 A 大？"

贺平意想到荆璨每天晚上在台灯下兢兢业业给他辅导的样子，不由得笑了一声，点了点头。

王小伟惊叫："你要考 A 大？"

他这一声呼，连前桌都转头看过来。要知道，在他们省，考 700 分都不一定上得了 A 大。敢当众说出自己要考 A 大的，都是勇士。

贺平意"啧"了一声，说："我说家教……"

王小伟接着惊呼："你还真请家教了？"

"嗯，"贺平意笑了一声，强调，"超级认真负责的那种。"

王小伟也不知道是不是自己想多了，他总觉得贺平意说这话时，无论是语调还是表情都带着点炫耀的意思，一点都不像一个被学习折磨的高三生，好像这人学得还挺快乐？

学疯了吧，他？

王小伟抖了抖身上刚起来的鸡皮疙瘩，抗议道："你真行，老班唠叨了那么久要开始紧张起来了，我都没紧张，你这一用功，搞得我都紧张了。"

"那你也做会儿题。"贺平意伸了伸懒腰，拿着昨晚从荆璨那儿顺的一支非常好看的笔指了指周围一圈人，"你看看，大家都在学习，就你在这儿打扰我做作业。快别跟我说话了，我答应了我家教今天要做完的。"

王小伟咋舌："没想到啊，你连班主任的话都不听，竟然会听家教的话？"

王小伟本就是随口一说，没想到贺平意忽然伸出一根手指，挺欠揍地朝他晃了晃："你不懂。"

王小伟纳闷："不懂什么？"

卡通笔杆在贺平意的指尖来回旋转，贺平意笑了一声："你不懂我这个家教有多负责。"

荆璨到底有多负责呢？贺平意想了想，是到了他如果不好好学习都会觉得对不起荆璨的程度——在贺平意不再那么抗拒补课之后，荆璨也就更加认真对待补习这件事了。他不仅列出了学习计划，还亲自给贺平意量身定制了试卷，因为不方便打印，便直接手写。

"你这——"贺平意第一次看到摊在面前的手写试卷时，心情很复杂，"是不是太隆重了？"

贺平意不清楚文科班是怎样的学习状态，反正他们班的人大部分都是争分夺秒，恨不得吃饭的时候也要看着书。这样的试卷在贺平意看来实在要占用荆璨太多的时间，贺平意觉得不太妥。

“你自己也要学习，别给我手写卷子了，你就找点题给我做就行。”

荆璨听了，立即摇头：“不行，有的题型找不到合适的练习题，有些练习册的……”

有些练习册的习题质量也不好。

后半句，荆璨在贺平意疑惑的目光中吞回了肚子里。

“反正，这不费我什么时间，我喜欢数学，给你出题的过程也等于自己复习了。”

贺平意看着那张珍贵的试卷，心中一动，在空白处添上了几笔，然后将试卷推到了荆璨面前。

一支笔在卷子上敲了敲，贺平意抬着唇角说：“荆璨老师，签个名。”

荆璨仔细一看，原本的试卷边缘被加上了两行字——“出题人”和“答题人”。

“答题人”后面的横线上被贺平意写上了他自己的名字，荆璨提笔，在“出题人”后签上了自己的名字，又将试卷推给贺平意。

“就我们两个人看这卷子，写名字干什么？”

“就是因为这样才要写名字，”贺平意将试卷举起来，端详了几秒，满意地说，“多有意义，这以后得收藏起来。”

要说贺平意这个人，其实成绩一直不差，但老师给他最多的评价是：脑瓜好使，就是心思不全在学习上，所以总是拔不了尖，要是再稍微认真点就好了。读书这么多年，贺平意从没像现在这么用功学习过。而用功学习的最直接后果就是困——非常困。往常贺平意都是困了就睡，不管是在上课还是自习。如今要好好学习，贺平意不得不想办法提神。他学着班里同学买了点咖啡，结果没想到他对咖啡十分敏感，倒是起到提神效果了，晚上却根本睡不着觉，瞪着两眼到了天明，窗外的鸟叫了几声他都一清二楚。

当天晚上，荆璨注意到了贺平意的疲惫，便问他是怎么回事，贺平意实在撑不住，趴在桌上把咖啡的事情说了。

“不行了，我昨晚几乎没睡，现在困得我脑子都不清醒了。我先眯会儿。”

贺平意说完这话就合上了眼睛，明明白天在教室趴着都没能睡着，这会儿在荆璨的书桌上，却没过几秒就睡了过去。

荆璨凑近，看着露在胳膊外面的那小半张脸，发现他眼睛下方有条深深的黑色痕迹。荆璨轻轻放下笔，关上了过于明亮的台灯。

小心着不发出一丁点声音，荆璨轻手轻脚地上楼，找了条轻薄却保暖的毯子。

贺平意睡得不沉，所以尽管荆璨的动作很轻，在毯子覆上后背的一瞬间他还是察觉到了，不过只醒了那么一下，都没能支撑他把眼睛睁开，他便又被浓重的困意打倒。接下来的睡眠变得格外安稳，他甚至还做了个梦。再醒来时已经是深夜，迷迷瞪瞪地睁开眼后，眼前有些陌生的昏暗光亮使得贺平意不得不尽力回忆了一会儿自己这是身在何处。桌上熟悉的试卷加速了他的意识回笼，贺平意对刚才荆璨给他披毯子的动作有些印象，他记得，背上被人覆上了一个柔软的东西，那人动作很轻柔。当时他原本有些凉的身子一下子就暖了起来。

多年之后，贺平意读大学，工作，有时候累极了，趴在桌上小憩时，还是会回想起这天晚上——明明是个很普通的举动，却实实在在地让贺平意觉得，在他最无防备的时候，是被关心着的。

贺平意慢慢直起身，然后抬起头，去寻荆璨的身影。

视线围着屋子转了大半圈，终于捕捉到了人影。荆璨正背对着他窝在沙发上，就着并不明亮的室内灯光，读着一本书。

荆璨的阅读速度似乎很快，贺平意能看到他不停地在翻页，但每次翻页都是用食指和拇指小心地翻动页脚，不发出一点声音。

安静的房间里，贺平意就这么静静看了他一会儿，又趴到桌上，合上了眼睛。

第二十四章 百香果

第二天，荆璨在晚饭时拉着贺平意跑去了离学校最近的超市。

“干吗啊？你要买什么？”贺平意见荆璨打进了门以后就一副东张西望但又找不着东西在哪里的样子，有点好奇他到底要找什么。

荆璨不说话，拉着他去了水果区。

“买这个——百香果。”

贺平意从没在饮料之外的食物里食用过这种水果，所以看到荆璨一下子往篮子里扔了差不多十个百香果，赶紧拉住他，防止他把货架搬空。

“这玩意儿那么酸，你拿这么多干什么？”

“吃呀，”荆璨眨眨眼，“你不是说你喝咖啡晚上睡不着觉吗？可以吃这个提神，我觉得还挺有用的。”

仅仅是听到荆璨这句话，贺平意感觉自己嘴巴里已经开始冒酸水了。他停顿了两秒，立刻从篮子里抓了两个百香果要放回货架。

“哎，你别。”荆璨抢下来，“我教你怎么吃，你相信我，吃起来很爽的。”

贺平意皮笑肉不笑地扯了扯嘴角。

荆璨又在贺平意的帮助下找到了餐具区，给两个人各买了一个小勺子。勺柄有不同的颜色，荆璨挑了绿色的，贺平意不挑，荆璨就给他拿了个白色的。

晚饭的时间有限，逛了超市便没有了好好吃饭的时间。他们在便利店买了两个肉包子，两个人坐在便利店的窗户前吃完了肉包子，荆璨便要给贺平意演示如何吃百香果。

“你看，你就用手挤一下它的壳，掰成两半，然后用勺子挖着吃。”荆璨挖了满满一勺，继续说，“吃的时候不要用牙齿嚼，不然牙根酸，就直接放到舌头上，尝尝味道吞下去就行了。”

贺平意眼睁睁地看着荆璨吃完了半个百香果，明明不是自己吃，贺平意的整张脸却随着他臆想出来的酸度而扭曲。

荆璨又用贺平意的勺子挖了另一半，递给贺平意：“你试试。”

“不不不不，”贺平意吸了吸鼻子，往后躲，“这一闻就超级酸。”

“但是提神呀，总比你喝咖啡睡不着觉好。”

荆璨本想让贺平意自己拿着勺子吃，结果贺平意使劲把两只手攥成拳头，揣在怀里，荆璨怎么掰都抓不住他的手。

于是，荆璨索性把勺子递到他嘴边。

“你就尝一下，我给你弄得很少。”

“不要。”

“真的没有那么可怕，你……”

因为离学校近，便利店这个时间的人不少，大都是和他们穿着同样校服的学生。荆璨忽然意识到他们这边的动作已经吸引了不少目光，他小心地朝周围瞟了一眼，触及别人那种带着疑惑、探究的眼神，立时紧张了起来。

勺子轻轻颤了颤，荆璨收紧了手，然后慢慢将勺子朝下放。

见原本很执着地想让自己吃百香果的人忽然偃旗息鼓沉默了下来，

还歪着身子的贺平意顺着荆瓈的目光转身，看向身后，他顿时明白了荆瓈忽然安静下来的原因。

看着荆瓈慢慢收敛了脸上原本生动的表情，又将自己气息掩饰得像个隐形人，没多想，贺平意便一把攥住了那只还没完全收回去的手，连同那个刚买的勺子，将一勺百香果送进了自己的嘴里。

狠狠心把这一勺百香果咽下了肚子，贺平意在玻璃窗上看见了自己异常狰狞的脸，脸上用力，连带着手也开始用力。

“这么酸？”荆瓈看着，也跟着皱起了眉。

“啧，”过了那个最酸的劲，贺平意仔细体会了一下这个味道，“酸，我感觉现在太阳穴都被打通了。”

看着贺平意这么痛苦的表情，荆瓈原本是不可能笑的，但贺平意这话一出，荆瓈便忍不住，笑了出来。

百香果是真的酸，但看见荆瓈脸上的表情再次变得鲜活生动，贺平意心里也是真的痛快。

他捂着还在冒酸水的嘴巴，心想，这次酸得不亏。

在百香果的支撑下，贺平意变得更加发愤图强。王小伟见贺平意最近进步这么大，有一天晚自习的时候搓着手掌小声跟贺平意商量：“你那个家教那么好，也介绍给我认识一下呗？”

贺平意抽空从知识的海洋里抬了下眼皮，看见王小伟这样子，拧着眉撤远了自己的身子：“找家教就找家教，你这么猥琐干什么？而且我家教没空啊，他给我补课已经够忙的了。”

王小伟“啧”了一声，冲着他的胳膊给了他一拳：“是不是兄弟？那要不然我跟你一块儿上课？这样也不耽误你家教的时间，他还能多挣一份钱。”

贺平意一口回绝：“那可不行。”

“不是，”王小伟奇怪了，“你是补课，怎么着，我还不能加入了？”

贺平意伸开长腿，靠到椅子上，手中还转着一支笔。

“对，不能。”

王小伟的脸彻底黑了，一晚上没跟贺平意说话。

贺平意见这人还真闹脾气了，课间自己吃百香果的时候，好心分了他一个。

“哟，给我吃了？”王小伟阴阳怪气地嘲讽贺平意的小气，“平时不是都不给我吃，让我自己买去吗？”

这件事王小伟也看不顺眼好久了，最近贺平意总会带几个百香果，他询问原因，贺平意告诉他是提神用的。王小伟看着新鲜，也想试试，可是每次都被贺平意告知：“这是别人送的，要吃自己买。”

“吃不吃？”贺平意心想自己可是把荆璨给他买的东西分给这家伙，这家伙还不领情。

“吃，我试试。”王小伟也没吃过这玩意儿，翻来覆去看着那个百香果，问，“真能提神？”

“嗯。”

于是，王小伟学着贺平意的样子，从抽屉里拿了个一次性勺子，掰开百香果，挖了一大勺，又学着贺平意的样子做出一副痛苦的表情，把百香果喂到嘴里。

可两人的百香果下了肚，还保持着痛苦表情的却只剩了贺平意一个人，王小伟咂摸着嘴里的味道，点着头感叹：“还真好吃！”

王小伟脸上的表情有点熟悉，贺平意看鬼似的看了他一会儿，忽然明白过来，这不就是把兴奋放大了若干倍之后的荆璨的表情嘛。

贺平意是真的很不理解，这些人是不是没有味觉？

“你别说，还真挺提神的，不过感觉一个不太够，你再给我一个。”

贺平意握着自己另外一个百香果瞥了他一眼：“自己买去。”

补课的效果还是很显著的，到了期末考试，贺平意明显觉得自己做题比以前顺了许多，甚至连常年最多只能做出第一问的最后一道大题，贺平意都完完整整做完了。期末考的成绩是在一个晚自习公布的，还是像往常一样，荆璨的班主任在上课时把成绩单贴在了教室前面，下课铃一响，成绩单立马被层层叠叠的人包围。荆璨抬头瞄了一眼，放下笔，去了二十一班。

贺平意换了座位，此时已经不挨着后门，荆璨站在门口等，还没等到贺平意回头，已经有别的男生看到了他。

“贺平意，”那男生叫了贺平意一声，“找你呢。”

贺平意原本在和王小伟讲话，扭头看到荆璨，立马笑了，晃晃悠悠地走到了门口。

荆璨迫不及待地问：“你多少名？数学考了多少分？”

“还没看呢。走，跟我看看去。”说完这话，贺平意没从班里穿过去，反而走到走廊，拉着荆璨一起走到了教室前门。

和自己班里的情况一样，甚至因为理科班人数多一些，教室前面围着的人比自己班里的还多。

“算了，人太多了，你下节课再看吧。”

贺平意却看他一眼，一边往里走一边说：“没事啊，看得见。”

荆璨看着贺平意站在人群外，居高临下地望了一眼。

也是，个子高好像就不会被人群挡住。

第二十五章 套圈

等贺平意再出来，他发现荆璨的目光里带了点羡慕和崇拜。

“干吗，你这是预知了我考得特别好？”

这话让荆璨立刻忘记了身高的事：“多少？”

“132 分，”贺平意一口气说了两个成语，“前所未有，空前绝后。”

荆璨一双眼睛都笑成了弧线。贺平意瞧他比自己还开心，忍不住说：“可以说百分之九十九的功劳都是你的，你也太牛了吧，同学。”

要知道，贺平意的数学成绩可真的是万年 110 分的水平，最多也就考个 120 多分。

荆璨眯着眼摇摇头：“是你自己努力了。”

贺平意笑了一声，问他：“你看的动漫多吗？”

明明在说成绩，怎么突然跳到了动漫。

“不多，”荆璨问，“怎么了？”

“那你可能没听说过一句话，就是在动漫里有个规律——”

贺平意停住，故意卖关子。

偏偏荆璨就吃这一套，非常配合地扬着脸追问：“什么规律？”

贺平意用手指点了点他的眉眼，说：“眯眯眼的，都是怪物。”

荆璨一愣。

“换了任何一个别的老师，我都不会考这么好。所以，是你强！”

老实说，荆璨在此之前从未真的喜欢过校园，但事情似乎从这一刻开始变了，荆璨开始非常期待剩下的那半年。除了像以前一样，期待和贺平意去做更多事情，荆璨还开始期待自己陪伴贺平意走完他的中学时代。荆璨想要帮贺平意提高学习成绩，想要给他提供自己力所能及的帮助，而不仅仅是享受贺平意对自己的照顾。

他希望贺平意宝贵的中学时代是完美的、灿烂的，不管是过程还是结果。这样即便以后贺平意毕业，他们各奔东西，他应该也不会有什么遗憾。

想到毕业，荆璨抬手将校服拉链拉到最高，用领子遮住了自己的嘴巴。

“那以后要加大补习力度了，你可得更认真地听讲。”荆璨说。

贺平意将两根手指举到前额，做了一个敬礼的手势：“好的，荆璨老师。”

“寒假也要学习。”荆璨补充道。

“寒假也要学习？”虽然答应了要好好学习，但是寒假学习这事贺平意着实觉得他们需要再商榷一下，“一共就那么几天，就不要学习了吧？”

也不能怪贺平意抱怨，众所周知，七中高三的寒假，可是基本对标上班族，就只有可怜巴巴的七八天。虽然和荆璨一起学习并没有那么痛苦，但是如果可以不学习，一块去哪儿玩玩，那绝对更快乐。

“要的，要的，”荆璨掰着手指头数，“你还有半年就高考了，考完再玩吧。”

荆璨这话说得老气横秋，跟班主任一个味道，贺平意哼笑了一声：“什么叫我还有半年就高考了，说得好像你不用高考似的，而且，你别老说我数学啊，你的作文写得怎么样了？”

荆璨听了，没说话，自顾自低着头走路，走了一段距离，才幽幽说了一句：“作文有进步了。”

“下次我看看，不过……”贺平意话锋一转，用很可惜的语气说，“本来想着你给我补课这么辛苦，放假一块出去玩的，徽河过年时有条街特别热闹，有各种小摊，套圈的、打气球的、卖爆米花的……”

套圈？

荆璨一下子想到了宋忆南家那只非常可爱的粉色小瓷兔。

贺平意看着前方，眼睛的余光却一直瞄着身边的人。所以，当荆璨猛然抬头，一双眼睛期待地望向自己的时候，贺平意真的很难抑制住嘴角的笑容。

“咯，”他轻咳一声，“不过要学习，去不了，可惜了。”

“哎，”荆璨心里着急，两只手一起拉住了贺平意的胳膊，“我想去。”

“那可不行，”贺平意故意用刚才荆璨说过的话逗他，“还有半年就要高考了，考完再玩。”

“可是……”

说话间两人已经走到了操场上，在贺平意含笑的目光中，荆璨欲言又止。他觉得自己不应该这么自私，本来说了要帮贺平意补习，不能因为自己想玩就要去玩。所以，冷静下来之后，他轻声说：“那好吧。”

他其实应该再加上一句：以后再去，明年再去。可是他又不知道，他和贺平意以后还会不会相见，明年过年的时候，他们还有没有机会一起去玩。

想到这儿，荆璨便被丧气的感觉包围了。

贺平意瞧着荆璨这是直接打了退堂鼓，索性一只手把他往自己身边一拽，逼得他抬头直视自己。

“我说你，是不是不管我怎么说都不管用啊？想去玩就跟我说啊，你就说‘贺平意，不行，我就是想去，你必须带我去’。”

荆璨像是完全失去了思考和回话的能力，就连朝前走，都只是因为被贺平意带着，他的双腿不得不做出本能的反应。

贺平意本想继续教育荆璨要打开心扉，但一下子又忘了自己要说些什么。

“咯……”

荆璨本来只是觉得贺平意这样勒着他，他走路不方便，结果贺平意突然失去了对力度的掌控，勒到了他的喉咙，使他突然就咳了起来。

贺平意吓了一跳，立马反应过来是自己刚才走神了。他赶紧松开手臂，低头看着咳个不停的人。

“对不起，对不起，”贺平意着急地说，“还好吗？”

因为剧烈的咳嗽，荆璨的整张脸和眼睛都红了。等到平静下来，他吸吸鼻子，一双红红的眼看着贺平意说：“没事，就是刚才你一下子勒到我喉咙了。”

贺平意在心里骂了自己一声。

公布期末考成绩后的晚自习，明显没有那么安静了。考得好的学生，有一部分已经心灵提前放假，畅想着假期要怎么疯狂一下；考得不好的学生自然没了这份心思，一脸愁苦地跟同桌说，估计假期里爸妈又要逼自己补课、做题了。

和教室里的躁动形成反差的，是格外安静的贺平意。王小伟发现贺平意不跟他说话、不做题，甚至连动都不动，就托着脑袋，看着一本没打开的习题册发呆。

王小伟用笔敲了敲那本沦为“目光靶子”的习题册，问贺平意：

“干吗？你考得不是挺好的吗，发什么愣？”

被王小伟这一打岔，贺平意回了神。他把习题册翻开，准备做两道题，但精神实在没办法集中，贺平意只好放弃。

“喂，”贺平意又自己思考了好久，忽然碰了碰王小伟，问他，“你有跟哪个同学关系特别好吗？”

王小伟有些受不了贺平意问他这么酸溜溜的问题，他忍着鸡皮疙瘩看了贺平意一眼，说：“你该不会想听我说，跟你关系最铁吧？”

“算了，”贺平意摇了摇头，“问你也是白搭，你能知道什么。”

这就有点没事找事的意思了，王小伟骂了一声，扭头跟眼前的人理论：“大哥，你自己自习不做题问我莫名其妙的问题，我牺牲宝贵的学习时间陪你聊天，你还要人身攻击我？”

“我哪有人身攻击，你不要夸张。”

“贺平意！王小伟！”

两个人在底下越来越放肆的小动作终于惹怒了讲台前面的物理老师，物理老师大喝他们俩的名字，贺平意和王小伟便齐刷刷起立，戳在那里跟比身高似的。在老师的训斥声中，他们拿着张没做完的卷子走出了教室。王小伟出了教室就骂骂咧咧地数落贺平意，问他到底在搞什么鬼。贺平意当然说不出什么，他捋了把头发，不答王小伟的话，反而东张西望，变着法儿地往八班的方向瞄。

过了一会儿，贺平意攥着手里已经卷成筒的卷子，敲了两下大腿，像是下定决心般抬腿往旁边走去。

“喂，你干吗去？”王小伟瞟了眼班里的物理老师，小声喊贺平意。

贺平意回头，拿卷子指了指八班，笑着说：“去看看好学生是怎么认真上自习的。”

荆璨现在的座位已经不是最靠窗的位置，贺平意站在墙边，朝着窗户探出脑袋，在八班的教室里搜索荆璨的身影。

荆璨正低头写着什么，但他没像别的学生一样弓着身子，而是挺直了背脊，只将脖子弯了下去。

贺平意把脑袋从窗边撤开，站直了身子。

他刚笔直靠上墙，就感觉到有人拍了他的肩膀一下。

“干吗呢？”

贺平意恍恍惚惚地抬起脑袋。

“看到了吗？好学生是怎么上课的？”

王小伟说着就要往窗边探身，贺平意第一反应就是伸出胳膊，把他拦住。

“你干吗？”王小伟纳闷。

贺平意不跟他废话，一把拽起他的胳膊就往自己班里走：“看什么看，自己没有自习上吗？”

“你……”王小伟忍不住骂，“贺平意，我发现你真的越来越莫名其妙了。”

贺平意自己也意识到了这一点。那晚他躺在床上，对着漆黑的天花板，长叹一声。

那晚他的梦里都是天上那轮晦暗不明的月亮。

第二十六章 天桥

就像贺平意说的，徽河的年味比北京重多了。可能是小城市没有那么严格的要求，路边有很多摆地摊的，最多的就是卖春联、福字的，当然，还有套圈的、射气球的等等。

远远地看见一处套圈的小摊，荆璨拉着贺平意就往那边挤。

小摊周围围着很多人，但大部分都是看热闹的，有的小孩子想玩，大人却说这东西特别不容易套到。有的小孩子懂事，见爸爸妈妈不给自己买圈就不再要求，乖乖站在一边看别人玩；有的小孩子则执拗一些，一直嚷着要玩，大人无奈，只好掏钱买了一把圈。

荆璨站在旁边静静地看着，有时是看别人套圈的过程，有时则只是看那一家家各异的人。贺平意在他身旁，一直注意着他的眼神和动作。贺平意忽然发现，荆璨这样静静观察的样子，眼里虽有情绪，但情绪总是跟着别人走的，他为别人高兴、为别人遗憾，像一个旁观者，在读一个故事——他似乎不属于这个世界，只是在观察，这个世界的人是在怎样有趣地生活着。

“荆璨。”贺平意看不下去，也不想等荆璨主动开口了。他伸手碰了碰荆璨，侧头说：“我们比赛？”

荆璨领会了贺平意的意思，他的眼底一下子亮了起来。

十块钱十个圈，比谁套得多，再简单不过的规则。

十七岁的男孩子，不管有没有信心，在比赛之前，都是会给自己打气的。荆璨拿着第一次摸到的竹圈，同一旁的贺平意说："我可不会输。"

贺平意看了他几秒，而后笑着点点头。

荆璨正等着他反击，没想到，贺平意指了指地上摆着的一堆物件，问："你想要哪个？"

热血剧情可不是这么发展的，荆璨心想。

"哪个都不想要，我想跟你比赛。"荆璨嘴硬地这么说着，眼睛却一直往一个四驱车上瞟。

"好，那就比赛，不过这个，你还真的不可能赢我，小时候我和我……"贺平意说到这儿突然停住，眼睛动了动，看向荆璨胳膊上套着的竹圈。

荆璨奇怪，歪着头看他，疑惑："你和谁？"

愣了一会儿，贺平意眨了眨眼，慢慢地说："我和我哥……小时候，我哥总会带我到街上玩，他很厉害，我搞不定的东西他都能给我搞定。"

"哇，"荆璨羡慕地说，"真好。"

荆璨觉得荆惟没有这样的机会，这样想想，他觉得自己丝毫没有尽到做哥哥的义务。

贺平意将手插在兜里，又看了那竹圈几秒，做了个深呼吸。

"好了，你快开始吧，看看你能不能赢我。"

荆璨挑挑眉："那肯定能。"

按照荆璨的设想，他应该带着新手光环，一击即中，此时热血动画里的背景音乐响起，周围的人都为他欢呼。

谁知，他原本信心满满，觉得只不过是把圈扔过去，没什么难度，却没想到，十个圈围着四驱车散了一地，却没有一个能把车套住。

见他丢完，老板用钩子把地上的竹圈都收了，脸上的笑别提有多放肆了。

贺平意站在荆璨身边，拿着一个竹圈在手里摆弄。

看来荆璨是看中那个四驱车了。

胜利的背景乐没有如荆璨预期的那样，在他的镜头里响起，但是在贺平意的镜头里，却放送得格外激昂。

老板的脸上逐渐维持不住那份兴高采烈，而荆璨站在贺平意旁边，听着周围人因为他一次又一次地命中而爆发出的欢呼声、尖叫声。

他转头，看着周围的热闹景象，终于明白了新年是个多么值得期盼的东西，也终于明白了，有些热闹，只有在特定的场景和特定的人在一起才能体验到。就如同今天，如果没有了明明希望顾客套不中，却又不得不笑呵呵的老板，或是没有了路边烤红薯小摊飘来的香气，或者是没有了围观的人群里那几个还完全不懂得要克制的小孩子，这个场景都不会这么完美。

当然，这个场景里最重要的人，是站在他身边，捧着几个四驱车向他炫耀胜利的贺平意。

那天贺平意一共给荆璨套到了四个大小不同的四驱车，他拎着一袋子奖品，拉着荆璨钻出人群。在将袋子递给荆璨之前，他忽然问："你为什么这么喜欢赛车啊？"

这个问题其实不难回答，男孩子喜欢车，好像是某种天性。

"小时候就觉得很酷。"荆璨挠挠头，也实在想不出什么更高深的理由。

贺平意点点头："我也喜欢，小时候我还自己组装了一辆四驱车。"

"真的吗？"说到这些，像是找到了同类，荆璨表现出很明显的兴奋状态，"我小时候也是，我的零花钱几乎全都用来买赛车零件了。我记得有一家商场，四层有一个卖赛车零件的店，规模很大。周末的时候我妈妈总会带我去那儿逛，看到什么好东西我就想要攒钱买下来。但是零花钱就那么多，有时候好不容易攒够了，想买的东西却没有了。我那时候特别喜欢一个马达，但是那个马达要三百多，我根本没有那么多钱，攒了好久终于攒够了，去买的时候，马达却早就被人买走了。"

荆璨记得很清楚，那是他第一次自己坐公交车去那么远的地方。他兜里揣着好不容易攒下来的三百多块钱，可是到了商店一看，原本放着马达的展示橱窗却空空如也，店员见他一直站在那里，便走上前，问他需要什么。

荆璨当时指了指那个已经空了的橱窗，仰头问："请问那个马达呢？"

店员回忆了一下，说："已经被买走了，这个马达是限量款，现在没有货了。"

荆璨永远忘不了自己那一天的心情，那时他第一次明白：不是什么想要的东西都可以凭自己的努力得到的。时机不对，或是别人横插一脚，都可以让他永远失去他喜爱的东西。

贺平意给荆璨买了个烤红薯，荆璨剥皮时有些心急，烫到了指尖，直跺脚。贺平意便把烤红薯接过来，给他剥好。

荆璨一手拎着袋子，一手拿着烤红薯，跟着贺平意在这条街上玩了一个又一个游戏。他们在这里逗留的时间有些长，以至于到了该回家的时间，都没来得及去电玩城。

荆璨很是遗憾，坐在公交车上，还在不甘心地问："真的没有更晚的车次了吗？"

贺平意摇摇头，又安慰荆璨说："下次再去电玩城就行，时间太赶也玩不好。下次找个时间，我带你去玩一天。"

也没什么别的办法，荆璨只好点了点头。

徽河的火车站前有一座长长的天桥，无论进站还是出站，都要经过这里。天桥的栏杆早已刻满了时间的痕迹，锈迹斑斑、漆皮脱落，像是要以并不美丽的姿态，在每一个离开或到达这座小城的人心里留下深刻的印象。

离发车还有一段时间，荆璨走到天桥上朝下望了一眼，伸手拉了拉贺平意的胳膊。

"候车厅人多，咱们在这里待会儿吧。"

贺平意点点头，将两只胳膊搭到栏杆上，陪荆璨看着桥下来来往往送行、接站的人。荆璨还戴着贺平意送他的帽子，短短的帽檐遮住了他的眼睛，但太阳今天留在世间的最后一点暖光，还是蹭着帽檐边缘，溜到了他的鼻头上。荆璨将下巴抵在栏杆上趴着，转着目光观察着这个热闹的车站。

贺平意无意间侧头，看到的便是荆璨这副完完全全没有任何攻击性的样子。

"这个车站，真的好旧啊。"看了一会儿后，荆璨感叹。

"嗯，"贺平意应了一声，"这车站可比我年纪大多了。不过东边已经在建高铁站了，等建成了，这边的人应该会变少。"

"啊……"

旧的事物总会慢慢被新的事物取代，好像哪里都逃不过这个规律。

贺平意顿了顿，又说："不过，估计高考之前是建不起来了——你高考以后还会来这里吗？"

贺平意问得突然，荆璨来不及考虑，有点纳闷地看向贺平意："嗯？"

"通了高铁的话，这儿到北京也就半个多小时，如果你高考以后再过来，就可以坐高铁了，能方便不少。"

"哦……"

荆璨这样一个字一个字地往外蹦，听在贺平意耳朵里莫名有点好笑，贺平意推了把荆璨的后脑勺，问他："你在这儿给我唱歌呢？"

这话也不知道是戳中了荆璨的哪个笑点，他一下子笑个不停，下巴因着身体的颤动不住地来回蹭着栏杆。

夕阳、车站、欢笑，三种事物融合在一起，催生了一种温暖的情绪。

贺平意忽然碰了碰荆璨，荆璨察觉到后，转头看他。

"干吗？"

"没事，"贺平意摇摇头，"漆皮都沾皮肤上了。"

剥落的漆皮因为压力而碎得彻底，一粒粒地嵌进了被硌红的皮肤，和那日在赛车场荆璨怎么都擦不掉手上的斑驳一样。

"不太好弄啊这个。"贺平意用指肚蹭了几下，皱着眉道。

荆璨把手机举到眼前，看了看表："要进站了吧？要不算了。很明显吗？"

贺平意站直了身子，端详了一会儿，还是忍不住笑："离近了看还挺明显的，脏猴一样。"

荆璨不大满意这个比喻，静默地看了贺平意几秒，忍不住抗议道："怎么在你嘴里，我不是像驴就是像猴啊？"

贺平意抖着肩膀笑了。

“没时间了，我们得走了。”走过贺平意身边时荆璨还使劲用手蹭着下巴，结果猝不及防，胳膊被一只手拽住，那个装礼物的袋子同时撞到两个人的腿上。

“等一下啊，擦掉再走。”

贺平意帮他清理着那点顽固的痕迹。

“你也真是让人服气，趴的时候没感觉到有脏东西吗？”

清理了一大半，看到荆璨的下巴都被他搓红了，贺平意忍不住唠叨。

“好了，差不多了，走吧。”等贺平意放下手，荆璨很快朝进站口走了两步，见贺平意没跟上来，转过身去寻他。

贺平意站在那个老旧的天桥上，看着他渐行渐远的身影，听着荆璨在唤自己，心里涌出一股冲动——想要走过去把他拉住，让他不要走了，自己现在就带他去电玩城，他们一起过新年。

他是这么想的，在进站口追上了荆璨以后，也真的是这么做的。荆璨回头，有些愕然地看了看贺平意的脸，奇怪地问：“怎么了？”

身旁的人都在送别，贺平意和荆璨听到了一声声再见。

贺平意又抬手，用拇指指了指荆璨已经变得很干净的下巴。

“嗯？”荆璨把头抬高了一些，问，“还是很脏吗？”

天寒地冻，夕阳正好。

贺平意在迟疑两秒后，笑了一下，眼都不眨地撒谎：“嗯。”

大喇叭广播了即将停止检票的车次，荆璨在最后一刻匆忙进站，过了安检后仓促地跟贺平意挥挥手，便攥着车票跑向了站台。这天风很大，火车来的时候带着巨大的噪声。刚才在天桥上距离站台太近，不断有火车进站出站，仿佛在一次次重复的来回中被催眠了一样，荆璨在大风和轰隆声里站着，有种剥离现实的不真实感。

思绪还沉浸在刚才的世界里，以致上车以后竟然找错了座位。

“小朋友，这是 6 车 14C，你看看你是不是坐错了。”

听到一位阿姨的询问，荆璨赶紧看了看车票，匆匆起身：“对不起。”

到 14F 坐下，荆璨深深地吸了一口气。

“要冷静。”他小声说。

这段旅程，荆璨好像一路都在胡思乱想。思维自由发散，像是做年终总结般，回忆着这半年时间里发生的一切。直到列车开始广播到达北京西站的通知，荆璨才终于强迫自己冷静了下来。

荆璨没打车，而是坐了一路地铁回家。途中过安检时他都要小心地将那个装满了奖品的袋子系紧，生怕它们在他看不到的那个黑色空间里发生什么意外。许是因为临近春节，地铁上人很多，荆璨一直都没找到座，就抱着那个奖品袋子站了一路。

到家后，宋忆南听到开门声，高兴地从厨房迎了出来："回来了呀，和同学玩得开心吗？"

荆璨笑着点点头："开心。"

"快洗个手，我给你准备了水果，你拿到客厅或房间去吃，大概再过一个小时饭就好了。哦，对，半个小时后你得帮我去赵老师家把小惟接回来，我走不开。"

"好。"荆璨迅速跑上楼，将自己的书包和袋子都放回房间，便下楼跟着宋忆南进了厨房。

宋忆南已经提前准备了很多食材，有些菜已经切好，料汁也调好，就等着下锅了。荆璨也是做过饭的，所以他知道要准备这么多菜有多辛苦。

餐桌上有杧果和龙眼，荆璨到厨房拿了一个小碗，剥了一碗龙眼，还在碗里放了一个小勺。宋忆南正要开始炒第一个菜，见他进来，赶紧说让他先出去，油烟大。

荆璨把龙眼放到台面上，自己把袖子往上撸了撸，说："你吃点水果，我来帮忙。"

荆璨说着就已经上了手，宋忆南想要阻止都来不及。两个人一起炒好了两个菜，宋忆南说："你别忙了，去接小惟吧。"

荆璨看了看时间，确实也差不多了，便穿上外套出了门。

赵老师家离得不远，步行就能到。他到的时候，荆惟一幅画还没有画完。荆璨便搬了个凳子坐在一旁，看着荆惟给麦田涂上最后的色彩。

荆惟画完画，在右下角写上自己的名字，转头看到是荆璨来接他的时候，露出了十分欣喜的表情：“哥，你怎么来了？”

赵老师过来看了看荆惟的画，也跟荆璨打招呼：“好久不见了，小璨。”

荆璨起身，朝赵老师轻轻鞠了个躬，道了声好：“提前祝您新年快乐！”

他说完这话，看到刚收拾完画具的荆惟一脸惊奇地看着他。

这是年前荆惟在赵老师家上的最后一节课，快到新年了，荆惟终于能得到几天的假期，回去的路上，荆惟表现得比平时欢快许多。

“哥，”荆惟拿肩膀撞了下荆璨，问他，“你在那边上学，开心吗？”

荆惟可是至今记得，那日宋忆南跟荆在行说荆璨想要到徽河读高中时，荆在行震怒的样子。他当时有些错愕地望向自己的哥哥，却看见荆璨立在那里，直愣愣地看着荆在行。荆璨全程没说一句话，但脸上始终没有半分退让的样子。

荆璨奇怪荆惟怎么会问这种问题，不过想到贺平意，荆璨还是点了点头，说：“开心啊。”

“那就好，”还在上小学的男孩颇有点少年老成的感觉，装模作样地点点头，“那你在那边多待几年吧。”

多待几年！

荆璨笑了笑：“那应该不可能了吧！很快就要高考了。”

教室的后黑板上一直都有倒计时的专栏，荆璨很清楚，过了这个新年，时间只会更为紧迫地朝前走。所有人都会向着那一个目标前进，对大家来说，那个目标是高中的终点，却也是令人期待的起点。

“啊？”荆惟遗憾地说，“好可惜。”

抽回思绪，荆璨忽然觉得荆惟这种故作深沉的小大人模样有点搞笑，便撸了一把他的脑袋，问他：“可惜什么？”

“感觉你以前都不是很开心的样子，现在看你好不容易心情变好了，我当然希望你能在那边待久一些了。”

荆璨皱皱眉，辩解：“我哪有不开心啊？”

荆惟朝前跑了几步，倒退着走路，看着荆璨说：“不要质疑一个未来艺术家对情绪感知的敏感程度——从前你都没主动跟赵老师说过别的话，最多就是她问你答，可是今天你竟然主动跟赵老师说新年快乐。”

荆璨一愣，随即扯着嘴角，摸了摸帽檐。

“那可能……是变开心了很多。”

荆在行是在预定开餐时间前五分钟走进家门的，这么多年，他一直都是这样的。在荆璨的记忆里，他好像从不会对家人食言，说过会回来吃饭就一定会按时回来，说过会去给他开家长会，无论有多少工作要做也都会挤出时间去。

“爸。”饭桌上，荆璨有些僵硬地和荆在行打了招呼，攥住筷子，低着头等待荆在行开餐。

“小惟最近怎么样？”荆在行夹了一块鸡翅，放到荆惟的碗里，“天津的那个集训，是初六开始吧？这两天可以放松一下，等初五我和妈妈送你过去。”

“啊，”原本夹起鸡翅的筷子又松开了，荆惟闷声问，“爸爸，我能不去吗？”

“不去？”荆在行抬眼看过来，“为什么？”

“我想……”荆惟抬头，撞上荆在行的眼神，原本到嘴边的话又被他咽了回去，“没什么。”

“这样吧，”荆在行说，“我在那边陪你几天，你休息的时间我带你逛一逛。”

荆惟低着头扒了两口饭，半天后，还是点了点头。

说完荆惟的事，荆在行就没有再主动开口，只有宋忆南说到什么的时候，他才会搭个话，聊几句。荆璨能听出宋忆南一直在将话题往他身上引，但荆在行一点都不给面子。

荆璨早就预料到这顿饭不会带给他什么愉快的体验，只是没想到，那种压迫感比他预想的还要猛烈。他只能不断地调整呼吸，来尽力扮演好一个隐形人的角色。

餐桌上经历了一段沉默，荆璨一直低着头，所以看不到宋忆南拼命和荆在行使眼色的样子。

“小璨呢，”荆在行突然开了口，“最近在徽河还适应吗？”

荆璨抬头，有些受宠若惊。

“适……适应。”他想要再说点什么，却又很清楚地知道，自己想说的那些话，大概都不是荆在行想听的。

“嗯，”荆在行点点头，眼中沉静，“所以呢，打算玩到什么时候再回归正轨？”

本想夹一颗豌豆的筷子停住，犹豫之后，荆璨才继续将筷子伸到盘子边。

“我想……高考结束吧。”

“嗯，高考结束。”荆在行重复了一遍荆璨的话。

荆璨感觉自己的呼吸越来越艰难，连筷子尖也开始变得不那么稳定，抖动了两下。

“啪”的一声，荆在行把筷子放在了碗上。他两只手交叉，胳膊拄在桌上，很认真地看向荆璨：“你还需要参加高考吗？”

这话根本不需要回答，荆璨夹着那颗豌豆，转头去看荆在行，又和从前一样，在那样的眼神中退缩。

荆璨不知道自己是从什么时候开始畏惧荆在行这样的目光的，他只知道，每当被这种目光看着，他周身的神经都会被焦虑和紧张感控制。

荆在行也从荆璨的沉默里得到了答案，他点了点头，说："所以，为什么要浪费你的时间？"

豌豆从筷子间掉落，滚到地上。

荆在行说这话时非常平静，像是没有带任何感情。但荆璨知道，方才连着的两个问题，荆在行都不是在提问，而是在责备。

荆在行看上去并没有继续这段谈话的意思，他很快起身，说："我吃饱了。"

荆璨盯着那盘豌豆没动，愣了一会儿后，听到宋忆南轻柔叫他的声音。

他反应过来，使劲眨了眨眼，从餐桌上抽了一张纸，弯腰去捡地上掉落的那颗豌豆，又把弄脏的地板擦得干干净净。

直起身后才发现碗里被放了一块鸡翅，荆璨抬头，看到还没来得及把手收回去的宋忆南。

"不是很爱吃我做的鸡翅吗？怎么一晚上都没夹一块。"

荆璨勉强笑了笑，说："菜太多，都吃不过来了。"

晚饭后，荆璨不敢在客厅待着，便上了楼，窝进了房间。家里静悄悄的，在他的印象里，宋忆南好像很少看电视。荆璨小时候，宋忆南怕影响他学习，从不会在他读书的时候制造噪声，每次荆璨去上厕所，都能看到宋忆南也安安静静地在台灯下看书。等后来有了荆惟，好像对宋忆南来说有了更多需要忙的事情，看电视的习惯便一直没有养成。

对着没有声音的空气静静坐了一会儿，荆璨坐到书桌前，把今天贺平意帮他赢的奖品一个个拿出来，摆在桌上。

小四驱车其实做工并不精良，看上去像是从小商品市场批发来的，比起荆璨小时候玩过的那些车来说，真的差远了。

荆璨用三根手指摁着车，让车轮在木头做的桌面上来回滚动。

车身的结构不稳固，在这么光滑的平面上滑动，都能发出震动的声音。荆璨慢慢趴到桌子上，在小车飞驰而过的时候，发出“嗖——”的配音。

车子走到第五十个来回，卧室的门忽然被推开。荆璨吓了一跳，他的第一反应就是把桌子上的玩具都收起来，但转头看到是荆惟探了个脑袋进来。

“哥，你有时间吗？”

“当然有，”荆璨松了口气，把小车放回原来的队列中，招呼荆惟，“进来。”

荆惟轻手轻脚地关门进屋，捂住胸口长舒了一口气。荆璨把他这一系列的动作看在眼里，不禁露出无奈的笑。

“这么怕？”

荆惟撇撇嘴，说：“可不是，每次我来找你，都会被爸爸说，让我不要总是打扰你。”

那应该是很久以前的事了，荆璨想，那时荆在行对自己还抱着很大的期待，只要他需要，荆在行便可以创造一切有利于他学习的条件。

荆惟走到桌前，一下子就看到了桌上那一排小东西。

“这是什么？”荆惟举起一辆红色的小车，细细端详了一会儿，奇怪地说，“哥，你都这么大了，还买这种小孩子玩的玩具啊！”

荆璨对面前这小孩儿的话颇有点意见，不作声地把他手上那个红色小车拿了过来。忍了几秒钟，还是忍不住说：“别人送的，哪里像小孩子了？”

荆惟的注意力显然没在这小车背后的故事上，所以也不大在意荆璨说了什么。他转了个身，靠着书桌，重重叹了口气，说出了自己来找荆璨的目的："哥，你有没有办法让我不去天津参加集训啊？"

这几年每年寒假，荆惟除了在北京学画画，都会到天津的一个画室去集训，那个画室是一个很有名的老师开的，能在那里学习，是许多学画画的人梦寐以求的事情。

"为什么？"荆璨有些不解，"我记得你去年去的时候挺开心的啊。"

"哎呀，但是今年不想去。"荆惟的眉头一直使劲皱着，像是所有三年级的苦恼都已经聚集到了那里，"我想参加我们学校的冬令营，听说特别好玩，有好多活动，如果我去集训，就一定参加不了了。"

"可是……"想到方才饭桌上荆在行特意关心过这件事，荆璨说，"可是感觉爸爸不会同意的。"

"所以我才来找你啊！我本来报名了冬令营，但是爸爸说和集训冲突，不能去，刚才吃饭的时候你也看见了，爸那样，我压根儿就不敢和他说这事，"荆惟双手合十，做了个低头祈祷的姿势，"哥，求你了，想个办法吧！"

想个办法做什么，对抗荆在行？荆璨看着荆惟头顶的发旋，在心里苦笑，这好像真的不是他擅长的事情。但是由不得荆璨拒绝，荆惟又开始和荆璨诉苦，什么他已经错过了很多集体活动，班里都没几个要好的同学，什么他不参加冬令营的话，就看不到一个女孩子的表演了，等等。

"女孩子？"荆璨眨眨眼，"什么女孩子？"

"哎呀，就班上的一个女孩儿，"荆惟有点不好意思，但还是硬着头皮说，"她冬令营准备了话剧演出，演白雪公主，我答应了要看她表演的。我说话不算话的话，她该生气了。哥——快给我想想，怎么才能不去啊。”

这……

荆璨没反应过来，小学三年级就知道喜欢女孩子了？

荆惟不住央求，荆璨虽然觉得力不从心，可又很心疼荆惟。毕竟，除了看女孩子演出这条，别的经历他都似曾相识，他不想让荆惟重复他的老路。

荆璨心里在思考，不自觉地又摸起了那个小红车。四个车轮来来回回碾在他的掌心，荆璨便又想到了贺平意。

“荆璨，喜欢什么，不喜欢什么，都可以说出来，不要一直憋着。”

红色小车停止了行进，荆璨弯了弯手指，把有些凉的车身扣在掌心。

他觉得去参加冬令营，对一个三年级的小学生来说，实在不是什么过分的要求。

“好吧，我想想，你先去洗澡休息。”

虽说这么答应了荆惟，可直到贺平意卡着点给他发来“新年快乐”的祝福，春节晚会都落下了帷幕，荆璨还是没想到要用什么方法帮助荆惟。

大年初一，凌晨三点，顶着大大的黑眼圈，荆璨尝试着给贺平意拨了一个视频。

没想到，刚刚跟他说过“晚安”的人，竟然很快接了。

视频的画面一开始是全黑，约莫过了两三秒，灯光亮起，荆璨便看到了光着膀子的贺平意。

“你……”

荆璨本想质问贺平意为什么说了晚安以后还在玩手机，在看见这画面以后，脱口而出的话变成了“天这么冷，你怎么穿这么少？”

贺平意对着镜头揉了一把他那有些狂乱的头发，气不打一处来："你都不知道我们家现在有多热，过年了，这暖气烧得也太离谱了，我感觉我这屋子里得有三十多度。"

贺平意说着，端起一旁的玻璃杯喝了几大口水。

见他一直也不说话，贺平意问屏幕里看上去有些憔悴的人："你这又是怎么回事，新年新气象，你怎么无精打采的？"

贺平意的话刚说完，荆璨就听到他那边一阵噼里啪啦的声音。

"什么声音？"荆璨竖着耳朵分辨。

"楼底下有人在放鞭炮。"

自打北京大部分地区禁了烟花爆竹，荆璨已经有好多年没听过这声音了。

"真热闹。"

"热闹什么啊，"贺平意显然不太喜欢，"吵得我睡不着觉。"

"也就这两天，忍一忍。"荆璨把下巴戳在抱枕里，好脾气地朝着手机笑。

贺平意隔着屏幕瞧了他一眼，心里那点火气慢慢消了下去。

"说吧，少年，你这是有什么烦心事了，大半夜的给我打视频电话。"

"唉，"荆璨长长地叹了一声，把脸埋在枕头里，"贺平意，我弟弟寒假本来应该去参加画室的集训，但是他不想去。你说，有没有什么办法，能让我弟不用去集训呢？"

电话那端的贺平意很是奇怪："就这？你弟不是还上小学呢吗，直接跟你爸说不想去不就行了吗？"

"不行。"荆璨抬头，张了张口，一瞬间，很多次他和荆在行沟通失败的经历都涌现在他的脑海里，"我爸很强势，他对我们要求很严格，所以这种'因为想要去玩所以不去集训'的事情，他是不会同意的。"

这些描述荆璨已经尽可能说得平淡，尽管他和荆在行如今的关系不好，但他并不觉得这全是荆在行的错，所以他不想对贺平意抱怨什么。

“那……”贺平意以他多年叛逆斗争的经验告诉荆璨，“如果软的不行，就只能来硬的了，想办法让你弟出不了门。”

顺着这意思，荆璨很自然地想到了最老套的方法：“装病？”

不过没等贺平意否决，荆璨自己就先否决了。

“不行，这太容易被识破了，我爸妈又不傻。而且就算是装病，暂时不去集训，肯定也要在家养病，不可能去参加冬令营的。”

“那最简单的方法就是偷偷跑掉，先斩后奏呗。”

先斩后奏。

荆璨对这个词动了心。

第二十八章

车站

在贺平意的启发下，第二天，荆璨就把荆惟叫到了屋里。

“你的意思是让我先去天津，然后你过两天去天津接我，送我去冬令营？”

尽管在同龄人里算是早熟，荆惟毕竟还是个小孩子，在离自己的目标那么近时，不会像荆璨一样瞻前顾后地考虑那么多。他一口同意了这个计划，收拾行李出发的时候，还暗自把带去冬令营的行李都装进了一个小行李箱。

荆惟在荆璨的目送下出了门，出门前还跟荆璨眨了眨眼，似乎是提醒他不要忘了他们的约定。

要出发去天津的前一天，荆璨又失眠了。这次不像上次那样，他发现自己无法集中精力去想一件事，有一些他并不想回忆的事情在不停地闪回，到了半夜，他还做了很熟悉的噩梦。梦里还是那年的生日，他在数学竞赛中得了第一名，然后满眼期待地看着荆在行，等着荆在行曾经说过要送他的生日礼物。梦里的他醒了过来，看到床头放着一个很大的四驱车盒子，他忍不住，当时便拆开，开始组装。可明明他都组装完了，只是抱在怀里睡了一觉，再醒来，四驱车却不见了。他慌慌张张地在屋子里翻找，却怎么也找不到……

荆璨从梦中惊醒，大口喘着气地起身，坐到书桌前，开了台灯。

卧室的窗帘没有拉紧，有清冽的光溜进来。荆璨伸出一只手，轻轻拨开窗帘，想看看月色，可是视线所及，却是窗台下面的一个人影。

许何谓！

许何谓朝他招了招手，脸上依旧是那种很友善的笑容。

荆璨看了他一会儿，颓然地松了手。

晚上没有睡好，但第二天早上除了头痛，倒没有什么别的感觉。荆璨出门时荆在行正在吃早餐，荆璨主动问了声好，回答他的，只是很勉强的一句回应。

他戴上那顶墨绿色的帽子，在门口磨磨蹭蹭地换好鞋后，却是坐在换鞋凳上没动。直到听到荆在行吃完早餐，起身收拾餐盘的声音响起，荆璨才站起身，冲里屋的人喊了一声：“我出去了。”

贺平意的视频打过来时，荆璨已经到了天津，正在逛一场庙会。

四周人群熙熙攘攘，充斥着各种祝福。荆璨挂着耳机摁下了接听键，因为周围过于吵闹，他不得不把音量调到最大。

贺平意隔着屏幕瞅了眼他那边的背景，问：“到了？”

一声口哨声，引得荆璨唇角上翘。

他按照荆惟给的地址找到画室，到了门口，才发现荆惟早就拖着行李坐在门口的凳子上等他了。见他过来，荆惟隔着老远就喊了他一声，荆璨驻足，站在街边朝自己的弟弟招了招手。

荆璨把荆惟送到了他们学校门口，看着荆惟拖着行李跑向那群同学，而后，像前一天想好的那样，他没有回家，而是搭上了去徽河的列车。

他坐在靠窗的位置，像那次在大巴车上一样，他被正午的阳光晒得很困乏，忍着瞌睡，给贺平意打了个电话。但没想到，铃声响了半天，却无人接听。荆璨在冰冷的提示音里挂断了电话，瞬间觉得窗外的阳光也没那么暖和了。

荆璨一个人下了车，不知是不是因为新年，看上去今天接站的人格外多。荆璨随着出站的人流慢吞吞地往前走，走到天桥的一半，忽然停住。他望了望天桥下涌动的人群，转身，把两只胳膊搭在栏杆上，像那天和贺平意分别时一样，将下巴抵在栏杆上休息。

电话铃响起，荆璨从兜里摸出手机，看了一眼屏幕，又慢吞吞地接通了电话。

“你给我打电话来着？”贺平意听上去有些喘，不知道是刚运动完还是怎样，“怎么了？”

许是听出荆璨这边略显嘈杂的环境，贺平意又接着问：“你在干吗，怎么听着乱糟糟的？”

荆璨的眼睛动了动，对着话筒说：“沾漆皮。”

“沾漆皮？”琢磨了好一会儿，贺平意才恍然大悟，“你在火车站？”

“嗯。”尽管会显得自己很㞞，但面对贺平意，荆璨还是诚实地说，“把我弟弟送上车了，现在不敢回家。”

“站在那里等我。”

贺平意没多说，挂断电话之前，荆璨听到贺平意那端传来不小的关门声。

贺平意让荆璨在那儿等，荆璨就真的一动不动地站了十多分钟。他无聊到开始数五分钟内进到街角那家肯德基的人到底有多少，十分钟内买了路边糖葫芦的人有多少。他正在心里奇怪为什么一直没有人买用山药豆做的糖葫芦时，忽然被人挠了一把。荆璨痒得朝一边歪去，这一歪，才发现腿站得又僵又麻，他只能攀着来人站着。

贺平意退开半步，抬起一只手，碰了碰荆璨的鼻头。目光只错开短短的几秒钟，荆璨还在用一双大眼睛看着贺平意，嘴边似乎没来得及带笑，但被冻红了一些的鼻头，还有沾了几小块漆皮的下巴，仍旧使他显出几分可爱。

贺平意动了动嘴巴，按理，他本该说点什么，可鬼使神差，他只挤着两片唇，露出一个笑，还有很轻的一个气音。

短暂的别后，快速重逢，大约是每个故事里的小起伏。

荆璨回过神笑了起来，墨绿色的帽檐下，他弯着一双眼，跟贺平意说："新年快乐呀！"

下巴沾上的漆皮，最终被轻柔地擦掉。荆璨带着贺平意下了天桥，跑到糖葫芦摊买了几串山药豆做的糖葫芦，两人站在路边，分着吃了。

吃完糖葫芦，荆璨钻进出租车，蹭到里面的座位，才转头问贺平意："我们去哪儿？"

"去我家吃饭。"贺平意说完，跟司机报了个地址。

荆璨愣了愣："你家？"

"对啊，大过年的，你还想去哪儿吃？放心吧，我们刚吃过了，回去我单独给你做，晚上你如果觉得不自在，我们再出去吃。"

能去贺平意住的地方，还能吃贺平意单独给他做的饭，荆璨当然没有意见。

这是荆璨第一次见到贺平意的父母，第一印象，他觉得贺平意的父母脾气都很好。贺平意到厨房做饭，陆秋和贺立就一直笑着招呼他吃这吃那，搞得他还没有吃饭就快要饱了。贺平意怕荆璨应付不过来，在估摸着自己爸妈已经差不多发散完善意后，贴心地从厨房探出身。

"荆璨，过来给我剥蒜。"

荆璨赶紧放下手上的一盒薯片："好嘞！"

因为不想太麻烦贺平意，荆璨就只点了个番茄炒蛋。狼吞虎咽地扒拉完半碗饭，一旁玩手机的贺平意看不下去了，说道："慢点吃。"

"哦。"荆璨缓慢地夹了口饭，之后就像演奏什么乐曲高潮片段一样，扒饭的速度由慢到快，最后恢复了原来的速度。

贺平意笑了一声，盯着荆璨深埋着的脑袋摇了摇头。

罢了，刚才慢下来的那几筷子已经是很给他面子了。

解决了肚子饿的问题，荆璨就开始思考别的了。他指了指贺平意的房间，非常有礼貌地问："能去你房间看看吗？"

"去呗，不过我房间里可是什么都没有。"

荆璨本以为贺平意这话是夸大，进去后才发现，这房间里是真的什么都没有。不仅没有任何摆设，就连衣服都很少，完全不像是长期生活的样子。

不过想想也说得通，高中生平时都被要求穿校服，衣服买太多也没用。

贺平意进屋以后就瘫到了床上。

荆璨却立在原地，摇摇头。他朝书桌走了几步，越走眉头皱得越紧。等坐在椅子上后，荆璨哭丧着脸，坐在转椅上转了半圈。

"你要不——换个睡衣再躺吧。"

"嗯？"

荆璨呼了一口气，痛苦地捂住了脸："我看着好难受……"

贺平意愣了愣，而后趴在床上，笑得不能自已。等笑够了，他才一跃起了身。

"得嘞，"贺平意到衣柜里拎出一件睡衣，"我换一个，我这睡衣都好久不穿了。"

荆璨刻意转移注意力，将一旁的书柜扫了一遍。书柜由一个个小格子组成，有的格子带门，有的则不带。露在外面的书都是课本、习题册，荆璨简单看了一眼，奇怪道：“你都没有些别的书吗？”

贺平意站在衣柜前指了指一个格子：“那里有几本，都是以前老师要求买的名著。就休息这么两天，你不会现在还要看书吧？”

荆璨瞧他一眼：“我想看看你都看过什么名著。”

柜门打开，里面是整整齐齐的一摞书：《呼啸山庄》《飘》《穆斯林的葬礼》，还有两本看上去很旧的漫画，还有……

荆璨的目光停住，他不敢相信自己看到的，所以眨了好几次眼睛，才终于确认，那确实是很多本与心理学相关的著作。

“愣着干吗？”贺平意注意到荆璨突然的停顿，低头系好扣子，走到荆璨的身后。看到柜子里的东西，他才突然想到，因为之前被妈妈发现，所以他把这几本书放到了这里，而因为是临时换了位置，所以他竟然忘了这件事。

贺平意当时的第一反应就是把柜子门关上，但或许是他的动作太迅速，原本在看着那几本书出神的荆璨被他吓得抖了一下。

“你——”荆璨转头看向他，有些艰难地开口，“看这些做什么？”

贺平意挠挠头：“我……”

“平意！”客厅里，妈妈忽然叫了贺平意一声，“出来拿点水果进去。”

“啊，好！”

贺平意匆匆朝着门口应了一声，再对上荆璨的视线时，那双大眼睛还直直地看着他。

“改天跟你说啊，我不想在这儿说。”

没等荆璨回答，贺平意便转身出去去取水果。等到他回来，发现荆璨已经将原本打开的书柜门合上，端端正正地坐到了书桌前。

贺平意把水果放到荆璨面前，双手撑着桌子去看他脸上的表情。

荆璨仰头，也看着他。

凭贺平意对荆璨的了解，贺平意已经能清楚地分析出，荆璨此时的心情是有些低落的，只不过他还在努力自己调整情绪。

贺平意在一串提子里锁定了一颗最饱满的，用两根手指捏下来，递给荆璨。

荆璨很明显被这突如其来的动作吓了一跳。看见他这样子，贺平意笑了：“不吃？我刚才尝了一个，可甜了。”

他伸手，从贺平意的手里接过那颗提子，递到嘴里。

“甜吗？”贺平意问。

荆璨动动嘴巴，甘甜的汁液从舌尖一直漫到心里。

“甜！”

第二十九章《头文字D》

吃着提子，贺平意问荆璨下午想去干什么。可荆璨低着头，看着刚刚发给宋忆南的消息，像没听见贺平意的话似的。

“嘿，”贺平意碰了碰荆璨的耳朵，“回神了！怎么心神不宁的？怕你爸兴师问罪啊？”

荆璨捏着手机点点头，老老实实地承认：“嗯。”

贺平意忽然弯下腰，倾身靠近他：“乖孩子，以前没做过这种叛逆的事？”

荆璨细细想了一下，答：“其实也是做过的。”

“哦？”贺平意来了兴趣，又挑了一颗提子，“说说？”

荆璨嚼了几下，把提子咽了，才开了口。

“大概是我十岁的时候吧，那天有一场网球比赛——法网，费德勒对纳达尔。那时的费德勒就差一个红土上的奖杯就可以实现大满贯，我特别希望他能拿那个冠军。比赛的直播是在晚上，因为有时差，时间比较晚。我记得我那几天把所有的作业、测试都做到了完美，就是想换一个看这场比赛的机会。可是非常不巧，第二天我刚好有考试，我爸爸坚决不同意我熬夜看比赛，为此我和我爸爸争论了几句……”

“然后呢？”

“然后？”荆璨说到这里，忽然有点心慌，他从果盘里拿了一颗提子，企图用冰冰凉凉的汁水压住那股心慌。

“然后……我爸爸拉了家里的电闸。”

荆璨永远都记得，他正等着下一个发球，祈祷着费德勒能发球得分，四周却忽然完全黑了下来。

他怕黑，最怕这种突如其来的黑暗。他缩在沙发上不敢动，张了张嘴巴，却发不出任何声音。紧接着，他听到脚步声、关门声。

这场在别人看来似乎根本称不上“叛逆”的事，却是荆璨唯一的一次反抗。只不过他失败得很彻底，他终究没有看完那场比赛，费德勒也没有在那天捧起红土上的那座奖杯。

属于费德勒的大满贯迟了两年，属于荆璨的童年却是永远过去了。

人们对于错过的事情总会觉得无比可惜，荆璨到现在回忆起来，那种遗憾和失落的感情仍然丝毫未减。荆璨的眼神一下子黯淡得厉害。

贺平意的手机忽然响了一声，他翻出来看了一眼，打了个响指。

“怎么了？”荆璨见他突然特别高兴，有点好奇。

“你看你，非让我换睡衣，这还没躺呢，又要换回去。”贺平意把手机先撂到桌上，“去，穿上外套，带你去取新年礼物。”

“新年礼物？”

贺平意都把卫衣换回来了，荆璨还坐在那里发愣，贺平意便直接把他拉起来，亲自动手给他穿外套。荆璨按着贺平意的指令抬胳膊，还歪着脑袋追问：“什么新年礼物？”

“到了你就知道了。”

电动车一路开到学校附近的一条街上，在一家音像店门口停下。

在这个连饭店都不开门的日子，这家音像店的大门依旧大开，玻璃上还贴着“新年快乐”四个大字。音像店的名字也有点奇怪，叫“下辈子如果我还记得你”。

荆璨停在店铺门口的石阶前，像是看什么珍稀物种一样打量着这家店。在这个年代，音像店也的确可以算是珍稀物种了，比起贩卖唱片、磁带，音像店似乎更倾向于贩卖情怀。网络世界的发展挤占了实体空间，也挤占了那个可以和三五好友一起听音乐、欣赏专辑封面的地方。

音像店里播放着一首歌，荆璨没听过，但歌手咬字很清晰，荆璨能够清楚地分辨出，副歌部分的歌词是“你说下辈子如果我还记得你，我们死也要在一起”。和店名很配，荆璨不禁想，这里面是不是有个什么特别的故事。

贺平意手插着兜蹦进了店，带着一股冷风跟老板打招呼：“浩哥新年好啊！”

“哟，来得够快的啊，你也是够无聊的，大过年的还跑我这里来提货。”被叫作“浩哥”的人穿了件黑色卫衣，外套一件灰色的工装马甲。他脸上胡子拉碴的，看上去有点年纪了，这身装扮却是年轻得很。

贺平意笑了一声，把荆璨拉到身侧：“带我朋友来看看。”

浩哥见着荆璨的脸，竟然愣了一下，然后咧开嘴笑了：“这个小娃娃看着可真乖。”

小娃娃?

荆璨因这称呼抖了抖眼皮，把脸转向了贺平意。

“他对学生都这么叫。”贺平意在荆璨耳边小声说。

“老板，包装纸可以自己挑是吗？”有个刚结完账的女生站在柜台旁，指着一旁的包装纸问。

“对，”老板跟小姑娘说话时变得轻声细语，“新年活动，有包装纸，有装饰花，自己选啊。”

贺平意带着荆璨往里走，边走边说：“你知道吗，这家音像店是24小时营业的。”

“24小时？”荆璨惊讶，“为什么？音像店需要24小时营业吗？”

“嗯，老板原话是：白天是给人开的，晚上是给鬼开的。”

荆璨打了个哆嗦。

“可是，”荆璨有些好奇，“这家店真的能盈利吗？”

贺平意听了，停下脚步，拉着荆璨又往回走了几步。他指了指浩哥的电脑，跟荆璨说：“你看看他在干吗？”

电脑屏幕刚好被浩哥的身体挡着，荆璨朝贺平意那侧歪了歪身子，半张脸凑到了贺平意的身后，才看见浩哥的电脑屏幕。

“写代码？”

贺平意挑挑眉：“对，他是个程序员，靠这个挣钱。音像店就是他想开才开着的。”

“哦……”荆璨点点头。

他们很快到了那一面摆着古董CD的墙边，贺平意指了一下：“这都是老唱片、老磁带什么的，电影也有，现在已经成了收藏品，浩哥这儿东西还挺多的。”

一张张CD像砖瓦，触目所及，满是岁月的痕迹。

“你先看看，有没有喜欢的，我去给你准备礼物。”

贺平意说完便拍拍荆璨的后背，转头走了，荆璨不由自主地朝前跟了两步。不知道是不是感觉到了背后的动静，贺平意忽然插着裤兜回身，朝荆璨说：“不许偷看啊。”

荆璨又往后退了一步，乖乖停在原地：“哦。”

贺平意心情好，哼着小调到了浩哥面前，用屈起的手指敲了敲桌子：“哥，我的碟呢？”

一旁正在打包装的小姑娘还没走，听见这话，手上动作一顿，看向贺平意的目光十分复杂。

浩哥头都没抬，一只手拉开抽屉，摸了张盘出来。贺平意拿在手里看了看，几乎是全新的。他跟浩哥道了声谢，把光碟背到身后，正要回去找荆璨时，转身瞥见一旁的一卷卷包装纸，又停了下来。

“浩哥，”贺平意又叫了一声，“你给我包一下呗。”

原本在写代码的人猛地抬起头：“包一下？你要送人？”

“嗯。”贺平意撑着桌子点头，随后朝荆璨站着的方向抬了抬下巴，“送人。”

浩哥扭头瞅了一眼，一脸失望：“嗐，我以为你这是要送给哪个小女生呢，搞了半天送给兄弟。送男生你还包什么包，老爷们不兴这些花里胡哨的。”

“啧，你这肤浅了不是，”贺平意撇了撇嘴，伸手开始挑包装纸，“送男生怎么就不能包了，我们讲究着呢，不光要包，还得挑最好看的包装纸。”

说罢，贺平意抽了两卷顺眼的纸拿出来，摆在桌上。又端详了几秒，他抬头问浩哥：“哪个好看？”

一卷是银色亮面，上面有雪花的花纹；另一卷底色是黄色，上面有荆璨喜欢的向日葵。

“银色吧。”浩哥说。

贺平意难得纠结，直到浩哥受不了他这么磨叽，催他别老在这儿挡道，他才在心里下了个决定。

选好了包装纸，就剩包装了。贺平意跟浩哥两人大眼瞪小眼地互相看了一会儿，浩哥伸出手，竖起一根手指，左右摆了两下：“我这儿只赠送包装纸，不赠送包装服务。”

贺平意长这么大连书皮都没包过，有点犯愁。但他看着浩哥也不像是会弄的样子，只好认命地拿起了裁纸刀。

“这才对嘛，送人肯定要自己包装才有诚意。”浩哥代码也不写了，戳在那儿看贺平意进行十分笨拙的手工作业，时不时还要插嘴指导两句，或是笑话贺平意包得丑。

虽然过程磕磕绊绊，还费了浩哥小半卷纸，但最后包装出来该平整的地方平整，该有的棱角也都有，贺平意觉得效果不错，还要从旁边的小篮子里选两朵小干花。

手指扒拉了半天，贺平意有点不满意：“就没朵绿色的吗？”

“说什么胡话呢你，”浩哥说，“我这辈子还没见过绿色的花呢。”

贺平意一下子笑了：“也是。”

说罢，他便选了两朵蓝色的小干花贴上了，贴完还跟浩哥夸耀自己弄得好看。

贺平意这一趟去得有点久，荆璨把墙上的光碟磁带挨个看了一遍，贺平意都还没回来。

目光巡睃，最后在右下角停住。荆璨盯着那张光碟看了很久，却始终没有动手去拿。

光碟忽然被一只手拿起来，荆璨身子有些僵，不大敢呼吸地看着贺平意。

“你喜欢的电影？”

这电影贺平意还真没看过，只不过瞧见荆璨一直盯着看，便拿起来研究研究。

荆璨愣了愣，手指抠着裤缝，没说话。贺平意等不到他的回答，便低头看着他。对上贺平意的视线，荆璨紧张地握了握手，但脸上还是强装镇定，说："还行，有点喜欢，就是觉得这电影挺特别的。"

"那我可得买来看看。"

"哎！"荆璨一把抓住贺平意，把他拦住，"不行。"

这反应，贺平意是没预料到的。

"为什么？"

荆璨支吾了一会儿，索性直接把贺平意手上的光碟拿过来，放回架子上："哎呀，这是讲一个数学天才的，里面都是公式之类的东西，你看肯定要睡着的。"

想到和数学题纠缠不清的这些日子，贺平意瞬间对这电影不那么感兴趣了。

"唉，那算了，不会看个电影还得做数学题吧？"

荆璨瞧见贺平意这明显㞞了的表情，笑了："对，需要，不然你都看不懂。"

贺平意摆摆手："算了算了，先不看了。"

贺平意的视线终于从那张光碟上移开，荆璨暗暗松了口气。

"走，去拆礼物。"贺平意很期待荆璨看到礼物时的反应，所以也没太纠结荆璨原本拿着的那张光碟。他拉着荆璨往二楼走，上楼后径直进了一个小房间。

房间里没开灯，荆璨什么都看不见，忍不住问贺平意："这是哪儿？"

"放映厅。"

他说着话打开了灯，荆璨便看清了里面的布置。房间里的东西很少，一面墙上挂着一个巨大的屏幕，对面是一个沙发，地上铺着灰色地毯，摆了一张小茶几。

“脱鞋吧，这是浩哥自己的放映厅，浩哥可宝贝了，不让别人进，就我偶尔会来看电影。”

荆璨点点头，脱了鞋，跟着贺平意盘腿坐到了地毯上。贺平意把手里攥着的光碟递给他：“新年礼物。”

银色的包装纸闪着光，像是映着一整个冬天的风雪。

明明包装纸的温度很低，荆璨却觉得指尖都在发烫。

“你包的吗？”

刚才那个女孩儿选包装纸的时候，荆璨就看到了这个花色。

“嗯，我可是第一次给人包礼物，”贺平意说着说着，还有点得意，“是不是还不错？”

荆璨笑着点头：“特别好。”

贺平意催着荆璨拆礼物，尽管荆璨其实非常舍不得拆，但还是把光碟放到茶几上，在不弄坏包装纸的前提下，把胶带揭开了。

然而令他意外的是，揭开冬日的风雪，露出的并不是光碟，而是另一层包装纸。淡黄色的铅笔线条底纹，上面是一朵朵绽放的向日葵。

“感觉这两张纸都挺好看，挑不出来，就都给你包了。不过这样也正好，”身旁的人笑了一声，用手指将虚掩着的银色包装纸掀开，“冬天过去，就是夏天。”

冬天过去就是夏天，阳光普照，万物灿烂。

荆璨半天没能抬起头来。等心里那股感动劲过了，他才终于抬头，跟贺平意说：“谢谢。”

贺平意一愣，伸手摸了摸他的脑袋，把荆璨弄得左摇右摆的。

拆这两层包装纸拆了半天，这新年礼物终于露出了真面目。看到里面的东西，荆璨的眼睛里一下子便闪出了光：“《头文字 D》！”

“喜欢吗？”贺平意用搭在茶几上的那只胳膊撑住脑袋，盯着他问。

“喜欢！”荆璨坐直了身子，翻来覆去端详这张光碟。说完，还嫌表达得不够似的，继续补充：“超级喜欢——贺平意，你真好！”

面前的人一直拿着光碟傻笑。

从前贺平意一直觉得送人礼物、看着人拆礼物是挺尴尬的一件事，可今天送荆璨礼物，他才发现这事一点都不尴尬。他满心都是期待，期待荆璨看到两层包装时的样子，期待荆璨看到光碟时的样子，他甚至有种想跟荆璨诉说自己准备这份礼物的心路历程的冲动，但他忍住了，这样太不成熟。

“我们可以在这里看吗？”荆璨指了指前方的屏幕，跟贺平意说，“我想跟你一块儿再看一遍。”

于是，大年初六那天，两人窝在黑漆漆的放映厅里重新看了他们都看过的《头文字D》。电影结束时外面爆竹声连天，新年的气氛充满时间缓慢淌过的空间。空气中有淡淡的火药味，还有甜甜腻腻的糕点味。贺平意看着窗外怔了怔，不知道在想什么。滚动的字幕快到尽头时，荆璨忽然在音乐声中说了一句：“我也想当藤原拓海。”

他像是在自言自语，又像是在轻声和贺平意说着心里话。

这电影给荆璨留下了不小的后遗症，两个人离开音像店时，荆璨坐到电动车后座，探头跟他说：“一辆AE86上山了。”

贺平意咧嘴笑道：“等天不冷了你在后面端杯水，看我开这一道儿，水会不会洒。”

“那肯定会。”可不是荆璨瞧不起贺平意，就他这样老是急刹车，水不洒才怪。

“那不一定，”贺平意拧了拧钥匙，笑说，“至少我不会洒你一身刨冰。”

车子蹿出去大半条街，后面的人一直都很安静，等到了路口，贺平意在斑马线前停下，荆璨才歪着脑袋看他，问：“你这么记仇呢？”

“可不，”贺平意说，“你的仇我可得记着。”

荆璨在贺平意家住了两天，都没见贺平意写作业，以为他早就把假期作业搞定了。这天他躺在床上玩手机，看到班级群里有人提了作业的事，便顺口问了一句贺平意作业是不是都写完了。结果贺平意这位老人家叼着根冰棍，含含糊糊地说："没怎么写。"

荆璨立马转变成家庭教师的角色，他扔了手机，从床上弹起来："没怎么写？后天就要开学了啊！"

贺平意"嗯嗯"应了两声："马上开始写。"

荆璨坐在那儿不说话，贺平意抬头瞥了一眼，瞧见荆璨老师眉头紧锁的样子，赶紧把手机扔了。

"好好好，"贺平意朝书桌前走，"现在就写。欸，你都写完了？"

"当然写完了。"荆璨看了他一眼，"我放假从来都是先把作业做完的。"

真新鲜！贺平意还从没遇见过这种神仙同学。

"啧，可惜了，"贺平意遗憾地说，"你要是读理科，我正好可以抄你的作业。"

"哎！"

“开玩笑的。”

荆璨瞪了他一眼：“好好学习。”

瞧瞧！瞧瞧这凶巴巴的样子，贺平意心想，这可不是你拿着新年礼物跟我说“谢谢你”时候的样子了。

这时，坐在书桌前的贺平意开始思考：到底作业是他学习生涯的一个劫，还是荆璨是他学习生涯的一个劫。想半天也没想明白，等到好几年后，他终于不用面对作业这种东西了，他才忽然想明白。

作业是他学习生涯的劫，荆璨是他后来的劫。

前者他巴不得躲得远远的，后者他注定躲不过。

“好好好，好好学习，不过，今晚有个大公司要在康桥大道放烟花，听说是大手笔，足足会放二十分钟，要不要去看？”

“烟花？”荆璨立即说，“看！”

计谋得逞，贺平意还没来得及在心里给自己拍几次小手，就听见荆璨转了话头。

“不过不耽误学习，康桥大道的话，在我家天台就能看到，你可以去我家写作业。”

于是，事情没有按照贺平意预期的那样发展，晚饭过后，他就被拉到了荆璨家。荆璨的服务非常周到，水、牛奶通通都给贺平意准备上了，他担心贺平意会饿，还特意到附近的便利店买了小点心和水果。

在这番好意下，贺平意也没理由再堕落下去，便老老实实地写了一个多小时的作业，效率非常高。直到快到时间了，荆璨趴在沙发上，蹬着两条腿像个小闹钟一样叫他：“贺平意，七点五十了！”

烟花秀准时开场，天台上的视角不错，只不过有栋楼房的一角还是稍微挡了一些低处的烟花。荆璨和贺平意在橙色沙发上坐了一会儿，便不约而同地起身，趴到栏杆上看。

荆璨把两只胳膊直直地伸出栏杆，用胳肢窝支撑着身体。贺平意瞧见他这僵尸一样的举动，笑他："干吗呢？"

荆璨说："挂一会儿，晾晾。"

贺平意笑："傻样。"

几朵银色的烟花冲上天空，像一大片星星撒落在黑暗里。

"哇，真好看！"荆璨望着远方，感叹，"感觉好多年没看到这么大阵仗的烟花秀了。"

"嗯，"贺平意看着烟花，又看着旁边挂在栏杆上的人，"忽然有了点过年的感觉。"

这话，荆璨琢磨着味道不大对，他扭头问："什么意思？"

虽然荆在行并不喜欢把任何节日搞得很隆重，但宋忆南是非常注重仪式感的人。所以，即便是不会全家一起看春晚，不会有什么额外的娱乐活动，但每年过年，宋忆南还是会做很丰盛的年夜饭，也会要求全家人一起举杯，庆祝新年。而见到贺平意的父母，感受到他们的热情和亲切，荆璨实在不觉得他们是不会好好过新年的人。

想到这里，荆璨忽然想起了一个被他忽略的点。贺平意家门口没有贴福字和春联，屋里也没什么特殊的新年装饰。

"因为……"贺平意顿了顿，看着远处的繁盛烟花，笑了，"正好，也顺便跟你解释心理学书的事。咱们套圈的时候，我跟你说，小时候我总是跟我哥出去玩，你记得吧？"

荆璨点了点头。

"嗯，那是我亲哥！"

荆璨愣了愣。他确实记得那天贺平意说小时候总和自己哥哥出去玩，但在贺平意家待的这两天，他没看到任何"哥哥"的痕迹，便理所当然地以为，贺平意所说的哥哥是堂哥、表哥之类的。

他心中隐隐有了一些不好的预感，连烟花也不看了，直起身子，怔怔地看着贺平意的脸。

“小时候我们的感情非常好，他很聪明，做什么都很厉害。我的篮球是他教的，小时候有不会的作业，也都是问他。我喜欢的东西他都会买给我，别人的哥哥出去玩不愿意带着弟弟妹妹，他不是。”想到那些似乎是很久远的事情，贺平意不由得笑起来，笑完，他脸上的神色便黯淡下去，直到笑意完全消散。

“你哥哥……”

远处的烟花时消时现，跨过空间，转换成明灭交错的光影，映在贺平意的脸上。荆璨从没在贺平意的脸上看到过这样失意和落魄的表情，此刻看到，连心脏都跟着疼了起来。

他不安地叩了叩栏杆，懊恼自己不该问这样的问题，勾起贺平意这样伤心的回忆。

“去世了。”

像是重复，又像是确认，贺平意轻声说：“他在三年前选择了永远离开我们。”

选择永远离开。

荆璨很快领会了这是什么意思。他原本以为是意外、疾病之类的原因，却没想到，现实比他想的还要残忍。他呼吸一滞，神经变得紧张起来。

“我可以问……为什么吗？”犹豫之后，荆璨小心地问道。

“抑郁症。但我竟然不知道，不知道他什么时候得的抑郁症，不知道他为什么会得抑郁症。他什么话都没给我们留下，连封遗书都没有。”他说，“我一直想知道为什么，我想知道他为什么痛苦。我去过他的学校，找过他的老师、同学；我还查了很多书，问了很多医生……”

贺平意看着远处，竟轻轻笑了一声，不知是在对谁摇头：“可我就是找不到答案，虽然我也努力地慢慢放下，但想起来，依旧很难过。”

或许别人不会在意，可荆璨能清晰地听出贺平意这句话中所夹杂的痛苦、自责。他忽然意识到，贺平意可能并不像他看到的这样开朗。或许，他也有很多个夜晚辗转难眠，一遍又一遍对着空无一人的房间问，为什么会这样；或许他也像自己一样，会不停地从噩梦里惊醒，然后睁着眼睛到天亮。

原本是在开开心心地看烟花，可说到这些，再转头看这烟花，荆璨觉得那亮光变成了玻璃质感——易碎，不真实。

“贺平意，”荆璨伸手碰了碰一直垂着头的人，“你说，如果对着烟花许愿，能达到对流星许愿一样的效果吗？”

贺平意很罕见地红着眼眶，他转过头，看了荆璨一会儿，笑得有些无奈：“当然不会。”

对着流星许的愿望都没用，对着烟花许的愿又怎么会有用？

“为什么？烟花，难道不是跟流星一样吗？因为短暂易逝，所以珍贵。”荆璨问得轻柔缓慢，像是试图通过提问来说服贺平意相信，对烟花许的愿也能实现。

“不管，我要帮你许个愿。”

对荆璨来说，贺平意是除家人外对他最好的人，也是他最重要的朋友。他舍不得看贺平意这么难过，他想把所有美好的祝福都给贺平意。

荆璨双手合十，闭上眼睛，一遍一遍在心里重复着他的愿望。

贺平意看着他，掏出手机，对着他的侧脸拍了一张照。

闪光灯带来的光亮比远处的烟花强烈得多，荆璨睁开眼，看着贺平意手上的手机，问：“你拍照了？”

贺平意朝他亮出手机：“对啊，拍你。”

这么黑的地方，靠着闪光灯拍出来的照片，并不算很好看。荆璨刚要发表意见，忽然被打断。

“荆璨，新年快乐！”

“贺平意，”荆璨吸了吸鼻子，说，“新年快乐！”

其实除了新年快乐，贺平意还有一句话没说：他一直都想谢谢荆璨的出现。荆璨让他每天的生活好像终于有了盼头，让他的世界里终于有了其他想要去了解的东西。

对他来说，荆璨像是一个冬天夜晚里发着光、发着热的小毛球，无论是光亮还是热度都很微弱，不招摇，所以别人都没注意到。但是这个毛球刚好被他碰到，软软的触感让他爱不释手，也是那一点小心翼翼的温度让他体会到，原来在漫天大雪的季节里，一点点的温暖和柔软，也足以支撑着人挨过整个冬天。

那晚贺平意没有回家，荆璨安慰人的方式很老套，他絮絮叨叨地同贺平意说了一晚上的话，几乎把自己这十几年人生里所有值得提起的趣事都说了个遍。贺平意一直听得很认真，但也架不住荆璨一直说，到最后，贺平意终于撑不住，眼皮沉沉地睡了过去。

在睡过去之前，他听到一个很轻的声音对他说：“晚安！”而后很神奇地，那个晚上他没有再做那个哥哥离开家时，跟他说让他好好照顾爸爸妈妈的噩梦。

梦的内容彻底变了，他梦到自己挤在全是人的大街上套圈，套了个毛茸茸的抱枕，抱着睡觉特别舒服！

番外一 等待

荆璨认为，留在徽河读书并不算是他的一时冲动。他是因为在窗外看到了那个人影才决定留下的，尽管连他自己都不确定那影子是真是假。

所以，与其说是寻找，荆璨觉得自己更像是在流浪——攥着那一丝一毫可能再看到他的机会。

大概是宋忆南已经提前跟老师沟通过，入学的过程比荆璨预想的顺利得多。老师们没有对他进行过多的询问，只给他准备了几张考卷，用来确定他是否可以进入实验班。

新同桌不大爱说话，对荆璨来说，这代表着他很好相处。老师和同学都很友善，除了没有找到那个男生，荆璨对新学校的其他方面都很满意。他甚至格外喜欢这栋教学楼走廊的设计，因为走廊上有栏杆，可以吹到外面的风，感受到外面的世界。他习惯在课间趴在栏杆上，眯起眼睛，仔细辨认楼下经过的每一个人。

许是因为上课久坐，荆璨发现但凡课间出来溜达的同学，好像都格外喜欢动一动。他们总是三五成群，有时候在互相打闹，有时候则只是一边聊天一边放松肩膀、动动脖子。

像曾经顽固地守在夜晚的窗前一样，荆璨就这么在栏杆上趴了一天又一天，直到周哲都来问他，总趴在栏杆上干什么。荆璨答不上来，便低着头，看着在纸上顿挫的笔尖出神。

每周一晚上最后一节晚自习是班会时间，除了班主任会讲一些事情，也会有同学分享自己近期的感悟。这天，一名女生提到了《等待戈多》。荆璨看过这部戏剧，鬼使神差地，他在纸上写下了几句印象深刻的台词——

They give birth astride of a grave,

The light gleams an instant,

Then it’s night once more.

（他们让新的生命诞生于坟墓上，光明只闪现了一霎，跟着又是黑夜。）

坐在靠窗的位置上，荆璨一动不动地望着茫茫夜色。对面的教学楼亮着灯，一栋楼有六层高，每一层都有很多扇窗户，每一扇窗户后面都坐着很多人。

荆璨这样想着，忽然觉得有些委屈。他不明白，既然有这么多人，为什么就不能让他找到他想见的那一个。

事情的转机发生在开学两周后，荆璨记得很清楚，那天早晨他打开家门时，有只漂亮的鸟儿停在门前，像是喜鹊。他不舍得惊扰小鸟，便静静地在门口站着。许久，他的脑海里忽然蹦出一个经常在过年时被人们提到的词——

“开门见喜。”

他小声嘟囔，自言自语，却也不敢真的期许会有好事发生。

那只小鸟很快就被他抛到脑后，直到课间操时，听到熟悉的音乐，荆璨还以为出现了幻觉。他看向周哲，脸上难得地露出了惊喜的表情："广播是换歌了吗？"

周哲原本没大注意，听他这样说，才仔细听了听："真的呀……这是什么歌？"

"五月天的，《爱情的模样》。"

荆璨这次回答得很快。

大概是在乱糟糟的环境下，荆璨那望着天空的神情显得太过专注，显得与周围格格不入，周哲很自然地问了一句："你喜欢啊？"

荆璨点点头。

因为听到喜欢的歌，荆璨心里多日积攒下的空落感消散了一些。在和周哲并肩走到楼梯转角时，荆璨又想到了早上的那只小鸟。

原来开门看到喜鹊，是真的会有好事发生。

刚在心中确认了这一点，荆璨就被旁边一个男生撞到了头。那人很高，和同伴打闹间，抬起的手臂刚好杵在荆璨的太阳穴上。

眼镜被打歪了，荆璨痛得闭上了眼睛，一旁打闹的人却好似没太注意到。荆璨摘了眼镜，转头去看，那个男生已经和同伴走到了旁边。

算了。

荆璨心想，老天还真是吝啬，刚给他一点好事，就要来向他讨要一点回报。

他揉揉眼睛，将头重新转向前方，视线下落，意外地在下方的楼梯上瞥见了一个熟悉的身影。

是他吗？

荆璨心里倏然一惊。他的第一反应就是朝前追，甚至来不及再次确认，来不及戴上眼镜将那个身影看仔细。

楼梯拥挤，他却顾不得许多，只一路小声说着"抱歉，借过"，慌忙地缩着肩膀朝前挤。不到二十级台阶，他却像是经历了长途跋涉。

可真的到了他身后，荆璨又不敢上前了。

荆璨觉得自己真是没有道理，明明曾经想过无数次再次见到那个男生时要怎样打招呼，明明自己那么不顾一切地想要找到他，可当看到那么像他的背影时，自己竟然害怕了。

而就在这时，猝不及防，膝盖被碰了一下。荆璨心头一跳，没来得及反应，已经看到前面的男生转过了身子。

“对不起，对不起。”男生有些慌乱地道歉。

模糊的视野中，一张脸渐渐显出清晰的轮廓，荆璨捏着眼镜的手上已经布满了细密的汗。

不能慌。荆璨在心里这样告诉自己，然后用了这么多年积攒下的全部的镇定，朝对方笑了笑。他其实想回一句没关系，可在那一瞬间，喉咙酸胀，连双唇都好像被什么封印，木讷地张不开口。

楼梯很短，荆璨没来得及和他交谈，就已经走到尽头。旁边来来往往的人流，他们很快被冲散，荆璨迷茫地望着前方，不确定方才发生的一切是不是一个短暂的梦。

那个男生的样子好像比记忆中更帅气一些，个子更高了，气质也变了。曾经的那次相逢里，尽管他是在帮自己，可他似乎一直心情低落，无论是言语还是动作，多少带着些冷淡。但是刚才不一样，他的脸上挂着歉意的笑，回头时他的表情是慌乱的、鲜活的，整个人看上去也更加温暖，让人不自觉地想要亲近……

也是，曾经他们只是陌生人，但现在不一样了，他们穿着一样的校服，是同学——漫长的时光之后，他们终于不再毫无关系。

这一刻的时间在狂欢，触目所及的阳光都跟着律动。四周的景物似乎变得游移不定，脸上在升温，荆璨的心脏在狂跳。

周哲在这时从后面搭上他的肩膀，问他刚才在找什么，怎么忽然这么着急就跑了。

荆璨这才彻底清醒过来。他连忙戴上眼镜，回身，朝后望——

身后有那么多穿着校服的人，他却再也没看到他。

体委整队时，荆璨一直仰着脖子看天空，周哲也好奇地跟着望了两眼，可头顶空空荡荡，什么都没有。

“看什么呢？”周哲忍不住问。

荆璨小声说：“看还会不会有小鸟飞过来。”

他希望能再有一只小鸟飞来，这样他或许能再见他一次。

周哲被他这无厘头的动作和言语逗笑。荆璨则用摊开的手掌蹭了蹭校服，试图擦掉那仍旧因为紧张而冒出的汗。

荆璨永远记得那一天晴朗的天空，也永远记得，他在跑操的队伍里遥遥望见贺平意时的感受——就像一块从天上落下的石头，惊飞了一群原本在安睡的鸟。贺平意不过是轻轻抬了下手，在他心里却像是大片的羽翼掀动了风声。

那是惊天动地般的腾飞。

就这样，荆璨的长途跋涉终于结束了。在《等待戈多》的故事里，戈多没有来，但在他们的故事里，他终于等来了贺平意。

高考结束的那个夏天，贺平意和荆璨完成了他们的第一次远途旅行，原本在几个热门旅游地之间犹豫，刚好荆在行说起在北海买了套房子，已经可以入住了，让他们两个可以过去多住些日子，换换环境。

荆璨一想，这也不错，去小住一阵，体验一下风土人情，不然去热门景点也是人山人海的，大概体会不到太多乐趣。

于是他收拾行囊，戴上帽子，和贺平意一起奔赴北海。

荆璨不太喜欢坐飞机，所以两人选了卧铺动车。火车站的人很多，离检票时间还早，他们在候车厅里找了两个空位，东拉西扯地闲聊。荆璨看见王小伟的朋友圈发了一张上树的照片，拽了拽贺平意的胳膊："他干什么去了？"

"好像是去他爷爷家了吧，"贺平意把照片放大看了看，"这是枣树吧，摘枣呢。"

"哇，"荆璨有点羡慕，"我也想上树。"

这话贺平意也不知道要怎么答，玩性大发，道："要不我站起来，给你练练？"

荆璨已经习惯了贺平意的逗弄，懒洋洋地冲前方的空地抬了抬下巴："那你来。"

贺平意作势要起身，荆璨赶紧压住他："好啦！你好幼稚。"

嚯，贺平意心想，现在这种话都说得出口了。

王小伟最近发了很多爬树、上房、在西瓜地里的图片，贺平意看荆璨低着脑袋看得这么认真，从聊天框里翻出王小伟的头像，给他发了段语音："什么时候回来啊？"

那头回得很快："忙，勿念。"

"那正好，你别回来了，过些天我和荆璨找你去，他想爬树。"

新的语音刚发出去没几秒，王小伟的视频就打了过来。

"我去，你这一张大脸吓我一跳，你能不能把镜头拿远点。"

"不能，"贺平意仍然用一张脸堵着镜头，"长得帅，给你多看看。"

"不要脸，"王小伟象征性地骂了一句，"说真的，你们来找我啊，我爷爷这房现在建得可好了，三层楼，够你俩住。"

"现在不行，我们俩……"

贺平意的话没说完，王小伟那头就忽然嚷了一句"别吵了行不行"，荆璨凑过来仔细一听，小声问贺平意："怎么感觉有狗叫声？"

贺平意于是询问王小伟在干什么，王小伟有些暴躁地把镜头翻转，对上一条小黑狗："跟这狗吵架呢，真无语！我都来了好多天了，天天给它喂饭，到现在这傻狗一见着我还老扯着脖子冲我叫！真是分不清好人坏人！"

贺平意在那一瞬间有想挂电话的冲动。

"哎，你接着说，现在怎么不行，你们干吗去？"

贺平意终于把胳膊伸直了一些，将手机镜头往荆璨的方向举了举，又将镜头扫过满是人的候车大厅："看见了吗？出去玩。"

“啊？去哪儿啊？”

荆璨举着车票凑过来，语气有些嘚瑟：“去北海哟！”

半分钟后，王小伟又发了一条朋友圈，拍了那条威风凛凛的小黑狗：“有的人勾肩搭背去北海，有的人还在跟狗吵架。”

荆璨刷到，笑得不能自已，正要给王小伟评论，就看下面多了两条评论。

周哲：“谁去北海了？”

温襄赢：“盲猜荆璨和贺平意。”

沉默两秒，荆璨删掉了打字框里的字。

还是低调点，免得又被拉个群讨论……

等的时间有些久，荆璨口渴了，贺平意便起身去买水。荆璨看了看旁边的空座，又看了看面前的箱子，默默地伸手，想要把箱子拉过来，把座位挡住一些。

可手刚碰到箱子，就听见一个大叔的声音：“小伙子，这儿有人吗？”

荆璨抬头，看见一个穿着并不整齐的男人，抱着一个睡着的小女孩，手上还提着协和医院的影像袋。

荆璨赶紧摇摇头：“没，您坐。”

说完，又把他们的箱子往自己这边拉了拉，给大叔让出更多的空间。

大叔坐下后，荆璨控制不住地瞟了两眼那个装片子的袋子。他看小女孩的脸色不是很好，猜测她会不会是生病了。

荆璨想询问，但没好意思开口，没想到最后还是大叔先说了话：“你是去南宁吗？”

他说话带了很浓的口音，好在荆璨勉强能听懂。

“去北海”，想了想，荆璨又觉得这样回答显得有些冷淡，便补充说，“放假了，过去玩。”

“啊，去玩好啊，北海以前就是个小渔村，现在大家都去那儿旅游了。”

“您是北海人吗？”

大叔笑着摇摇头：“不过我家离北海很近，也要先到南宁再坐车，北京太远了。我在深圳打工，但孩子生病了，别的地方都治不好，他们说北京的协和最好，让我过来。”

大叔停了一下：“来了，最好的医院也说不行，太晚了。”

太晚了。

荆璨因为这三个字说不出话，只能呆呆地看着小女孩。大叔却像是憋了很久后，忽然找到了倾诉对象，絮絮叨叨说着。

“以前出去打工，把孩子留在家里，一年见不上几面，好不容易攒了点钱，觉得可以供她上学了，她病了，为了治病又花了好多钱，欠了好多债。这高铁票也贵，可是孩子不知道在哪儿听说这个火车很快，说想坐，”大叔将女儿搂紧了一些，“那就坐吧，怕她以后没……机会了。”

大叔的声音渐渐低下去，荆璨听不得这些，几乎立即就能流出眼泪。小女孩在这时醒了过来，睁着一双眼睛，懵懂地看着他。

荆璨忍住情绪，舒展眉头，朝她笑了笑。

小女孩坐直了身体，打量四周，似乎在确认这是在哪里。确认完，她把头放在爸爸的肩膀上，小声说了一句什么，逗得大叔笑起来。

“哥哥长得真好看啊。”大叔将她的话重复了一遍，小女孩还捂住他的嘴，不让他说。

贺平意拎着两瓶水回来，荆璨看见，起身迎他。

“你坐我这儿吧。”

贺平意递给他一瓶水，又把他摁回座位上：“坐着。”

大叔这才知道这里原来有人，他有些不好意思地要起身，荆璨和贺平意连忙说不用，让他坐着就好。

见小女孩直愣愣地看着自己，贺平意蹲下身，把手里还没开的另一瓶水递给小女孩：“渴不渴？给你喝。”

小女孩没接，怯怯地看了爸爸一眼，大叔忙说不用。荆璨却直接拿过那瓶水，塞给大叔：“您拿着喝吧，我们俩喝一瓶就够了，不然拿着也很沉。”

许是因为接受到善意，大叔说自己还算了解北海那边，便又给他们讲了讲什么样的茶楼地道，如果要看海的话哪里人少一点。临近检票，几个人都起身去排队，荆璨走在贺平意的旁边，低头看了看手中的两张票。

“想跟他们换换座位？”贺平意一下子便说出了他心底的想法。

荆璨点点头：“那个大叔说，高铁票很贵，但是小姑娘想体验一下。”

荆璨不知道贺平意用了什么说辞让大叔同意了换座位，总之，他们把大叔和小姑娘送到了软卧的位置，然后两个人才去了硬座。

列车行驶起来，景色在窗外移动，荆璨调整情绪，扭头冲贺平意笑了笑：“有点像那一次。”

“去青岩寺的那次？”贺平意立即领会。

荆璨点头。

那天也是这样，阳光很灿烂，透过窗子照进来。

“那你等会儿睡觉吗？”贺平意问。

“啊？睡吧，这么久呢。”

“那你睡觉的时候注意点。”贺平意憋着笑提醒。

荆璨不明白：“注意什么？”

贺平意拍了拍自己的肩膀：“往这边倒，别往窗户那边靠，要不然这十小时过去，不是你满头包就是我胳膊断了。”

到这儿，荆璨还是没能明白贺平意是什么意思，认真想了一会儿，他才有些惊讶地问：“你那天一直用手帮我挡着头吗？”

“可不，你这脖子跟装了弹簧一样，把你扒拉过来你又靠回去。”

就像是时隔很久后知道了什么秘密，遥远的故事画面竟然到现在还可以再有更新。荆璨似乎又回到了那个摇摇晃晃的大巴，那个经历了一夜未眠的清晨。

有什么东西一直没变，可也有什么已经变了。

比如他昨晚其实睡得很好，比如他们刚刚帮助一个生病的小女孩有了一趟更舒服的路程、更新鲜的体验。

荆璨闭上眼睛，但眼前好像还是亮的。

“行吧，”他的语气状似勉强，“我在梦里提醒一下自己。”

“嗯，”贺平意应了一声，“睡吧。”

荆璨没说话，贺平意觉得不太对，低头看了看他，果然看到他的嘴角还耷拉着。

“刚才那个小女孩让你心里难受？”贺平意问。

“嗯，”荆璨闷着声音说，“贺平意，我们都健康地活到八十岁吧。”

“好。”贺平意答应得很快，但没有敷衍，“我们都健康地活到八十岁。”

荆璨不想这么伤感，便做了几次深呼吸，没再接着说。

“睡吧，”贺平意又安抚似的拍了拍他，“吃饭我叫你。”

“我要吃汉堡，还有加冰的可乐。”荆璨说。

“好，要不可乐直接给你买个瓶装的？”

“不行，不兑水的不好喝。”

这话，每次吃麦当劳之类的，贺平意都会听荆璨说一遍，可不管听他说几遍，贺平意都还是想笑。

“好，我给你点那种加冰兑水的杯状可乐。”

荆璨的思绪在这再普通不过的对话中沉入了梦里，梦中火车的轨道和青岩寺的路相接，他和贺平意并排走着，走过市集，走过田野。走了很久以后，他渐渐落在了后面，于是扬声喊前面的贺平意等等他。

贺平意回头，可他的脸好像并不是少年的模样了。荆璨有些慌乱，忙朝前跑，可梦里的他手脚都不听使唤。

终于跑到贺平意面前，他气喘吁吁地问：“我们怎么了？”

贺平意的笑容仍然很熟悉，荆璨看着他抬起手，摸了摸自己的头，像以前那样。

“我们变老了啊。”

变老了？

那八十岁的世界，是什么样的？

荆璨愣了愣，茫然四顾，可周遭都像蒙上了白雾，他怎么也看不清。

唯独贺平意，就在他的面前，跟他说：“走吧，我们继续朝前走。”

周一早上，贺平意不出意外地起晚了。

贺平星起床后满屋子都没看见弟弟，这才去屋里把还在昏睡的人叫起来。

“快起来吧！我可不想又被你们班主任叫去。”

“知道了知道了。”贺平意勉强爬起来，半睁着眼睛，从衣柜里随便扒出一件短袖往身上套，“这个早自习是非上不可吗……”

他话没说完，楼底下传来一声呼唤。

“贺平意！”

“人家荆璨都来了。”贺平星隔着窗户朝下望了一眼，“又给你带早餐了，贺平意你真好意思……”

贺平意笑了两声，过去推开窗子。夏日的天亮得早，曙光将穿校服的少年的身影扯出老长，自由地铺在地上。

“上来啊，小璨。”

“哦！”楼底下，荆璨一边把车子停好一边仰着头喊，“你还没好啊？你是不是起晚了呀？”

“嗯，你等会儿。”

眼看着荆璨一溜烟钻进了楼道，靠墙站着的贺平星连连摇头：“小璨这脾气，是真的好。”

贺平意朝他哥咧嘴笑了笑：“那当然了，你去帮小璨开门啊，我得赶紧了。”

贺平星打开家门，门外已经站着一个穿戴整齐的小男生。

“平星哥早上好。”

荆璨提着早餐进门，乖乖打招呼。

“早上好，天天给平意买饭，他给你钱了吗？”贺平星开玩笑道。

荆璨轻车熟路，自己进屋后就找了个沙发坐下。

“不用，他也经常请我吃饭，还老送我礼物。”

“送礼物是他应该的，”贺平星说，“你还老给他辅导功课呢，上学期期末他考得不错，他说这里得有你一半功劳。”

“没有没有，”荆璨连连摆手，“他本来成绩就很好。”

看着荆璨那耐心等待、一点都不着急的样子，贺平星不禁好奇：“小璨，你跟贺平意从小一块儿长大，你跟他生过气、吵过架没有？”

荆璨被问得一愣：“生气？”

他开始认真思索起来。从小学时屁颠屁颠跟在贺平意后面学打球开始，到初中跳级，跟他转到一个班，再到高中每天一起吃一日三餐。就像王小伟曾经开玩笑说的那样，他们这对连体婴，恐怕和对方相处的时间早就比和自己爸妈相处的时间长了。这么长的时间里，倒不是没斗过嘴，比如经常有女生想让荆璨帮忙向贺平意转交礼物，荆璨脸皮薄，有时候实在推托不掉，便别别扭扭地把礼物拿给贺平意。而每当这时，贺平意都会眼睛一眯，微微倾身看他，说：“你又来是不是？说句‘他不要，我带不了’，很难是不是？”

荆璨抿着唇，带着情绪点头。

面对别人的热情，拒绝真的很难。

可要是贺平意装模作样收下礼物，荆璨又要巴巴地追在他后面喊：“贺平意，你可别谈恋爱，你得好好学习！”

“我要真谈恋爱耽误学习了，也只能怪你……”贺平意回过神，把身后追他的人拦在路上，然后举着礼物，凉凉地说，“煽风点火。”

这种程度的拌嘴，应该不算生气和吵架。

仔细确认过，荆璨朝贺平星摇了摇头，眨巴着大眼睛说：“他没什么能让我生气的地方。”

没什么能让他生气的地方？

贺平星错愕了片刻，眼前自动浮现出从小到大贺平意闯祸后被爸妈收拾的各种画面。他怎么也无法把那个调皮捣蛋的弟弟和荆璨口中那个贺平意对应上，消化了好半天，只能无奈地笑着摇头，心道自己这弟弟真是好运气，有这么个神仙朋友。

贺平意洗漱完出来，看客厅里的两个人聊得挺好，便问：“说什么呢？”

贺平星指了指荆璨，随口说：“我说荆璨是不是长高了啊。”

“是吗？”像是对这个话题很感兴趣，贺平意走到荆璨身边，一只手把他拽起来，“我看看。”

在荆璨带着些期待的目光下，贺平意拿手在他头顶比画了一下：“好像还真是，天天见你我都没感觉。得，今天这牛奶我不喝了，都给你喝，咱加把劲冲一冲。”

提到长个，荆璨立刻有了斗志：“好！”

在贺平星的催促下，磨磨蹭蹭的两个人终于出了门。不出意外，他们又是踩着铃声进的教室，两人一前一后坐下，顺便收下班主任凉飕飕的眼神。

王小伟不动嘴皮子地嘟囔："你们俩这天天玩生死时速呢……"

贺平意胡乱地把书包往书桌洞里一塞："怪我怪我。"

"可不是怪你，"王小伟阴阳怪气地说，"那还能是因为荆璨来晚了啊。"

贺平意正要让王小伟闭嘴，忽然看见他桌子上摆着一本书。

"看什么呢你？"贺平意凑过去看了一眼，"量子纠缠……平行宇宙……这不是荆璨的书吗？看得懂吗你？"

"要你管！"王小伟把桌上的书一捂，然后塞给贺平意两张便笺，"给你给你，刚才班主任发的志愿帖，写自己想考哪所大学、哪个专业。"

坐在贺平意前面的荆璨听到这话，转过头来。他也捏着一张便笺，视线在贺平意脸上来来回回扫了两遍，但是最终什么也没说，又转回了身子。

贺平意望着荆璨的背影，挑了下眉。

欲言又止？

欲说还休？

他忍着笑，从练习本上撕了一页纸下来，埋头写了一行字。他瞄了眼班主任，然后非常熟练地拿笔杆轻轻戳了戳荆璨的后背。

荆璨没回头，但一只手悄悄伸到桌边，接过了贺平意的小字条。

两人一看就是"惯犯"了。

"你填哪儿？"

没一会儿，贺平意收到了回信。皱巴巴的字条上多了干净利落的两个字——A 大。

撑着脑袋想了一会儿，贺平意在字条上又写了一句话。

"可是我好像考不上 A 大，怎么办？"

这次的回复，贺平意明显看出了很强的个人情绪——考得上！

后面还写了句什么，但是被荆瓈非常严谨地涂黑了。

贺平意举着那字条端详了半天，也没破解出荆瓈这是写了句什么。于是他又戳了戳荆瓈的后背，这回直接把脑袋凑过去，对着荆瓈的后脑勺问："后面这句是什么？"

荆瓈顿了几秒，而后轻轻摇了摇头。

贺平意才不会放弃，一直戳荆瓈，荆瓈将身子往前倾，想躲开他的攻击，贺平意干脆就一下又一下地拽荆瓈的校服。他觉得这句话很重要，肯定又是荆瓈在心里憋了好久，但是一直不好意思说出来的话。

"贺平意、荆瓈，大早上的就不老实是不是？"

别人都在认真看书，他俩的小动作就显得格外惹眼。王小伟对贺平意罚站这件事毫不意外，便在心里再一次同情被连累的荆瓈。

贺平意这人没别的，就是心态稳。站在教室外面，他不见任何窘迫，反而像是来吹风的，闲适地靠在栏杆上，继续问荆瓈刚才的问题。

"快说，你写什么了？"

荆瓈推了推眼镜，答："没写什么。"

"没写什么是什么？"

贺平意一再追问，荆瓈知道躲不过，只好看着他说："我说，如果你真的考不上，那你去哪儿，我就去哪儿。"

说这话时荆瓈的语气非常平淡，在贺平意听来还不如他告诉自己在食堂抢到了肉包子时情绪波动大。这么多年，荆瓈总是这样，明明表面看上去很好说话，可其实心里特别有主意。

其实越是坚定的信念，说出来的时候，就越是轻描淡写。荆瓈自己心里很清楚，这样的信念是不会因为其他人说什么而改变的。所以不需要刻意强调，也不需要向全世界宣告，只需要放在他自己的心里。

“那不行，”贺平意说，“那多委屈你。”

贺平意知道，荆璨从小就被老师们夸聪明，要不是为了跟他一起读书，荆璨肯定不止跳一级。

许是他脱口而出的拒绝话语太过自然，把荆璨听得一愣：“什么意思？”

没等他在心里提出一串“贺平意是不是嫌他烦”的推测，身边的人已经伸手搭着他的肩膀，将他揽到自己旁边。

这不是他们第一次被罚站，也不是荆璨第一次发现，早上的校园是安静美好的。太阳的光线还带着红晕，明明没那么闪亮，但落在贺平意的脸上，却像是把星光都打散了一般。

贺平意仍是懒懒一笑，用一副漫不经心的样子说着让他安心的话语：“那我还是再努力点吧，可不能委屈了我们小天才。”

太阳渐渐升起来了，贺平意看着天边破开的那个洞，第一次如此真切地体会到这个年纪的好处——未来有好多种样子，他们都像初升的朝阳，还没来得及好好发光，而现在做的每一个决定，都会穿越时空，飘到很久很久以后，影响十年、二十年、三十年后的他们。

不知道那时候的他们，会在哪里，又在做些什么。

“哎，我看王小伟在看你那本书，”贺平意突然好奇地问，“你说，平行世界真的存在吗？”

荆璨有些犹豫地点点头，像是在思考怎么解释：“可能存在吧……但是我觉得平行世界不是很多个世界，而是像双缝干涉实验中的光子那样，世界只有一个，不过一切事物可能都有很多种形态，但只能被观测到一种形态。我和你也是一样。”

“哦？”贺平意似懂非懂，继续问，“那平行世界里的我们是什么样子的？”

荆璨想了半天，摇了摇头：“不知道，但我猜，我们不会比现在过得好吧。”

“为什么？”

“因为不同的状态之间肯定有区别啊，就像薛定谔的猫，要么生要么死。我们现在过得太幸福了，所以在另一种状态下，肯定吃了不少苦。”荆璨低头，用脚尖蹭蹭地砖，“说不定……在那个世界我都不认识你，或者你很讨厌我，不愿意跟我做朋友。”

贺平意觉得荆璨说得有道理，可是又不完全有道理。

“我觉得不对，”贺平意说，“虽然我不懂那么深奥的理论，但是我懂我自己。只要在那个世界我还是我，我就肯定还是会找到你，跟你说：‘荆璨，交个朋友吧。’”

荆璨笑问：“这么有信心啊？”

“当然了……”

话说到一半，他停住，然后在这霞光里，捡起了荆璨的目光。

良久，贺平意凑近荆璨，低声郑重地说：“到时候你就乖乖等着我，别瞎跑。”

图书在版编目（CIP）数据

未得灿烂 / 高台树色著 . -- 上海：上海文化出版社，2023.7
ISBN 978-7-5535-2774-1

Ⅰ. ①未… Ⅱ. ①高… Ⅲ. ①长篇小说－中国－当代 Ⅳ. ① I247.5

中国国家版本馆 CIP 数据核字（2023）第 115286 号

出 版 人：姜逸青
责任编辑：郑　梅
监　　制：邢越超
策划编辑：柚小皮
特约编辑：尹　晶
营销支持：于文燕　文刀刀　周　茜
版式设计：梁秋晨
封面设计：有点态度设计工作室
插图绘制：Vivid 雨希　一丛菇　张大浦　RABI　Aru　Sugar
内文排版：百朗文化

书　　名：未得灿烂
作　　者：高台树色
出　　版：上海世纪出版集团　上海文化出版社
地　　址：上海市闵行区号景路 159 弄 A 座 3 楼　201101
发　　行：中南博集天卷文化传媒有限公司
印　　刷：三河市中晟雅豪印务有限公司
开　　本：640 mm × 915 mm　1/16
印　　张：18.5
字　　数：231 千字
印　　次：2023 年 7 月第 1 版　2023 年 7 月第 1 次印刷
书　　号：ISBN 978-7-5535-2774-1/I · 1066
定　　价：52.00 元

如发现印装质量问题，影响阅读，请联系 010-59096394 调换。